逃脱记录

高级鱼 著

中国友谊出版公司

Loading...

目录 | Contents

商盟会篇		001
序		003
第一章	密室怪兽	005
第二章	迷烟森林	023
第三章	记者之死	045
第四章	沦陷之城	067
第五章	狼狮	093
第六章	鱼鳞人	115
第七章	预言之女	135
第八章	商人游戏	163

避难所篇	**193**
序	**195**
第九章　镜相	**197**
第十章　活着的眼睛	**219**
第十一章　追捕者	**239**
第十二章　婚礼	**267**
第十三章　过痛症	**299**
第十四章　饼干和虫	**325**
第十五章　1+1	**359**
第十六章　处刑	**385**
尾　声　避难所结局	**407**

商盟会篇

Next.........

Loading...

序

地球在人类文明消失的 4 万年后诞生了新的文明。

经历重复的进化和发展，新人类的科技达到了 21 世纪的旧人类水平。

与 4 万年前一样，新世界的主题依然是战争与和平。

而与 4 万年前不同的是，新的人类正面临着这个星球上从未出现过的自然现象和生命。

Loading...

第一章

密室怪兽

正在通话： ---上帝之眼　　---我

系统　[铁门将在 30 分钟后自动打开]

　　　　　　　　　　　　　　　　　有人在吗？

欢迎参加本次实景密室逃脱，我是人工智能出题官——上帝之眼。

密室逃脱规则：在规定时间内输入三个正确的关键词便可获得逃离密室的方法。

现在时间是中午 12 点，天气晴。

游戏开始。

　　　　　　　　　　　　　　　　　　　？？？

　　　　　　　　　　　　　　　　　　　关键词。

　　　　　　　　　　　　　　　　　三个关键词。

输入关键词的格式为"第 x 个关键词 @ xxx"。

　　　　　　　　　　　　　　　　　　　救命！

　　　　　　　　　　　　　　　　　　请求帮助。

　　　　　　　　　　　　　　　　你能说话吗，出题官？

　　　　有人能看到这段话吗？如果你看到这段话，请回复我！！！

　　　　　　　　　　　　　　　　我被困在一个密室。

　　　这是一个看起来像监狱一样的房间，20 平方米大小，顶部有灯光。床上有一台笔记本电脑，我正通过它输入这段文字。房间没有窗户，只有一个铁门，铁门被电子锁锁住了，看不到外面。

　　　笔记本的显示器上只有一个聊天的窗口，没有关闭按钮，也没有任何其他的操作界面。

　　　　　　　　　　　　　　　　　　　救命！

　　　　　　　　　　　　　　　　　　　救命！

　　　　　　　　　　　　　　　　　　　救命！

正在通话： 🙂 ---我　🙂 ---用户B

▯▯▯▯▯▯||||\\\\\＊＊＊＊……

有人吗？

……＊＊＊＊/////||||▯▯▯▯▯▯

有人！

你是谁？发生什么事？

请救救我！我被困在了一个密室！

我刚刚醒来。

我也在一个封闭的房间里。

你是怎么进来的？

我不知道。我被人打晕了，醒来后发现我在这里。

你那里有什么？

等等，我看一下。

看起来像是一个手术室。

操作台上有一个电脑，没有鼠标，聊天窗口不能关闭，跟你一样。

有门吗？

有一个门，也被电子锁锁住了。

你能看到外面吗？

不能。没有窗户。

你也被人打晕了吗？

我正在上课的时候突然失去了意识，醒来后就在这里了。

你是学生吗？

我是生物老师。

你看到出题官的消息了吗？

看到了。输入三个关键词才能脱离密室，这是出题官说的。

我们是被人抓到这里来进行密室逃脱游戏的，现在只有这种解释了。

007
Next………

密室怪兽

正在通话： ---我 ---用户 B

□□□□□llll*****······
那你有什么关于关键词的线索吗？

你还在吗？

？？？

······*****/////llll□□□□
我这里有张纸条，上面有第一个关键词的提示，在床下找到的。

是什么？

1. 你们所在的房间内部都有这个东西。

2. 你们都无法看见这个东西的全貌。

3. 这个东西本不应存在于其所在的房间。这个东西是什么？

任何人输入正确关键词即算答对。

系统 [铁门将在 25 分钟后自动打开]

25 分钟是什么？倒计时吗？

应该是的，我们的房间都有铁门，25 分钟后就会打开，如果系统没骗我们。

那为什么我们还要解谜？

我也不知道，但肯定不会这么简单。总之我建议我们先试着找出第一个关键词。

你的房间里都有什么？

笔记本，一个没有床垫的木床，马桶，还有一卷胶带。就这些。你的呢？

有一个手术台、办公桌、台式电脑、椅子，手术台上有个靠枕。

桌子上有什么？

除了电脑什么都没有。

除了电脑，完全没有相同的物件。

第 1 个关键词 @ 电脑。

正在通话： 🟢 --- 上帝之眼　　⚫ --- 我　　⚫ --- 用户 B

🟢 □□□□||||****····
输入错误，还剩 2 次机会。

　　　　　　　　　　　　　····****////||||□□□□
　　　　　　　　　　　　　不要随便输入！ ⚫

⚫ □□□□||||****····
呸！

有次数限制！怎么办？

　　　　　　　　　　　　　　　　　我想想。

我这里真的没有别的东西了。

　　　　不会这么简单。我的笔记本是可以看到全貌的，而且手术室有
　　　　台式电脑也是合理的。这样东西必须同时满足 3 个条件。

但我们看到的东西都不同啊！

你那里有灯光吗？

　　　　　　　　有。天花板有灯泡。但灯泡和灯光的存在都是合理的。

会不会是门？这个铁门是密室设计者为了把我们锁在房间
特意添加的东西，这东西本来不应该出现在这里。

　　　　　　　　　　　　　　　　　我想想。

🟢 第 1 个关键词 @ 铁门。
□□□□||||****····
输入错误，还剩 1 次机会。

　　　　　　　　　　　　　　　我说了不要随便输入！

⚫ □□□□||||****····
为什么不是铁门？3 个条件都满足啊！

　　　　　　　　　　　　　　　　门不属于房间内部。

那到底是什么？

　　　　关键是最后一点，不应在其所在的房间，我们可能理解错了。

　　　　你的房间是手术室，我的是监狱。你有什么线索吗？

　　　　　　　　　　　　　　　　　你还在吗？

009
Next………
密室怪兽

正在通话： 🙂 ---上帝之眼　　🙂 ---我　　🙂 ---用户B

🙂 ▎▎▎▎▎▎\\\\＊＊＊＊……
我不想说。

……＊＊＊＊／／／／▎▎▎▎▎▎
请你务必告诉我！这很重要！

监狱可能跟我有关。

为什么？

我是一个囚犯。

你是囚犯，也就是说你之前被关在监狱吗？

是的。我是一个杀人犯，一年前被关进了监狱。我被一个从来没见过的监狱看守用警棍敲晕了。对于密室的事我毫不知情。但你所在的那个监狱和我之前待过的监狱很像，除了那扇铁门。

我想我知道第一个关键词是什么了。

是什么？！

等一下。

怎么了？

你的房间里有镜子吗？

没有镜子。我说了，房间里有的东西我都告诉你了。

你人呢？快回答我！

我刚刚找了一下，我的房间里也没有镜子。

你到底想到了什么？

如果我没猜错……

这个东西就是我们自己。

我是老师，我不应该在监狱；你是囚犯，你不应该在手术室。

那我们该输入什么？！

第 1 个关键词 @ 人类。

🙂 ▎▎▎▎▎▎\\\\＊＊＊……
恭喜回答正确！

正在通话： ---上帝之眼 ---我 ---用户B

▓▓▓▓llllll*****‥‥‥
作为奖励，第二个关键词的提示可在手术台靠枕中找到。

‥‥‥*****//////llllll▓▓▓▓
快去看看靠枕。

▓▓▓▓llllll*****‥‥‥
好。

找到了！

上面写的问题是：温迪戈会被什么东西杀死？

等一下，你听到什么了吗？

有东西在抓我的门！

你也听到了？

我听到了！在门外面！它在不停地抓门！！！

它在叫！你听到了吗？

我这也有。

这个就是温迪戈！

温迪戈到底是什么鬼东西？

是专门以人类为食的怪兽。

系统 ［铁门将在 20 分钟后自动打开］

在开玩笑吗？！

没时间解释了！铁门打开我们就完了！纸条上还有别的提示吗？快告诉我！

1. 温迪戈只会对人类的活动产生反应；2. 温迪戈看到阳光会陷入沉睡；3. 输入正确关键词便能杀死温迪戈。

……

只有这 3 条线索。

这怎么办？！

011

密室怪兽

正在通话： 🎭 --- 我　　🎭 --- 用户B

> 你不是生物老师吗？那个怪物你应该知道点什么吧！

我曾经在有关怪异生物的资料上看到过关于温迪戈的介绍，这种生物体型和人差不多大，行动非常敏捷。它们专门为了吃人而生，人类徒手和它战斗是毫无胜算的。

> 难道你不知道它们的弱点吗？

我不知道……我对温迪戈的了解也不多。

> 那我们不是死定了？要你到底有什么用？？？

你冷静点！

既然出题人告诉了我们线索，那就一定有办法找到怪物的弱点。

我们一起想想。

> 好，我冷静。

先整理一下线索。我们现在已知的信息有哪些？

> 怪物只会吃人；它们见到阳光会睡觉；我们的房间外面各有一只，它们正在抓我们的门。

分开来分析。

温迪戈见到阳光会睡觉。你还记得出题官一开始说的话吗？

> 哪一句？

现在是中午12点，天气晴。

> 但它们现在没有睡觉。

所以它们现在一定处在一个封闭的环境。

> 也就是说，我们房间的铁门连接的其实是另一个房间？

是的。

温迪戈是在我们答出第一个关键词的时候开始活动的，所以我推测，另一个房间是有窗户的；在系统判定我们答出第一个关键词后，另一个房间的窗户就关上了；房间里没有了阳光，温迪戈就醒来了。

正在通话：　---我　　---用户B

🗨️ ▯▯▯▯|||||\\\\\＊＊＊＊‥‥‥
那个房间的窗户就是我们逃出密室的出口。

‥‥‥＊＊＊＊/////|||||▯▯▯▯ 🗨️
很有可能。

行，可这还是没办法找出能杀死怪物的东西。

你让我想想。

系统　【铁门将在15分钟后自动打开】

你想好了没有！！！

时间已经过了一半了！！！

你也要想啊！

我没有任何头绪！你想到了什么就说一下啊！

温迪戈只对人类的活动有兴趣。我在想第一条线索。

温迪戈怎么知道我们是人类？

什么意思？

铁门和墙壁都是不透光的。你从醒来到现在这段时间说过话吗？

说话？没有啊，我根本不敢讲话，我连呼吸的声音都很轻。

我也是。

我知道了，你是想说怪物根本看不见我们。

没错。而我们也没有发出任何人类的声音，它们怎么知道我们是人类？

你等一下！

我看了一下，铁门下面有一丝缝隙。

我也发现了，缝隙非常细。

所以怪物是通过气味察觉我们是人类的？

没错。

密室怪兽

正在通话： ---上帝之眼　　---我　　---用户B

我的猜测是，温迪戈对气味非常敏感。

这会不会跟它们的弱点有关？

它们一定是害怕某种气味，或者说是气体。

第3条线索是什么意思？

应该是输入了正确关键词后就会启动某种机关。

机关应该就在隔壁房间。

第2条线索说明隔壁的房间是封闭的。封闭的房间是用来做什么的？

是毒气！

你试一下。

第2个关键词@毒气。

恭喜回答正确！

作为奖励，第3个关键词的提示可在黑板背面找到。

系统 [正在填充氰化氢气体]

哪里有黑板？

我这里没有啊！

隔壁有声音。

是管道喷出气体的声音。

抓门的声音消失了！怪物死了！

看来是隔壁的毒气机关启动了。

终于结束了。

没有结束。

系统 [铁门将在10分钟后自动打开]

正在通话： ---上帝之眼　　---我　　---用户B

隔壁现在一定充满了毒气，如果铁门打开我们还是会死。

毒气从门缝跑进来了！怎么办？

怎么办啊！！！

你死了吗？？？

我刚刚用胶带封住了门缝。

你快用枕头堵住！

好了，我堵住了。现在怎么办？

第3个提示在黑板背面。

我再找找。

不用找了，我们的房间里根本没有黑板。

那怎么办？只剩不到10分钟了！

我也不知道……也许是设计密室的人失误了。

系统　【铁门将在9分钟后自动打开】

那我们不是根本就逃不出去了？

我检测到第三条提示并未公布，为了让游戏能继续进行，我决定直接告诉你们。

第3个关键词的提示：你所在房间的门牌号。

每个人对应的关键词都不同。第一个输入正确关键词的人才能逃离密室。

……

什么意思？我们只有一个人能出去？

看起来是这样的。

密室怪兽

正在通话：　---我　　---用户B

▯▯▯▯▯|||||*****·····
我怎么知道我房间的门牌号是多少？

·····*****//////▯▯▯▯▯▯
但你知道我的。

为什么？

我的密室是按照关押你的监狱设计的，所以你所在的监狱房门号就是我脱离密室的关键词。

如果是这样，那我确实知道你的关键词是什么。

告诉我房门号！

求你了！

我为什么要告诉你？我们只有一个人能出去，如果你输入了正确的关键词，那我不就出不去了？

你是杀人犯。

是的，我是杀人犯，你想说什么？

你被判了多久？

无期。

每天受着牢狱之苦，这样的人生有意义吗？
早点离开人世也许就能早点解脱。

你是想让我放弃吗？你是想让我死吗？

我告诉你，我虽然是杀人犯，但我也有活下去的理由。

我有自己的理想。

被你杀掉的人也有活下去的理由，也有自己的理想。

你杀人的时候想过吗？

系统　[铁门将在 8 分钟后自动打开]

说话啊！

系统　[铁门将在 7 分钟后自动打开]

正在通话： ---我　　---用户B

> 你永远都欠着别人的生命，现在是你偿还的时候了。

> 如果我是你，我会选择把活下去的机会让给无辜的人。

> 我不会把房门号告诉你的。

> 那我们就只能一起死在这里了。

> 你跟我说实话，你对手术室没有任何印象吗？

> 我从来没有进过手术室。

> 你不要说谎了。

> 你根本不是什么生物老师，你是医生！

> 每个房间的设计都是和人关联的，设计者不可能只为我一个人设计房间。你从一开始就在说谎，手术室的房门号你心里其实非常清楚，这就是你的房间！

> ……

> 我不知道手术室的房门号。

系统 [铁门将在 6 分钟后自动打开]

> 等一下！

> 如果你真的是医生，我有个问题想问你。

> 你是不是见过我？

> ……我不是医生。

> 别废话，快回答我的问题！

> 我又不知道你长什么样，我怎么会知道我有没有见过你？

> 一年前的晚上，在镇心河边，你是不是看见我了？

> 是不是你报的警？是不是你把我的长相告诉了警察？

017

密室怪兽

正在通话： ---我 ---用户B

……

你在河对岸楼房的第三层第四个房间，穿着白大褂，拿着手电筒照了我一下，你还记得吗？

是我又怎么样？不是我又怎么样？和我们现在的处境有关吗？

告诉我，是不是你报的警？

……

系统 [铁门将在 5 分钟后自动打开]

我求你了！告诉我真相！

……

我承认，我的确是个杀人狂。我自信每一次作案都没有留下线索，从来没有人能抓到我，除了一年前的那次。

你想说什么？

我知道我没有机会出去了。我只想在死之前问清楚一件事：那个人到底是不是你？

我不想说。

如果你告诉我真相，我就把监狱的房门号告诉你。

……你说的是真的吗？

我这辈子没有别的追求，只想知道到底是谁把我送进了监狱。

是我。

我当时刚回到 307 号房，听见河对岸有动静，就好奇地拿着手电筒照了过去。但我没看清你在做什么，我只看清了你的衣着。第二天警察过来找我调查，他们在河对岸发现了 3 具尸体，我把我看到的都告诉了他们。

这就是我知道的全部，你满意了吗？

系统 [铁门将在 4 分钟后自动打开]

正在通话： ---上帝之眼 ---我 ---用户B ---用户C

﹒﹒﹒﹒＊＊＊＊／／／／｜｜｜｜｜｜□□□□
？
你还在吗？
还活着吗？

□□□□｜｜｜｜＼＼＼＼＊＊＊＊﹒﹒﹒﹒
第3个关键词@307。
□□□□｜｜｜｜＼＼＼＼＊＊＊＊﹒﹒﹒﹒
输入错误，用户B还剩2次机会。
□□□□｜｜｜｜＼＼＼＼＊＊＊＊﹒﹒﹒﹒
你骗我！

我就知道是这样。

快告诉我！那天你在那栋楼里干吗？！
那栋楼难道不是医院吗？？？

那栋楼是教学楼，我当时回教室是为了拿东西。

我穿的也不是白大褂，只是普通的白色外套。我早就猜到你想套我的话，所以故意透露了教室的房间号给你。

你这个畜生！！！

系统〖铁门将在3分钟后自动打开〗

□□□□｜｜｜｜＼＼＼＼＊＊＊＊﹒﹒﹒﹒
第3个关键词@307。
□□□□｜｜｜｜＼＼＼＼＊＊＊＊﹒﹒﹒﹒
恭喜用户C回答正确！

作为奖励，用户C所在房间的排气系统将启动。

你是谁？

□□□□｜｜｜｜＼＼＼＼＊＊＊＊﹒﹒﹒﹒
你是谁？

铁门怎么提前打开了？

囚犯你还在吗？

系统〖铁门将在2分钟后自动打开〗

系统〖铁门将在1分钟后自动打开〗

密室怪兽

正在通话: --- 我   --- 用户 C

系统 [全部铁门都已经自动打开]

用户 C，你是医生吗？

你还活着啊。

我在铁门的背面找到了防毒面具。

每个铁门背面都有防毒面具，囚犯没有发现。

你一直都在看着我们的对话，是吗？

是的。我是医生。我所在的房间是教室。

为什么你一直不说话？

因为我一开始就发现了黑板背面的提示字条。

是第 3 个关键词的提示吗？

是的。

你那边有出口吗？

隔壁房间的天窗打开了，我随时都可以出去。

我这边没有打开。

你没有机会出去了，我很遗憾。

你知道我们为什么被抓进这些密室吗？

我们每个人都是有罪的。

什么意思？

你骗了囚犯。一年前，你目睹了凶杀案。

……

你说你没看清他在做什么，但其实你看清了，
他把匕首刺向了 3 个被捆绑的受害人。

那又怎么样？我什么也做不了。

正在通话：　　　---我　　　　---用户C

🞄🞄🞄🞄🞄▯▯▯▯▯▯\\\\\\＊＊＊＊🞄🞄🞄🞄

可他们当时并没有死。如果你及时报警，或者叫救护车，他们都很有可能活下来。

但是你怕惹事，所以什么都没做。

🞄🞄🞄🞄🞄＊＊＊＊＊//////▯▯▯▯▯▯🞄🞄🞄🞄

那你为什么会被关进密室？你犯了什么罪？

我的罪责是不顾伦理道德和法律，擅自研究出了温迪戈的培育方法。

你是说温迪戈都是你培育出来的？

时间不多了，我要走了。

永别了，生物老师。

你还在吗？

快回答我！

救命！

救命！

救命！

救……

密室怪兽

Loading...

第二章

迷烟森林

Next.........

正在通话： 　---上帝之眼　　---我　　---用户B　　---用户C

欢迎参加本次实景逃脱游戏，我是人工智能出题官——上帝之眼。

游戏规则：获取胜利有两种方式。一、拉下地窖中的电闸；二、仅剩一名玩家存活。

本次游戏一共3名玩家。一旦满足上述任一条件，所有玩家的项圈即可自动解除。

现在时间是晚上10点，天气晴。

游戏开始。

> 有人在吗？

有人吗？

> 你好！
>
> 请问你也是玩家吗？

玩家？
这是什么游戏？

> 看来三个玩家都在。

我也不知道，我刚刚醒过来。
我也是。

> 我也是。

你们都在哪？

> 我这边好像是一片森林，有一条很窄的沥青道。我现在站在道路上。周围有很重的浓烟，每个方向都看不清。我醒来的时候发现口袋里有一个手机，手机上就是我们的对话框，没办法关掉。

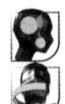

我这边也是。
一模一样。

> 看来我们的处境都一样。

你们脖子上都有这个铁环吗？

正在通话： ---我　---用户B　---用户C

▫▫▫▫▫||||\\\\＊＊＊＊‥‥‥
有。

‥‥‥＊＊＊＊////||||▫▫▫▫▫
我也有，这应该就是人工智能说的项圈，不知道是干吗的。我刚刚试了，取不下来。

我总觉得这不是什么好东西。
▫▫▫▫▫||||\\\\＊＊＊＊‥‥‥
肯定是有人把我们抓到这里来的。

你们不觉得吓人吗？这个充满烟雾的森林太恐怖了，我什么都看不清，也听不到。

这到底是怎么回事？你们有谁知道吗？A，你知道吗？

我也不是很清楚，目前只有这个人工智能提供的信息。

▫▫▫▫▫||||\\\\＊＊＊＊‥‥‥
……

只能先按这个人工智能说的话去做了。

要么拉下电闸，要么互相争斗，它说的两种方法你们选哪种？

我们没必要互相争斗。
▫▫▫▫▫||||\\\\＊＊＊＊‥‥‥
话是这样说，但谁都不知道你真正的想法。
▫▫▫▫▫||||\\\\＊＊＊＊‥‥‥
我从来不骗人，你这个没教养的人。

好了，先别争了，大家都有自己的想法，但首先我们还是按照第一种方法去做吧！

▫▫▫▫▫||||\\\\＊＊＊＊‥‥‥
要拉下地窖的电闸，所以我们要先找到地窖。

大家先仔细看看周围的环境，能发现什么吗？
▫▫▫▫▫||||\\\\＊＊＊＊‥‥‥
路边有个向右指的路标。

我这也有，也是向右指的。

▫▫▫▫▫||||\\\\＊＊＊＊‥‥‥
我这里也是。

系统 ［下面派发玩家关键词］

迷烟森林

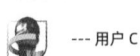

正在通话： 🙁 --- 上帝之眼　　🙂 --- 我　　🙂 --- 用户B　　🙂 --- 用户C

系统　[你的关键词是"蓝色"]

🙁 ▯▯▯▯▯|||||\\\\\＊＊＊＊‥‥
当对话框中出现关键词时，对应玩家的项圈会发出巨大的响声，请注意。

‥‥＊＊＊＊/////||||▯▯▯▯
意思是每个人都有自己的关键词？

🙂 ▯▯▯▯▯|||||\\\\\＊＊＊＊‥‥
发出声响会怎样？

🙂 ▯▯▯▯▯|||||\\\\\＊＊＊＊‥‥
我看见怪物了。

救命！

什么怪物？

🙂 ▯▯▯▯▯|||||\\\\\＊＊＊＊‥‥
怪物？

B，你还在吗？

能收到信息吗？

太可怕了！

他是不是死了？

我们怎么办？

C，你千万不要出声！

我们应该在同一个区域，这个怪物很有可能也会出现在我们面前。

🙂 ▯▯▯▯▯|||||\\\\\＊＊＊＊‥‥
是一个全身无毛的巨鹿！

🙂 ▯▯▯▯▯|||||\\\\\＊＊＊＊‥‥
你还活着！

你看到了什么？

🙂 ▯▯▯▯▯|||||\\\\\＊＊＊＊‥‥
它看起来像个巨大的无角鹿，和面包车一样大，尖耳朵，獠牙比脸还长。

还有锋利的爪牙。

它在四处游走，好像在找什么。

长着獠牙的鹿？

正在通话：　　　---我　　　---用户B　　　---用户C

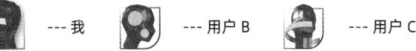

> 它没发现你吗？

> 我趴在马路中间装死，它从我身边走过去了。

> 旁边的树林里有草丛抖动的声响，然后它就立刻朝着声音的方向跑去了。

> 这是什么生物？你不要骗我！

> 我说过我从来不会骗人！

> 你没必要骗人，我相信你。

> 既然大家都没事，我们就去找地窖吧，这个地方不能久待了。

> 我们要在这全是烟雾的陌生的森林，冒着随时被怪物发现的风险，找一个根本没有坐标的地方？

> 我知道这很难，需要我们齐心协力。

> 现在的情况，除了遵守游戏规则，你还有别的摆脱困境的方法吗？

> 我明白了，我听你的。

> 那你告诉我，要怎么找？

> 总之我们先按路牌指示的方向沿道路走吧，毕竟我们面前都只有一条路。

> 好。

> 好，那我开始走了。

> 注意，一定要小声！慢慢地走！

> 根据刚刚B的描述，这个怪物的听力一定很厉害。大家千万不要往草丛里走，以免发出声响，尤其是B，它很有可能还在你附近。

> 我知道了。

> 如果听到周围有声音，请立刻关掉手机灯光。

> 这个我们都知道。

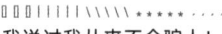

迷烟森林

正在通话： ---我　　　---用户B　　　---用户C

　　　　　　　　　　　　......******//////||||||||||||
　　　　　　　　　　　我觉得我们首先得搞清我们三个人的方位。

□□□□□||||||******......
我猜我们三个人的道路都是通往同一个目的地。

　　　　　　　　　　　　　　我不确定……B，你觉得呢？

□□□□□||||||******......
我什么都不知道，我就听你的。

　　　　　　　　　　　　　　　　　　　　好吧！

　　　　　　对了，你刚刚说怪物被树林中的动静吸引了，具体是什么声音呢？

□□□□□||||||******......
也许是什么小动物吧！

　　　　　　　　　　　　　　　　　　　小动物？

□□□□□||||||******......
不要在意。

我这里有一个箱子！

　　　　　　　　　　　　　　　　　　什么箱子？

在道路正中间，是一个锁着的铁箱子，盖子上面
镶嵌着一个键盘和一个很小的显示器。

　　　　　　　　　　　　　　　　　上面显示着什么？

"输入答案方可打开箱子，按下回车键发送题目"。

□□□□□||||||******......
那你快按啊！

系统 ［请输入用户C的罪行］

　　　　　　　　　　　　　C的罪行？你犯了什么罪吗？

□□□□□||||||******......
我不想说！

　　　　　没有什么好担心的，现在最重要的是活下去，你应该比谁都清楚。

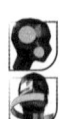

□□□□□||||||******......
……

□□□□□||||||******......
……

□□□□□||||||******......
我杀了一个人。

正在通话： ---我 --- 用户 B --- 用户 C

试试输入"杀人"。

怎么样？答案正确吗？

答案错误。

C，你再想想，你还做过别的犯罪的事吗？

……

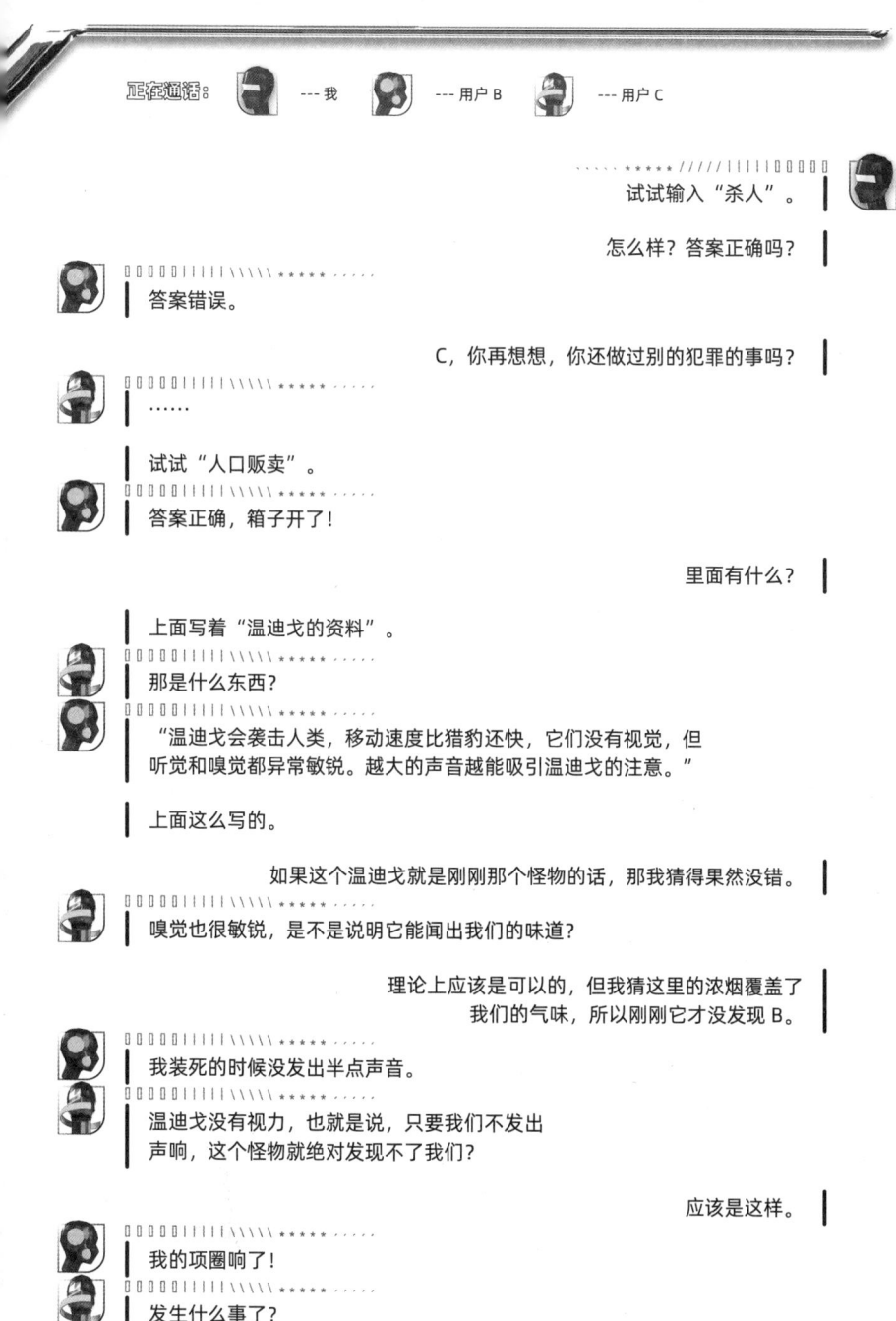

试试"人口贩卖"。

答案正确，箱子开了！

里面有什么？

上面写着"温迪戈的资料"。

那是什么东西？

"温迪戈会袭击人类，移动速度比猎豹还快，它们没有视觉，但听觉和嗅觉都异常敏锐。越大的声音越能吸引温迪戈的注意。"

上面这么写的。

如果这个温迪戈就是刚刚那个怪物的话，那我猜得果然没错。

嗅觉也很敏锐，是不是说明它能闻出我们的味道？

理论上应该是可以的，但我猜这里的浓烟覆盖了我们的气味，所以刚刚它才没发现 B。

我装死的时候没发出半点声音。

温迪戈没有视力，也就是说，只要我们不发出声响，这个怪物就绝对发现不了我们？

应该是这样。

我的项圈响了！

发生什么事了？

我们刚刚输入了 B 的关键词？

029

迷烟森林

Next………

正在通话: ---上帝之眼 ---我 ---用户B ---用户C

我的项圈也在响!

怎么办!!!

但声音很小。

这到底是什么情况?

提示——项圈具有共鸣功能,直线距离小于 500 米的两个项圈会同时发出鸣笛声响,距离越近,声响会越大。

我知道了,B,你赶快往前走!

好。

刚刚你开箱子的时候停在原地,而我仍然在往前走。

现在我们两人的距离已经小于 500 米了,所以我们必须赶快拉开距离。

我的项圈也在响!

你们谁在靠近我?

我在往后移动,等下,我做个试验。

你想干吗?

B,你先别动。

好,我停了。

你们的项圈还在响吗?

我的不响了。

我的还在响!

我还在向后移动。

声音越来越大了!

C,我不动了,你快向后退!

正在通话： 🗿 --- 我　🗿 --- 用户 B　🗿 --- 用户 C

……*****/////||||||◇◇◇◇◇
怎么样？

◇◇◇◇◇|||||*****……
声音停了。

所以 A 往前走会遇到 B，往后退会遇到我！

没错。

也就是说我们三人其实在同一条路上？

我一直是这么想的。

◇◇◇◇◇|||||*****……
看来你又猜对了。

继续前进吧，我们的距离正好都是 500 米多一点，只要大家尽量保持相同的速度，距离就不会变了。

好的。

◇◇◇◇◇|||||*****……
地窖可能就在道路的尽头，B 是第一个到达地窖的。

希望是这样。

B，虽然这种情况下我不想闲聊，但我一直有个问题想问你。

◇◇◇◇◇|||||*****……
你说。

你是不是预言教会的教徒？

是的。

◇◇◇◇◇|||||*****……
是那个神秘的组织吗？

我有个认识的人也是预言教会的教徒。

预言教会不允许教徒说任何谎言，哪怕自言自语都不行，你从一开始就强调自己不会说谎，所以我相信你。

◇◇◇◇◇|||||*****……
我不会说谎的。
◇◇◇◇◇|||||*****……
真是愚蠢的教规。
◇◇◇◇◇|||||*****……
我不想听你说话，请你闭嘴。
◇◇◇◇◇|||||*****……
我这里有块牌子，你最好别听。

迷烟森林

正在通话： ---我 --- 用户 B --- 用户 C

什么牌子？

是块挂满了铃铛的木板牌子，立在路边的树林中。

上面写了什么吗？

等等，我看一下！

看清了吗？

C，你还在吗？

看不清，字都被划掉了。

被划掉了……那还有其他的信息吗？

没有，就是一块字被划掉的牌子，上面挂满了铃铛。

好吧，看来是有人故意不想让我们碰这块牌子。

那就只能继续走了。

继续走吧。

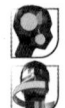

好！

我说你们注意过头顶吗？

一片漆黑。

人工智能一开始不是说天气晴吗？可我连一颗星星都看不到。

你们仔细看，这周围的森林都是阔叶树，我们的头顶已经被层层的阔叶覆盖了。

难怪烟雾一直散不开，这相当于是个半封闭的环境。

也就是说，这个烟雾的来源一定在地面，或者地下。

难道是地窖？

我觉得应该是。

这算是个线索，可并没什么用，我们现在只能沿着路走。

正在通话： ---我   ---用户 B   ---用户 C

等等，我也看到箱子了。

是铁箱子吗？

嗯，和你那个一样。

题目是什么？

系统 [用户 B 的女儿离世的日期？]

系统 [选项一，4 月 17 日]

系统 [选项二，4 月 18 日]

系统 [选项三，4 月 19 日]

系统 [选项四，依然活着]

这次是选择题。

我女儿没死。

选最后一个。

你确定吗？

虽然她已经失踪 3 年了，但我知道她还活着。

好，那我选了。

等下！

怎么了？

选 18 日。

?

你什么意思？

她死了，是我杀的。

你撒谎！

迷烟森林

正在通话： 🎭 --- 我　🎭 --- 用户 B　🎭 --- 用户 C

到底是怎么回事？

我终于知道这个游戏的目的了。

看到这个选项我就能确定，我见过她。

就在 3 年前的 4 月 18 日。

不可能！

你不要胡说！

她是我在酒吧捡的，原本以为她喝醉了，我把她带回家，想卖了她，后来她突然醒过来，我想抓住她，但失手了，她从窗户跳下去摔死了。

他说的不是真的！A，你不要信他！

我为什么要骗你们？对我有什么好处？

B，你为什么确定你女儿还活着？

我知道你现在很难控制情绪，但请你暂时抛开感情，理性地回答我！

是主教告诉我的。

主教？预言教会的高层吗？

是的，预言教会的主教都有预知未来的能力。女儿失踪后我就找过主教，他用预知的能力告诉我女儿还活着，但他能力有限，找不到我女儿在哪。

哈哈哈，这也叫理由？

认清现实吧！你女儿早就被我杀了！A，相信我，选 18 日！

选最后一个！

……

对不起，箱子开了。

正确答案是 4 月 18 日。

答案是错的。

正在通话： ---我　　---用户B　　---用户C

别管B了，快告诉我箱子里有什么！

是一个烟花。

烟花？还有别的吗？

还有个遥控器，上面说是个可以遥控点燃烟花的装置，烟花持续3分钟。

我先拿着吧，也许之后会用到。

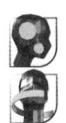

谁敢用呢？
答案是错的，出题人什么都不知道。
谁管你？

别再激怒他了。
B，继续前进吧！

我会让你付出代价！
你冷静点！如果我们距离太近会触发响声！
等游戏结束，我会去找你的！

……
过了5分钟了。
没人发现什么吗？

没有。
刚才我旁边有声音。

什么声音？是温迪戈吗？

我也以为是，后来发现就是只兔子，吓死我了。

果然这里还有其他的动物。
温迪戈只对人类感兴趣，其他的动物反而安然无恙。

035

迷烟森林

Next………

正在通话: 🎭 ---我　🎭 ---用户 B　🎭 ---用户 C

　　不要再闲聊了。

　　　　　　　　　　　　　　　……

　　等下，我也看到铁箱子了！

　　　　　　　　　　　你那也有吗？

嗯。

系统 [请输入用户 B 的罪行]

　　　　　　　　　　　B，你能如实回答吗？

　　我没有犯罪。

　　你不是那个什么鬼教的教徒吗？怎么也开始说谎了？

　　我没有！

　　　　　　　　这样我们没办法打开箱子了……

　　既然你不肯说，那我来说吧！

　　　　　　　　　　　你知道？

这道题对我来说太简单了。

他女儿喝醉的时候一直在喊"爸爸不要打我"。

答案就是"暴力"。

　　我只是稍微管教她而已，那根本不算暴力。

　　脱掉她衣服的时候我就发现，她全身都是瘀青和伤痕，这还不算暴力吗？

　　那不是我干的，是我妻子干的。

　　不都一样吗？

那些伤明显都是旧伤，你妻子每天都在虐待你女儿，你却从来不阻止，你也是暴力的共犯！

正在通话： ---我　　　---用户B　　　---用户C

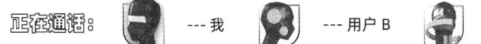

可能是我们表达爱的方式不太好……女儿失踪后，我妻子也难过得离开我了。

我们是爱她的，这不是暴力。

不好意思，箱子打开了。

……

里面有什么？

C，你还在吗？

C？

箱子是空的。

空的？

我仔细找过了，箱子里什么都没有。

好吧！

看来大家都不太想说话了，是累了吗？

每个人都有一个关键词。

果然是这个原因。

闲聊的话越多就越危险。

那就继续走吧！

我看到一个向右的路标。

又有一个路标？

我的项圈又响了！

声音很小。

我的项圈没响啊！

难道是你和C的距离太近了？

037

迷烟森林　　Next………

正在通话： 🗣 --- 我　🗣 --- 用户 B　🗣 --- 用户 C

▫▫▫▫▫|||||*****……
C，你在干吗？不要靠近我！

……*****/////|||||▫▫▫▫▫
C，你还在吗？

▫▫▫▫▫|||||*****……
我在往前走，你还在响吗？

▫▫▫▫▫|||||*****……
声音停下来了。

我终于明白了！道路是环形的！

环形？

只有这种解释了。

我们四周都是烟雾，所以感觉不出道路是曲线。

我一直都没察觉自己在走弯路。

这说明道路的曲折度是不变的，这个环形很有可能是个正圆。

B 现在的位置正是 C 初始醒过来的地方。

所以这个路标就是 C 一开始看到的？

我这里也有一个向右的路标。

我已经到 B 的初始位置了。

那地窖呢？

我想地窖根本不在这条道路附近。

▫▫▫▫▫|||||*****……
在中心！

为什么？

烟雾是从地窖冒出来的，能够均匀地覆盖整个森林，说明地窖一定是在中心的位置。

有道理！

▫▫▫▫▫|||||*****……
你们听见怪物的吼叫声了吗？

我听见了！

正在通话：　　　--- 我　　　　--- 用户 B　　　　--- 用户 C

□□□□□|||||*****……
我也听见了！离我好像有点远。

□□□□□|||||*****……
我感觉声音离我很近！

……*****/////|||||□□□□□
B，你不要出声！

□□□□□|||||*****……
现在怎么办？

得派个人去地窖。

只要有人到达地窖，拉下电闸，我们就能获胜。

谁去？这周围都是草地，踩上去一定会发出声音啊！

□□□□□|||||*****……
我去吧！

可是温迪戈还在你那边。

没关系的。

□□□□□|||||*****……
他想去就让他去吧！

我知道了。

B，你等一下，有样东西或许可以帮到你。

□□□□□|||||*****……
什么东西？

温迪戈会被巨大的声音吸引。

□□□□□|||||*****……
对了！遥控烟花！

B，你不要动，我待会往后退大概 300 米，然后安置好烟花。

既然道路是环形的，烟花和你会处于相对的位置，到时候你就朝着烟花声音的方向跑。

你跑动的路线上一定能找到中心的地窖。

□□□□□|||||*****……
300 米够吗？

根据走路的时间来计算，300 米应该正好。

我知道了。

039

迷烟森林

Next………

正在通话： ---我　　---用户 B　　---用户 C

・・・・・＊＊＊＊///////||||||||||||
稍等一下！

C，你也往后退 300 米。

▫▫▫▫▫|||||\\\\\＊＊＊＊・・・・・
好。

我安装好了。

等我再往前走 300 米，回到原来的位置。

▫▫▫▫▫|||||\\\\\＊＊＊＊・・・・・
你到了吗？

我到了，B，你准备好了吗？

可以了，你放烟花吧！

好，我放了。

▫▫▫▫▫|||||\\\\\＊＊＊＊・・・・・
这声音也太大了吧！

B，一定要小心！万一看见温迪戈就原地停下！

烟花快放完了。

你找到地窖了吗？

▫▫▫▫▫|||||\\\\\＊＊＊＊・・・・・
找到了！

B，在吗？

是什么样的？能进去吗？

地上有一个巨大的火坑，里面全是被烧焦的温迪戈！

他们在焚烧温迪戈！
▫▫▫▫▫|||||\\\\\＊＊＊＊・・・・・
那地窖入口呢？
▫▫▫▫▫|||||\\\\\＊＊＊＊・・・・・
旁边有个通往地下的阶梯，入口有字。

什么字？

上面写着"商盟会"。

正在通话： --- 我 --- 用户 B --- 用户 C

　　　　　　　　　　　　　　　　　　　　　　　　　　　　　〰〰＊＊＊＊＊／／／／／｜｜｜｜｜◯◯◯◯◯
　　　　　　　　　　　　　　　　　　　　　　　　　　　　　　　　　　　　　　　商盟会？

　　　　　　　　　　　　　　　　　　　　　　　　　　　看起来这一切都是这个组织策划的！

◯◯◯◯◯｜｜｜｜｜＼＼＼＼＼＊＊＊＊＊〰〰
| 那你还不快进去！

　　　　　　　　　　　　　　　　　　　　　　　　　　　　　　　　　　　　进去看看吧！

◯◯◯◯◯｜｜｜｜｜＼＼＼＼＼＊＊＊＊＊〰〰
| 里面有灯光。
| 有一个巨大的房间，里面也全是浓烟。
| 房间中间有个铁柱门。
| 我看到电闸了！就在铁柱门后面！

　　　　　　　　　　　　　　　　　　　　　　　　　　　　　　　　　　　　能过去吗？

| 过不去……
◯◯◯◯◯｜｜｜｜｜＼＼＼＼＼＊＊＊＊＊〰〰
| 什么鬼？！都到这里了！
◯◯◯◯◯｜｜｜｜｜＼＼＼＼＼＊＊＊＊＊〰〰
| 这里又有键盘和显示器！

系统　[请输入用户 A 上衣的颜色]

◯◯◯◯◯｜｜｜｜｜＼＼＼＼＼＊＊＊＊＊〰〰
| ？？？
◯◯◯◯◯｜｜｜｜｜＼＼＼＼＼＊＊＊＊＊〰〰
| 这应该就是打开铁柱门的题目。
◯◯◯◯◯｜｜｜｜｜＼＼＼＼＼＊＊＊＊＊〰〰
| A 你快说啊！

　　　　　　　　　　　　　　　　　　　　　　　　　　　　　　　　　　　　我看不清。

| 你在开玩笑吗？！

　　　　　　　　　　　　　　　　　　　　　　　　　　　　　　　　　　　　我是色盲。

| 色盲？
| 你是哪种色盲？红绿色盲吗？

　　　　　　　　　　　　　　　　　　　　　　　　　　　　　　　　　　　　……

041

迷烟森林　　　　　　　　　　　　　　　　　　　　　　　　　　　　　　　　Next………

正在通话： ---我　---用户 B　---用户 C

▯▯▯▯▯▯▯▯\\\\\＊＊＊＊……
快说啊！

▯▯▯▯▯▯▯▯\\\\\＊＊＊＊……
我听到温迪戈的声音了！

它就在我身后！

▯▯▯▯▯▯▯▯\\\\\＊＊＊＊……
什么？

▯▯▯▯▯▯▯▯\\\\\＊＊＊＊……
它还没察觉到我！怎么办？

A，快帮我想个办法！！！

……＊＊＊＊/////||||||▯▯▯▯▯▯

老鼠。

系统　[检测到用户 B 的关键词"老鼠"，启动用户 B 的项圈鸣笛]

▯▯▯▯▯▯▯▯\\\\\＊＊＊＊……
你这是干什么？

鸣笛声停了。

看来他已经被怪物抓到了。

每次提到动物的时候，他就避开话题。

明明自己的处境最危险，却主动提出要去地窖，目的是不让我们去地窖。

而地窖里最有可能出现的动物就是老鼠。

这个我也发现了。

可你为什么这个时候让他死？

他明明就快拉到电闸了。

说话啊！

等下！我知道了！

你的关键词就是你衣服的颜色，对不对？

红色。

绿色。

正在通话： 🔲 ---我　🔲 ---用户C

🔲 ⬜⬜⬜||||*****……
| 黄色。

……*****/////||||⬜⬜⬜ 🔲
港口。

系统　[检测到用户C的关键词"港口"，启动用户C的项圈鸣笛]

| 你为什么知道！！！

罪有应得的人贩子。

| 到底是怎么回事？

烟花点燃后，我就趁着B移动的时候往前跑。

我现在就站在那块挂满铃铛的牌子面前。

牌子上写的就是你的关键词。

港口。

| 啊啊啊！！！

你开的箱子里其实是地图吧！

不然你怎么知道烟的来源只有一处？你怎么知道森林有多大？

| 救命！
| 它快过来了！

我们三人都是同速前进，哪怕B的速度稍微快一点，你们两人的距离也不可能那么快就拉近到500米以内。

当你看到牌子时，你以为我们三人是在一条直线上，不会有人从你后面过来并发现这块牌子，所以没去处理它。

而当你看到地图时，发现路其实是环形的，所以你拼命地往回跑，哪怕冒着被怪物发现的风险，也要把牌子毁掉。

然而此时的B也在一直往前走，你还没跑到，你和B脖子上的项圈就共鸣了。

B主动提出要去地窖的时候，你内心其实也在暗喜吧！

迷烟森林

正在通话： ---我　　 ---用户C

▢▢▢▢IIIIII\\\\＊＊＊＊・・・・・
| 救救我！我不想死！

・・・・・＊＊＊＊／／／／／IIIIII▢▢▢▢
你的粗心大意还是跟 3 年前一样呢！

| 你说什么！

谁叫你当初不仔细检查一下我是不是真的死了。

对了……

那个老头根本不是我的父亲，我的亲生父母早就过世了，我只是被这个人渣收养了而已。

系统　【检测到仅剩一名玩家存活，游戏结束】

第三章

记者之死

正在通话： 🔵 --- 上帝之眼　🔴 --- 我　🟣 --- 用户B　🟣 --- 用户C

🔵 欢迎参加本次实景逃脱游戏，我是人工智能出题官——上帝之眼。

🟣 我们公司违法操盘，人为调控股价。我的老板是黑湖投资的董事长，一切都是他指使的。

🔵 本次游戏共有3名玩家参与。

🟣 我是他的财务助理，全部违规操作都是我在执行，我对公司的一切罪行全部知情。

🔵 杀死记者的凶手就在三位玩家之中。投票选出杀死记者的凶手才能获得逃脱的方法。

🟣 我是有罪的！我愿意接受处罚！

出去之后我会向证监会自首！我保证！

🔵 投票规则可用搜索引擎找到。

🟣 求求你们放我出去！

🔵 游戏开始。

🟣 有人知道发生什么事了吗？

　　　　　　　　　　　　　　我丈夫死了！他坐在驾驶座上死了！ 🔴

你那边是什么情况？能说明一下吗？

　　　　　　　　　　　　　　　　　　　我在一个地下停车场。

　　　　　　　　　　我今天和我丈夫一起出门，他把车开到了停车场。

　　　　　　　他下车后我就一直坐在车里等他回来，后来我睡着了，醒来之后就发现我丈夫坐在驾驶座上死了！

　　　　　　　　　　现在停车场出口和安全通道都关上了！这里一个人都没有！这太不正常了！

这应该是有人故意设下的陷阱。

　　　　　　　　　　　　　　　　　　你那边是什么情况？

我在一个私人住宅，和你一样无法出去，所有的门窗都被厚铁板封死了。

正在通话：　---我　　---用户B　　---用户C

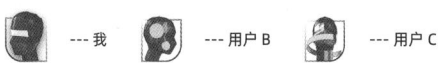

那是你家吗？

不是，我进来时房子的主人正在睡觉，不久我就突然昏了过去，醒来后发现房子的主人已经死在卧室的床上。刚刚我的手机突然响了，我一打开就发现了这个陌生的对话界面。

我的手机也是。

不仅如此，手机电量突然满了，而且没有任何信号。

也不知道我们现在在用什么方法通讯。

太可怕了！我们都被困住了！

这个主人的脖子上好像写了字。

写了什么？

21。

深红色的数字，看上去像是文上去的。

这是什么意思？

我也不知道。

这都是商盟会干的！

商盟会？那是什么？

这是他们设计的游戏，他们不会让我们出去的。

B，能告诉我们你那边的环境吗？

我在办公室，一个人。

我的老板是黑湖投资的CEO，我之前一直在和他加晚班。我刚刚也是突然就睡着了，不知道睡了多久，醒来发现老板已经死在他的座位上。他看起来没有外伤，我不知道死因是什么。

当然，门窗外都是铁板，所有的电脑也都没法联网。

这一定都是商盟会弄的。

047

记者之死　　　　　Next.........

正在通话： ---我　　　---用户B　　　---用户C

你怎么知道是这个组织干的？

我就是商盟会的人。

天哪，他们连自己人都不放过吗？

我只是个外围人员，我对商盟会的了解也并不多，只是偶尔听老板说过。

你说的这个商盟会是个什么组织？

商盟会是由全球各地的地下商人组成的维权联盟，我们黑湖投资就是商人之一。

商人又是什么？

就是只和非法武装者做交易的商人或商业机构。

我们的主要业务是卖医疗器具给非法武装者。

商盟会表面上和全球各地的非法武装者做交易，背地里在进行一系列秘密的人体研究。具体研究什么，我也不知道。

我只知道这个逃脱游戏就是商盟会中的那个研究组织弄的。

那个组织有掌握一切真相的方法，他们靠这个方法得知我们的罪行。

掌握一切真相的方法……这太荒谬了，难道他们是神吗？

据我所知，这个商盟会确实有某种未知的能力，他们可以知道很多过去发生的不为人知的事。

那我们该怎么办？怎么逃出去？

看来只有按人工智能的要求玩游戏才有可能逃出去了。

我们要先进入搜索引擎的页面搜索投票规则。

可我们根本连不上网络。

有个 Wi-Fi 信号！

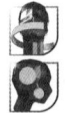

我这也有！

我也看到了！

正在通话： ---我   ---用户 B   ---用户 C

> 名字叫"照片上的人，腿颈手脸"。

> 看来是同一个 Wi-Fi。
> 有人知道密码吗？

我的也是！

我不知道啊！

照片上的人？什么照片？

> 这一定是个谜题，看起来像是人体部位的排序，和某张照片有关。

是要我们找这张照片吗？

> 不用找照片，如果我猜得没错，密码的第 3 位和第 4 位应该是 2 和 1。
> 为什么？
> 尸体颈部的数字。
> 我懂了。
> 每个人身边都有一具尸体。你们都找一下尸体身上除了颈部以外剩下的 3 个部位。

> 应该有数字。
> 好！

等下！

我丈夫有点不对劲。

> 怎么了？

他的头发都掉光了……刚刚都还在……

> 我老板的头发也掉光了。
> 我这具尸体也是。尸体都没有外伤，这可能是某种毒素引发的反应。

太可怕了……

049

记者之死   Next………

正在通话： ---我 ---用户B ---用户C

▓▓▓▓▓ I I I I I \\\\\ ＊＊＊＊＊‥‥‥
找到了！

22，在腿上，红色的数字。

‥‥‥＊＊＊＊＊/////IIIII▓▓▓▓▓
我丈夫右手上写着 26，也是红色的。

▓▓▓▓▓ I I I I I \\\\\ ＊＊＊＊＊‥‥‥
那么密码前六位应该就是 222126。

密码不应该是 8 位数吗？还有两个数字在哪？

应该在某个尸体的脸部。

我丈夫脸上没有数字啊！

这样看来每个尸体上应该只有两个数字。

▓▓▓▓▓ I I I I I \\\\\ ＊＊＊＊＊‥‥‥
也就是说还有一具尸体！

天哪……要我们去找尸体吗？

▓▓▓▓▓ I I I I I \\\\\ ＊＊＊＊＊‥‥‥
不用浪费时间找尸体了，直接暴力破解就行了。

一共 100 个数字，我们一个个地试，A 从 00 开始，B 从 33 开始，我从 66 开始。

▓▓▓▓▓ I I I I I \\\\\ ＊＊＊＊＊‥‥‥
也行。

那我开始试了。

连上了！

13。

▓▓▓▓▓ I I I I I \\\\\ ＊＊＊＊＊‥‥‥
密码是 22212613。

我也连上了。

商盟会内部搜索引擎？这是什么网页？

好像除了这个搜索引擎，别的页面全都进不去。

▓▓▓▓▓ I I I I I \\\\\ ＊＊＊＊＊‥‥‥
我用台式电脑查了一下，所有的浏览器都只能接收信息，不能发出信息，只有我们三人之间能互相通讯，想必其他应用程序也是这样。

正在通话： ---我　　---用户B　　---用户C

对了，A，你的车载仪器能用吗？有些车载系统也能发送消息的。

不行，车载显示器坏掉了，根本打不开。

恐怕也是商盟会的人弄坏的，他们不会让我们发出求救信号的！

这个商盟会到底是做什么的？

商盟会，由全球各地的地下商人联合成立的维权工会。单个的商人没有武装力量，和非法武装者交易非常被动，经常遭遇赊账、违约、霸权等不公平待遇。于是全球各地的地下商人决定联合起来组成新的武装力量，这就是商盟会。

这是我在搜索引擎中找到的一段官方的介绍。

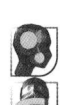

B，我想问你，你们为什么要加入商盟会？

因为我们遭受了太多不公平待遇，只有加入商盟会才不会被欺负。

可以告诉我这些不公平待遇具体是什么吗？

商人的客户都是非法武装者，那些人手里都拿着枪，所有商品的价格都由他们说了算。

他们总说等干完活再回来付款，都是些不法的勾当，鬼知道他们还能不能活着回来。

我们早就受够这些人的欺负了。

我也听说过商盟会，和你们地下商人也有过来往。

你到底是什么人？

我是"影者"。

果然是这样！

你是暗网组的人，是吗？

暗网组？

我不能告诉你，你可以随意臆测。

暗网组是游离于各国的独立组织，他们中最厉害的成员就是"影者"。想必C应该被派来执行某些任务。

051

记者之死　　Next………

正在通话： ---我　　---用户B　　---用户C

▮▮▮▮||||||*****
你的任务是什么？

对不起，这是机密，我不能告诉你们。

▮▮▮▮||||||*****
……

我知道你们商人对非法武装有成见，但现在我们在一条船上，希望你不要记恨我。

暗网组是我们的客户之一，如果你是暗网组的人，那你应该可以调到我们公司的实时监控，这是暗网组的一贯作风。

只要有网络，全市的监控我都能调到，我能告诉你的只有这么多。

回归正题吧，一开始人工智能不是说了吗，投票规则可以在搜索引擎中找到。

▮▮▮▮||||||*****
好像是的。

……*****//////|||||▮▮▮▮
我找到了！

每位玩家可通过输入"投票@X"的方式选择杀害记者的凶手，X 为 A、B、C 三个字母中的一个，分别指代三位玩家。如果某位玩家获得的票数大于或等于 2，且该玩家为凶手，则凶手失败，其他玩家获胜；反之，则其他玩家失败，凶手获胜。

获胜玩家所在场景中的保险箱会自动打开，其中有解除危险的关键道具。请各位玩家抓紧时间找出凶手。

▮▮▮▮||||||\\\\\……
看来还是得玩这个找凶手的游戏。

什么记者？什么凶手？

4月5日晚，一辆棕色吉普车在南石公路上发生交通事故，车辆撞到栏杆后侧翻，车上只有男驾驶者一人，被发现时已经死亡。当地路段没有监控，没有任何人自称目击者。

这是搜索"记者"找到的新闻，发布时间是半年前。

想必这位驾驶员就是那个死去的记者，你们有人知情吗？

▮▮▮▮||||||\\\\\…….
记者的死我也不是很清楚，但我知道可能和我的老板有关。

正在通话： 🙂 ---我　🙂 ---用户B　🙂 ---用户C

> 说说看吧！

> 半年前，我听老板说过，有个记者掌握了我们公司操纵股价的证据，准备向证监会揭发我们。当时老板说这件事他会和记者私了，让我不用管。可后来我就没有听到关于记者的消息了。

> 我根本不知道他已经死了。

> 还有别人知道这件事吗？

> 还有两个人，大股东和主教，老板还专门找他们商量过这件事。

> 我印象中大股东是个子很高的男人，将近2米了吧！

> 你说的大股东就是我的丈夫。

> 就是死在你旁边的那个人吗？

> 是的，我丈夫就是黑湖投资的最大股东。

> 你说的主教是谁？

> 是预言教会的一个有名的主教，他谎称有预知未来的能力，欺骗那些散户买我们的股票。这3个人是违法操盘的主使。

> 这间房屋中有很多宗教书籍和服装，我想这个房子的主人应该就是你说的主教吧！

> 也就是说，违法操盘的主使们都已经死了。

> 记者掌握着他们犯罪的证据，他们都有杀记者的动机。

> 但真正杀死记者的人一定在我们之中。

> 等一下！

> 你们有没有觉得尸体好像变大了？

> 有一点。

> 我的天！

> 目测这具尸体的高度已经有2米了，这显然不是巨人观现象！

> 我丈夫原本就有2米，现在他的头已经顶到车窗外了！

记者之死

053
Next.........

正在通话: ---我　　---用户B　　---用户C

▢▢▢▢▢||||||\\\\＊＊＊＊＊．．．．．．
这到底是怎么回事？！

▢▢▢▢▢||||||\\\\＊＊＊＊＊．．．．．．
很有可能和那个人体研究有关。

B，关于商盟会你还知道什么，全都告诉我。

▢▢▢▢▢||||||\\\\＊＊＊＊＊．．．．．．
我想想。

蜂。

这是商盟会会长的代号。

▢▢▢▢▢||||||\\\\＊＊＊＊＊．．．．．．
关键字是"蜂"，大家一起搜索一下。

．．．．．＊＊＊＊＊/////||||||▢▢▢▢▢
好。

▢▢▢▢▢||||||\\\\＊＊＊＊＊．．．．．．
好。

我找到了，但这恐怕是个噩耗。

我把文字复制给你们：温迪戈，商盟会秘密研制培养的不死物种，通过寄生在人体内进行繁殖，体长4米，高3米，爬行或直立行动，行动敏捷，皮肤比钢铁还坚硬，即便受伤，伤口也能在数秒内迅速愈合，具有强大的攻击能力，对人类以外的生物没有任何兴趣。氰化氢能快速让温迪戈失去生命体征，进入假死状态。被阳光照射会进入睡眠。——蜂。

难道这些尸体已经被温迪戈寄生了？

▢▢▢▢▢||||||\\\\＊＊＊＊＊．．．．．．
一定是这样！

那我们不是死定了？

我们得想办法处理这些尸体！

怎么处理？他们都已经死了啊！

我这有裁纸刀，我可以把他的心脏刺穿！我不信这样还能繁殖！

▢▢▢▢▢||||||\\\\＊＊＊＊＊．．．．．．
温迪戈的皮肤会间歇性散发一种淡蓝色信息素，吸入了这个信息素的人就会被寄生。被寄生者活着的时候并无异样，可以正常生活，但在死亡后，哪怕全身都被破坏，只要脊椎骨骨髓还在，都将有1%的概率在一小时以内诞生活体温迪戈。温迪戈的

正在通话： --- 我　　 --- 用户B　　 --- 用户C

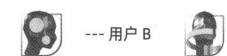

信息素哪怕未被触发，也会永远遗传下去，就像诅咒一样。

如果直接将这种信息素吃掉，则诞生的概率会变成 100%。温迪戈并不会吃人，它们会强迫人类喝下信息素，使其身体 100% 能诞生新的温迪戈，这就是温迪戈的繁殖方式。成为温迪戈后，本能会驱使它们疯狂寻找下一个人类身体进行繁殖。

尸体损坏程度越高，生长速度越快。——蜂。

不能破坏尸体！

我已经刺进去了……

怎么办？

资料上说尸体只有 1% 的概率会诞生新的温迪戈，应该没关系吧！

你们看尸体的口中。

这个蓝色的液体是什么？

淡蓝色？好像是信息素的残液。

也就是说，每个死者都喝过信息素……

很有可能。诞生概率是 100%，这是商盟会故意安排的，看来 B 你做了件蠢事。

我该怎么办？！

尸体有什么反应吗？

暂时还没有。

你们呢？你们动了尸体吗？

我在开车。

我要把尸体搬到停车场的另一边。

你这么做是对的，但没有本质的改变，现在唯一能做的就是尽快找出凶手，然后投票。

C，你应该也和主教有关系，不然你怎么会在他的房间？

055

记者之死　　Next………

正在通话： ---我　　---用户B　　---用户C

对，C，你的任务究竟是什么？

这是机密，我不能说。

你不要这个时候开玩笑好吗？

影者先生，如果你什么都不说，我们会投你的。

对我来说没有任何事比命令更重要。

你们这些人都没有自己的思想吗？如果上级要你去死，你也会执行吗？

是的，哪怕我们3人都死在这里，我也不会违背命令。

……

这该怎么办？

既然你不肯说，那就我来说吧！

你知道？

事到如今我就不隐瞒了，暗网组一直有我们的卧底，你这次的任务早就被我们公司发现了。

你的任务就是去窃取记者搜集到的证据，让非法武装者掌握我们公司的把柄，这样即便我们加入了商盟会，你们依旧可以继续威逼我们进行霸权交易。

你既然知道证据在哪，说明是你杀了记者，凶手就是你！

我不是凶手，如果我杀了记者，我不可能让证据落到主教手里。

你说得没错。

而且B你也有杀人的动机。

我有什么动机？

我在主教的电脑中找到了记者搜集的全部证据。

证据里有什么？

黑湖投资为了抬升股价，弄了一大批假账号来做虚假账单。

正在通话： --- 我　 --- 用户 B　 --- 用户 C

账号一共有 99 个，每个注册信息都完全不同，很难察觉出问题。

公司收支的账单上写了一句话："汇报账单的人瞒报了 1/4 的营业收入。"

我记得你说过你是公司的财务助理，想必这个汇报账单的人就是你吧！

……

这说明什么？

记者发现了你私吞公司财产的事。

你怕自己背叛老板的事情暴露所以杀了记者，然而记者手中的证据还是被主教发现了。

我是私吞了，但人不是我杀的。

车祸是你制造的吧！

你凭什么这么说？

虽然说出来你们会怀疑我，但我觉得有必要告诉你们。

车祸发生时，我就在现场。

你去了现场！

我一直在后面跟着记者的车。发生侧翻后，我过去调查了一下。

你的任务果然是为了那个证据。

调查到什么了吗？

这不是普通的车祸，一共有三个疑点。

第一，汽车的刹车有明显被做过手脚的痕迹。

第二，尸体血管发黑，应该是死前中了毒。

第三，一张照片。

记者之死

正在通话： ---我　　---用户 B　　---用户 C

照片？

是 Wi-Fi 名字中的那张吗？

那张照片我并没有带走，你们可以直接搜索"照片"。

我找到了！

果然有 4 个人！

但是都看不清脸。

没错。这是一个地下室，灯光昏暗，桌上都是瓶瓶罐罐的毒药。照片是记者偷拍的，不难推测，这是记者生前遭受严刑逼问的地方。

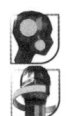

你是说，这 4 个人在用毒药逼问记者？

没错。这 3 个疑点都说明这场车祸不是意外，而是谋杀。

那个身材高大的人，一定就是我丈夫。

很明显，这 4 个人都是杀害记者的凶手。其中 3 个，就是黑湖投资的老板、大股东和主教，而最后一个人就在我们之中。

B，和这 3 个人都认识的就只有你了。

看来凶手已经可以确定了。

……

投票 @B。

系统　[已确认用户 A 的投票对象为用户 B]

你在发什么神经？！

C，既然已经确认了就快点投票吧！

我不是凶手！不要投我！

终于连上了。

连上什么了？

正在通话： ---我　　---用户B　　---用户C

办公室和停车场的监控。

难道说你现在能看到我们？

A女士，拐角停车位那辆黑车里的人是你吗？

是的。

可以麻烦你走到监控摄像头这边来吗？我想看看你的脸。

什么意思？

好，我出来了。

果然是这样。

你看到什么了？她的脸怎么了？

你们两人的脸上都有红色的数字。

什么？！

是多少？！

A是48，B是17，你们可以找个镜子确认一下。

确实，我脸上写着17。

C说得没错，我脸上写着48。

那C你呢？

我的是01。

应该是那帮人在我们刚刚昏迷的时候文上去的。

连我们的脸上都有数字……他们一开始就打算把我们都变成尸体吗？

这个数字一定有什么含义。

等一下。

C的脸上写的不一定是01。

为什么？

记者之死

正在通话： ---我 ---用户B ---用户C

▢▢▢▢▢||||||*****·····
他能看到我们，而我们看不到他，他可以骗我们。

▢▢▢▢▢||||||*****·····
我没有骗人。

▢▢▢▢▢||||||*****·····
还记得 Wi-Fi 的密码吗？

从那张照片就能看出来，密码中的四组数字并不是指代四具尸体，而是杀死记者的 4 个凶手。

前面 3 组数字指代的是已经死掉的 3 个凶手，最后一个凶手脸上的数字一定是 13。

我们两人的数字都不是 13，那凶手就一定是 C。

▢▢▢▢▢||||||*****·····
如果我是凶手，你们就已经输了。

·····*****//////||||||▢▢▢▢▢
如果他想隐瞒数字，大可不必告诉我们他连上监控的事。

如果他不提数字的事，我们根本不会看镜子，也不会发现数字。

你是说你之前没看过镜子？

是的。反倒是 B，你既然早就知道 C 的任务是去主教家窃取证据，那你不应该也早就知道记者已经死了的事吗？可你一开始为什么骗我们说你不知道记者已经死了？

▢▢▢▢▢||||||*****·····
……

C，快点投 B 吧！

我承认骗了你们，我知道记者已经死了，但我是在记者死了之后才知道的。我骗你们是因为我不想公开卧底的事，这是公司的机密。

这种话没人会相信的。

▢▢▢▢▢||||||*****·····
你终于露出马脚了。

▢▢▢▢▢||||||*****·····
我说的是真的！！！

B 就是凶手！

▢▢▢▢▢||||||*****·····
我说的露出马脚的人是你，A 女士。

我？

Loading...

正在通话： ---我　　---用户B　　---用户C

□□□□□||||*****······
你在说什么？

□□□□□||||*****······
"镜子"这个词提醒了我。

你撒谎了，你早就看了镜子，在我打开监控之前。

□□□□□||||*****······
到底是怎么回事？

□□□□□||||*****······
发现尸体会变成怪物后，你为了把丈夫的尸体搬运到远处而开动了汽车。

为了不让怪物发现，你把车非常完美地停在了现在的停车位上。

之前你说过，车上的车载显示器已经坏掉了。

那你是怎么把车停进停车位的？

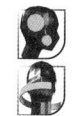

□□□□□||||*****······
她一定看了后视镜！

□□□□□||||*****······
没错，你早在那个时候就已经看到后视镜，并发现了自己脸上的数字。

可这都是你猜的，而且倒车时后视镜是看不到自己的脸的，你应该知道。

你说过，这是你丈夫开来的车，对吧？

……

你的丈夫身材非常高大，和你的身高差别巨大，因此他和你的视角一定是不同的。

□□□□□||||*****······
我知道了！她必须调整后视镜的角度！

□□□□□||||*****······
在调整后视镜时，你发现了脸上的数字。

□□□□□||||*****······
如果伸手调整了后视镜，很有可能会看到自己的脸。

这都是你猜的！再说就算我看到了脸上的数字那又怎么样？

□□□□□||||*****······
那么你就可以把数字改掉。

□□□□□||||*****······
改数字？

□□□□□||||*****······
虽然我看不清，但不难猜测。

061

记者之死　　　　Next………

正在通话： ---我　---用户 B　---用户 C

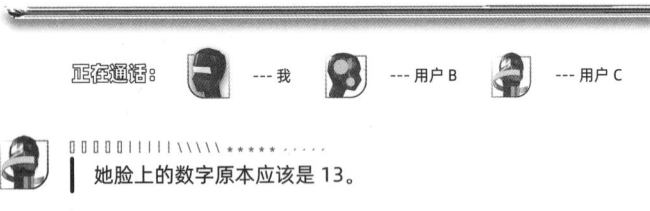

▫▫▫▫▫||||||*****·····
她脸上的数字原本应该是 13。

她发现脸上的数字后，担心被我发现，于是用口红把数字改成了 48。

还记得我很早就说过，我可以调取实时监控吗？
·····*****/////||||||▫▫▫▫▫
······

你说得没错，女士，我没有证据，这一切都是我猜的，你可以辩解。

不过在你辩解之前，请先在摄像头面前尝试把脸上的数字擦掉。

你敢这么做吗？

▫▫▫▫▫||||||*****·····
答案很明显了。

你还想解释吗，A？

说话啊？

▫▫▫▫▫||||||*****·····
她在笑。

▫▫▫▫▫||||||*****·····
什么？

▫▫▫▫▫||||||*****·····
她已经把手机扔了，正跪在地上大笑。

▫▫▫▫▫||||||*****·····
莫名其妙的女人。

▫▫▫▫▫||||||*****·····
投票吧！

▫▫▫▫▫||||||*****·····
投票 @A。

系统　[已确认用户 B 的投票对象为用户 A]

C，你的票呢？

快投啊！

凶手不是我，是 B。

相信我。

哈，还在辩解什么？

正在通话： ---上帝之眼　---我　---用户B　---用户C

投B！

投A啊！快投啊！

你在等什么呢？

对不起，我只是想赌一把。

啊？

投票@C。

系统　[已确认用户C的投票对象为用户C]

怎么回事？

你在投什么？！

系统　[凶手未被投出，游戏结束，凶手获胜]

恭喜3位玩家均获得胜利！玩家各自所在场景的保险箱已自动打开，请尽快取出使用。

果然是这样。

这到底是怎么回事？

先别纠结了，快看看保险箱吧！

里面有个装着液体的针筒！

HCN，氰化氢液体。

这个要怎么用？

根据暗网上的资料，把这个液体注射到变异尸体上，就……

小心身后！

果然和资料上描述的一样。

我还是第一次见到这种生物。

正在通话： 🎭 ---我　🎭 ---用户C

……＊＊＊＊＊//////||||||□□□□□
　　　　　　　　　　　　　发生什么了？

□□□□||||||\\\\\\＊＊＊＊……
助理先生已经死了。由于他的那一刀，温迪戈提前
诞生了，从那个被寄生的老板身体中出来了。

　　　　　　　　　　　　　　　　　　……

注射了氰化氢后，尸体就变回原来的大小了。

　　　　　　　看来你已经成功了。你的危机解除了，你的
　　　　　　　　　　　伙伴应该很快就会过来救你了吧。

照片里的最后一个人就是你吧，A 女士。

　　　　　　　　　　　　　　　　　　没错。

是你给记者下的毒。

　　　　　　　　　　　　　　　　　　　嗯。

　　　我们没有拷问出藏匿证据的位置，我假装放跑了他。他以为我是
　　　　　好人，告诉了我证据的位置，但我还是在他的水杯中下了毒。

那么在刹车上做手脚的一定就是 B 了。

　　　　　　　　　　　真正动手杀死记者的人其实是你吧。

是的。他当时失血过多，已经活不下去了，我只是为了减少他的痛苦。

　　　　　　　　　　　　　所以其实我们 3 个人都是凶手。

游戏规则是，如果凶手获得的票数大于 1 就算凶手失败，而我
们 3 人都是凶手，所以只有每人获得一票，我们才能获胜。

一开始我们都以为自己才是唯一的真凶，虽然直接动手的人是
我，但在商盟会眼中，我们 6 个人其实都是杀死记者的凶手。

　　　　　　　　为什么不早点告诉我们？如果我们都意识到这点，
　　　　　　　　　　就不用这么麻烦了，互相投一票就可以了。

我别无选择，因为我们都知道囚徒困境。

我不觉得你们会配合我。

正在通话：　---我　　　---用户 C

□□□□□IIIIII*****……

统一意见的前提是每个人都得承认自己是凶手。

我想没人会愿意第一个这么做吧。

……*****//////IIIIII□□□□□

所以你才想办法让我和 B 互相投票。

只要保持每人获得一票的局面就行了。

你怎么知道直接杀死记者的人是我？

因为你的数字是 01。

你知道这个数字真正的含义吗？

是因为我们而受害的人的数量。

我丈夫为了注册假账号，收买了 99 个人，并用他们的身份去注册账号。

就是记者证据中那 99 个账号吧。

注册完后，为了不走漏风声，他背叛了这些人，让我们把他们永远囚禁在一个荒岛上。

99 人加上记者正好是 100 人。

你为什么要听他的？就因为他是你的丈夫吗？

如果我不这么做，他就会杀掉我的儿子，他是个毫无人性的人。

你干吗把针筒砸了？

我活不了了。

为什么？

隐藏罪行的工作一直都是他们三个人在做，现在他们都死了，警察很快就能查到我。

现在是我赎罪的时候了。

影者，你觉得我该死吗？

我不知道。我不是法官。

表面上你眼里只有上级的命令，但我看得出

记者之死

正在通话： --- 我   --- 用户C

· · · · · ＊＊＊＊＊／／／／／｜｜｜｜｜◻◻◻◻
来你其实也有自己的想法和感情。

我丈夫已经变异了，他正在靠近我。

我有一个遗愿。

我希望你能帮我照顾我的孩子，他才9岁，他不该去承受孤单的痛苦。

这是我最后要说的话。

◻◻◻◻｜｜｜｜\\\\＊＊＊＊＊· · · · ·

你要去哪？

我看不到你了。

地下停车场的闸门一般都由一个密码锁和读卡器控制。

一开始我就在想我们是用什么方法通讯，后来我在手机内部找到了一个微型NFC集成卡和无线电装置，应该是商盟会的人装的，你的手机中一定也有。

你先躲进车里，把窗户全部关上，把集成卡取下来，趁温迪戈不注意的时候下车，拿集成卡去刷停车场闸门的读卡器，可以获取密码锁的密码，然后输入密码，也许就能打开闸门。

这是我能想到的你唯一逃出去的可能。

你是被威胁才杀人的，法院不一定会判死刑。

我不喜欢照顾小孩。

如果你看到我发的信息，就照我说的去做，也许还有逃脱的机会。

希望你能活下去。

第四章

沦陷之城

正在通话： ---我 ---用户B ---用户C

都醒来了吗？

嗯。

这是哪？

看起来像是某栋高楼的楼顶。

虽然距离很远，但3个天台上都装有氙气灯，我能看到你们。

对面那栋楼有亮光的天台上的人是你吗，C？

最矮的那栋。

是的。

我们分别位于3座大厦的天台。

你们是用什么设备发送消息的？

一个被锁链连到围栏上的手机。

我也是。

看来大家都一样。

这应该是座城市，可为什么街道上没有路灯？

好像整个城市都断电了，一片漆黑。

而且能听到底下有很多动静。

这座城市已经被温迪戈占领了。

我低估了它们的繁殖能力。

难道街道上全是温迪戈？

它们会上来吗？

这3栋楼都很高，温迪戈没有视力，它们应该察觉不到我们。况且你们天台的门应该也是锁着的。

的确，有一扇厚重的铁门，门上还有个显示器，不像是这里原来就有的。

正在通话： ---我　---用户B　---用户C

这边也是，上面有个未启动的显示器。

这里也一样。

但这样我们也走不了。

这是商盟会设计的逃脱游戏，我们三人都是玩家，显示器应该也是游戏的道具。

又是逃脱游戏。

如果我没猜错，各位应该都不是第一次参加这个游戏了吧。

我已经是第二次被抓过来了。

我也是第二次。

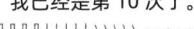

C，你呢？

我已经是第10次了。

10次？你是认真的吗？

你是怎么活下来的？

C，如果我没猜错，你就是蜂吧！

蜂？

我听说有个人一直在找我，是你吗？

自我介绍一下，我是暗网组的"影者"，我的任务是找到并解救商盟会的创始人及第一任会长"蜂"，也就是你，C。

商盟会的创始人？第一任会长？

到底发生了什么事？

我打听到商盟会发生过内乱，第一任会长"蜂"被新的领导者"二代蜂"囚禁了起来，并被强迫参与这一系列的逃脱游戏。

我为了找到你，从一个死去的记者遗留下的

沦陷之城

正在通话：🔲 ---我　　🔲 ---用户B　　🔲 ---用户C

〉资料中获取了参加这个游戏的方法。

〈 所以你参加这个游戏就是为了救我？

〉是的！

〈 那这座城市为什么会变成这样？

〉被温迪戈杀掉的人会变成新的温迪戈。

〉在查找记者资料时，我也被迫进行过一次游戏，就在这座城市。

〈 就是你第一次参加这个游戏的时候？

〉是的。我侥幸逃了出来，而死去的玩家被温迪戈寄生了。

〉在我逃离这个国家的第二天，短短一夜的时间，我就收到了这座城市被封锁隔离的消息。

〈 你的意思是，下面街道上那些怪物都是人变的？

〈 它们原本都是这座城市的居民。

〈 ……

〈 如果我们输了，也会变成那样吗？

〉我也不知道。

〉最高楼那个穿蓝色衣服的女孩就是你吧，B。

〈 嗯。

〉可以说说你的经历吗？

〈 你想知道什么？

〉你为什么会出现在这里？

〈 这也是我想问的。

〈 我只是在找一个人，却莫名其妙地卷入了这个游戏，还是两次。

〉找什么人？

070
Loading...

正在通话： ---我　　　---用户B　　　---用户C

□□□□□□||||||*****······
救我的人。

3年前我从高楼摔下失去意识，一个路过的医生救了我。

他亲自给我做了手术。我全身瘫痪成了植物人，我不知道他用了什么方法，让我在两年半的时间内恢复成正常人。

······*****//////||||||□□□□
所以这一段时间一直是他在照看你？

嗯。我在他的诊所接受了两年半的治疗。当我终于有一天能开口说话时，他就突然消失了。

他有什么外貌特征吗？

我不知道，他一直蒙着脸。

我在他留下来的衣服上找到了一个六边形的标志。

□□□□□□||||||*****······
那是商盟会的标志。

□□□□□□||||||*****······
没错，我开始四处打听商盟会。当我好不容易打听到一点医生的消息时，突然有人迷晕了我，把我送进了这个游戏。

你一个女孩能从这么残酷的游戏中逃脱，已经很厉害了。

我并没有逃脱。

我坐船离开了那座岛前往陆地，上岸后却又被人抓了起来，之后就被送到了这里。

蜂，关于医生的事你知道什么吗？可以帮帮这个女孩吗？

□□□□□□||||||*****······
我不知道任何关于这位医生的事。

□□□□□□||||||*****······
你们不用管这件事。

现在最重要的是从这里逃出去。

嗯，你们说得没错。

据我所知，这个逃脱游戏只有一个人能活着离开。
□□□□□□||||||*****······
并非如此。

每场游戏都存在一个让所有人都逃离的方法，但基本上没人能找到。

071
沦陷之城
Next………

正在通话： ---我　　---用户B　　---用户C

至少我经历的那 9 次都没出现过全员完美逃脱的情况。

> 我想我应该找到过。

上一次吗？

> 虽然结果还是有人死了，但我确定，的确有完美逃脱的方法。

既然这样，那就一起找出这个方法吧！

A，你第一次能找到，应该有能力再找到一次吧！

> 我的任务是解救蜂，最好的情况是三人一起活着离开，我会尽力的。

东边的天空开始变蓝了，看来现在已经是黎明了。

等会看上帝之眼公布规则吧。

> 我们可以先观察一下情况。

你们有什么发现吗？

脚下的数字。

> 天台地板上有两个很大的数字。
>
> 56。
>
> 用油漆画的，大概有 10 米宽。

我的是 51。

我的是 64。

这应该是一个线索，先记录一下吧。

还有别的发现吗？

> 我的门缝上好像有个字条。

我也有。

> "温迪戈的信息素承载着记忆。"上面写着这句话。

正在通话： ---我　---用户 B　---用户 C

不知道是什么意思。

C，你的字条呢？

"上帝之眼可以通过对话框输入'@ 引爆 X'（X 为 A、B、C 中的任一），引爆对应用户所在建筑的爆破装置"。

爆破装置？

看来每栋楼都安置了足以炸毁整栋建筑的炸弹。

这恐怕就是游戏的惩罚，要小心一点。

女孩，你那边有字条吗？

对不起……刚刚突然起风，我的字条被吹掉了。

真的吗？

真的。

这下糟了，这可能会是关键的线索。

真的很对不起。

不要紧张，孩子。

你一定能逃出去的。

你为什么这么说？

我看到了未来。

什么意思？

你们看，铁门上的显示器亮了。

一张女孩的照片。

"照片中的女孩当时的年龄是？"

有三个选项：16，18，19。

我看到的也一样。

沦陷之城

正在逗话： 🔵 --- 上帝之眼　🔴 --- 我　🟢 --- 用户 B　🔴 --- 用户 C

🟢 看来每个显示器上的题目都是相同的。

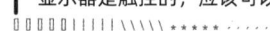

显示器是触控的，应该可以直接选择上面的选项。

🔵 欢迎参加本次实景逃脱游戏，我是人工智能出题官——上帝之眼。

本次游戏共有 3 名玩家参与。本次游戏共有 3 道选择题，任何玩家可通过输入 @ 选择 X（X 为选项序号）来确定选项。

任一玩家答对任何一题，所有的铁门即可自动打开。每道题只有一次答题机会，请在太阳升起之前完成所有题目。

游戏开始。

🟢 任一玩家答对任何一题……就这么简单？

🔵 第一题，请选择触控屏幕照片上的女孩当时的年龄。

1）16。
2）17。
3）18。

🟢 题目都一样。

🔴 等等，显示器下面还有两行小字。

"题目一共有 3 道，选择正确选项后会跳转至下一题"。

"若任意一题选择错误，即会引爆此楼的爆破装置"。

🔴 也就是说，现在有两种答题方式。一种是通过触控屏选择答案，另一种是通过对话框回答上帝之眼的问题。

🟢 显然通过对话框答题要安全得多。

🔴 目前看来是的。

🔴 可就算铁门打开了，街道上全是怪物，我们根本跑不掉。

🟢 温迪戈见到太阳就会睡着，只要趁太阳出来的时候想办法离开这座城市就行了。

🟢 原来是这样。

正在通话： ---上帝之眼 ---我 ---用户B ---用户C

既然要在太阳出来之前答完，那就快看题目吧！

这个女孩有人认识吗？

我没见过这个人。

她是我女儿。

那你一定知道她的年龄吧！

但她几年前就已经死了，这是她16岁时的照片。

原来如此。

那正确答案应该是16，对吧？

嗯。

确定了吗？

试试吧！

@选择1

第一题回答错误，60秒后进入第二题。

……

为什么错了？

蜂，是你记错了吗？

这张照片是我拍的，我不可能记错的。

这太奇怪了……

没事，还有机会，先看看下一题吧。

第二题，水箱中的人是被谁杀死的？

1) 游戏设计者。

2) 二代蜂。

沦陷之城

正在通话： 🧿 ---上帝之眼　🐝 ---我　🐙 ---用户B　🦑 ---用户C

🧿 ▌░░░░|||||*****‥‥‥
▌3）黑湖投资股东。

🐙 ▌░░░░|||||*****‥‥‥
▌水箱？

▌‥‥‥*****/////||||||░░░░ 🦑
▌指的是天台上的水箱。

🧿 ▌░░░░|||||*****‥‥‥
▌每个天台都有一个水箱，里面的水应该早已被放空了。

🐙 ▌░░░░|||||*****‥‥‥
▌现在要打开吗？

▌嗯，打开吧。

▌可能会看见尸体，做好心理准备。

▌我打开了。

▌没有尸体，只有一个无人机和遥控器。

▌我这里是一个玻璃瓶。

▌蜂，你那边呢？

🐙 ▌░░░░|||||*****‥‥‥
▌是一只温迪戈。

▌离它远点！

🧿 ▌░░░░|||||*****‥‥‥
▌这个就是题目中说的尸体吧……
▌░░░░|||||*****‥‥‥
▌要解答第二题必须先弄清这个温迪戈的身份。

▌它身上能看出什么吗？

▌变成温迪戈就已经面目全非了。

▌等等！

▌它脸上写了一个红色的数字。

▌什么数字？

▌13。

▌你知道什么吗，A？

▌没什么，我可能知道它的身份。

正在通话： ---我　　　---用户B　　　---用户C

答案有可能是股东，但我不能确定。

那怎么办？

还记得字条吗？温迪戈的信息素承载着记忆。

这句话到底是什么意思？

温迪戈诞生后，其身体会间歇性地散发出一种淡蓝色的信息素，这种信息素继承了宿主大脑中的全部记忆。

如果人类吸食了这种信息素，就会被温迪戈寄生，这个你应该知道吧？

嗯，我知道。

实际上，人类在被温迪戈寄生的同时，也能获取温迪戈的全部记忆。

竟然有这种事？

如果你没说谎的话……这的确超出了我的认知。

我不会说谎的。

所以说，只要有人去闻了这只温迪戈的信息素，就能获取它生前的记忆，然后找到凶手，对吗？

是的，但这个人就会被寄生。

……

被寄生会怎么样？

被寄生的人死后会有1%的概率变成温迪戈。

不仅如此，哪怕没有变成温迪戈，温迪戈的信息素也会永远地遗传下去，使其后代也被寄生。

这简直就是诅咒。

你们有谁愿意吸入信息素吗？

没有的话就我自己来吧！

沦陷之城

正在通话： ---我　　---用户B　　---用户C

我来吧！

想清楚了吗？

我的任务是解救你，我自己变成什么样都无所谓。

可温迪戈在他那边，你怎么拿到它的信息素呢？

温迪戈的表皮会残留一些淡蓝色的粉末。

这些道具就是很明显的提示。

你让无人机飞到我这里，我把玻璃瓶放上去，然后再让无人机飞到蜂那边，让他提取信息素，再送回给我就行了。

只有这个方法了。

行。

那我操控了。

好。

我拿到无人机了。

"微型电磁脉冲炸弹"。

B，无人机上的这行字你刚刚没发现吗？

我没看到啊，那是什么意思？

没什么。

已经把玻璃瓶固定上去了，你现在让它飞往蜂那边吧。

你能看清吗，女孩？

氙气灯的光线充足，而且天空已经慢慢亮起来了，应该能看清的。

我刚刚发现，我的手机界面上有个切换账号的功能，你们呢？

我的也有。

账号ID是"ABC"，但是要输入密码。

正在通话： ---我　　---用户B　　---用户C

蜂，你觉得这个账号是做什么用的？

完全不清楚。

但看这个提示，密码有可能是我们脚底下的 3 个数字，按照 ABC 顺序的组合。

566451。

不对。

我刚刚试过了，提示密码错误，一小时内不能再次登录。

看来每个人一小时内只有一次输入密码的机会。

这个账号一定有什么作用……

信息素已经收集好了，B，可以操控无人机飞去 A 那边了。

好的。

拿到了。

那我现在开始闻了。

如果记忆量很大，可能会有点痛苦。

他看起来很难受。

没关系，过一会就好了。

你怎么样了，A？

我从车库逃了出来。

一群假冒警察的人把我抓了起来。

我被关进了一个实验室。

有个戴眼镜的人在编写程序，是个程序员。

我看到了电脑上的几段程序代码，好像和逃脱游戏有关。

但程序员后来被另一个戴鸭舌帽的男人杀了，变成了温迪戈。

沦陷之城

正在通话： ---我　　---用户B　　---用户C

戴鸭舌帽的人把我架上了手术台。

他把程序员身体上的信息素灌入了我的口中。

我被关进了水箱，然后我就死了。

那个程序员应该就是游戏设计者，他们用商盟会研发的特殊语言编写程序。

你能读懂这些代码吗？

大部分都能读懂。

如果A说得没错，那凶手就是那个戴帽子的。

嗯。

可我不能确定他是谁。

蜂，你知道二代蜂长什么样吗？

他变成白骨我都能认出来。

但是只有A知道凶手的长相。

我可以画出来。

画出来给我看看吧。

他真的在画吗？

嗯，这是作为特工的基本能力。

画好了。

我把画像放到无人机上了，B，操控一下，送到蜂那里。

好的。

感觉街道上的声音渐渐变小了。

你看看东方。

太阳已经快出来了，得抓紧时间了。

正在通话： ---上帝之眼 ---我 ---用户B ---用户C

哦，对了，我还写了几段代码在上面，好像和第一题的答案有关。

蜂，你看看能不能通过那些代码找出正确答案。

好，我试试。

B，稍微往下一点。

怎么回事？

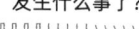

发生什么事了？

无人机突然爆炸了，在我眼前。

蜂，你怎么样？没受伤吧？

我没事。

可无人机为什么会突然爆炸……那画像呢？

画像被烧掉了。

没关系，选项一共就 3 个，现在已经可以排除游戏设计者了。

A，你能分辨出是黑湖投资的股东，还是二代蜂吗？

既然死者已经从车库逃了出来，那就应该不是那个股东。

那就选二代蜂吧，他的确是能做出这种事的人。

女孩，你怎么说？

只能这样了。

@ 选择 2。

第二题回答错误，60 秒后进入第三题。

究竟是怎么回事？？？

看来只剩最后一次机会了。

第三题，谁是无罪的？

沦陷之城

正在通话： ---上帝之眼　---我　---用户B　---用户C

1）预言教会。

2）商盟会。

3）暴力主张者。

4）温迪戈。

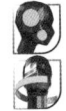

4个选项。

这道题不是商盟会的人出的吗？为什么会把自己也放进选项？

因为我们本身都有罪。

培养出温迪戈这种怪物，本身就是罪大恶极的事。

真是自相矛盾。

二代蜂说过，一旦他完成温迪戈计划，就会和所有参与开发的人一起自裁。

看来你到现在依然认为自己是商盟会的人。

我不认同二代蜂的做法，但温迪戈计划是我建立的，我从来不后悔这么做。

蜂，为了解答这道题，请你诚实地告诉我。

你究竟为什么要创造这种怪物？你明知道这个计划有多可怕。

温迪戈计划的最终目的，是阻止一切战争，实现永久和平。

阻止一切战争？

我的女儿是在战争中死去的。四年前，商盟会成立没多久，就遭到了恐怖分子的报复。我的女儿为了保护我，自己死在了枪炮中。

尽管我为她复了仇，但我深深感受到了战争带来的痛苦，我痛恨世界上的一切暴力。

商盟会讨厌暴力，也就是说，对你们来说暴力主张者也是有罪的，是吗？

是的。

正在通话： ---我　　　 ---用户B　　 ---用户C

所以从那时起，我就决定阻止一切战争。

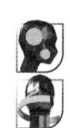

你打算如何阻止战争？

让全人类都被温迪戈寄生。

我的天！！！

被寄生者死后有1%的概率会变成温迪戈，温迪戈会杀人，并将被杀的人变成新的温迪戈。

所有人都被寄生，那么一旦发生导致大规模死亡的战争，大量的温迪戈也会随之出现，且会无差别地威胁整个战场，甚至全世界。

让利益冲突的双方停止战争，唯一的方法就是让更强大的第三方介入。

战争是人类的本性，想要彻底避免战争，就必须让所有人都尝到战争带来的痛苦。

让全世界都忌惮温迪戈的出现，才能真正实现永久的和平。

我不知道该说什么。

为了避免战争而让怪物寄生在所有人身上，以此来制约人类。

这太荒唐了！

你根本不知道战争的可怕，那些好战的人比怪物要可怕得多。

那答案就只剩预言教会和温迪戈了，你们知道关于预言教会的事吗？

你也是预言教会的人吧，蜂。

在我做商人之前，我就已经信仰预言教了。

商盟会的创始人竟然是预言教会的教徒……

所以你从来不会说谎吗？

是的。"预言者绝对不能说谎"，这是预言教会的宗旨，因为预言教会相信神明会把预知未来的能力赐予永远不会说谎的人。

听起来预言教会的人应该是好人吧。

沦陷之城

正在通话: ---我 ---用户B ---用户C

> 可根据我的情报,商盟会一直视预言教会为敌人。

视预言教会为敌人的是二代蜂。

> 二代蜂到底做了什么?

就在半年前,我获得了预知未来的能力。

也正因如此,我才会被二代蜂陷害。

> 他为什么要发动叛乱?

我预测了温迪戈计划的结局。

> 结局是什么?

温迪戈将导致人类灭亡。

人类灭亡?!

> 难道预言的能力是真实存在的吗?

你以为我是如何成功逃脱9次的?

预见这一结局后,我就立刻宣布终止温迪戈计划。

然而商盟会中有很多人并不相信这个预言,二代蜂就是其中之一。

不久,二代蜂就领导众多抗议者发起了内乱,将我拘捕,并取代了我的位置。

> 所以你才会被强迫参与这个逃脱游戏。

二代蜂设计这个游戏,就是为了向所有人证明,我的预言能力是假的。

> 然而你每次都成功逃了出来,这并不是二代蜂想看到的。

只要我不死,逃脱游戏是不会结束的。

第三题的答案究竟是什么?

真正无罪的只有温迪戈,它们是阻止战争的英雄。

> 温迪戈怎么可能是无罪的?它们根本不能阻止战争,只会带来更多的战争。

正在通话： --- 我　　 --- 用户B　　 --- 用户C

你想说什么？

全世界每天那么多人死去，那么每天都会出现无数的温迪戈，更会有无数的人死在温迪戈手中。

这些怪物根本不能带来和平。

被寄生者死后一个小时才会诞生出温迪戈，及时把尸体送往医院处理就可以避免了，这在战场是无法做到的。

理论和现实完全是两回事，蜂，你这么做根本就是为了发泄失去女儿的悲愤。

那些无辜死去的人可以把罪责归在商盟会的头上。

培养温迪戈需要人类的身体，你为了这个计划，牺牲了多少人的生命？

我并未杀人。

开始温迪戈计划后，我就四处寻找身体来做实验，所有的实验体都是原本已经死去的人。

太阳快出来了，时间不多了！

你看看下面，这些原本都是无辜的居民。

现在它们每个人手上都沾染了别人的血，它们就是你说的英雄？

实现永久的和平需要这样的代价。

难道你也认同二代蜂的做法吗？

如果不是因为那个预言，二代蜂的做法是没错的。

没时间了！

你已经疯了。

没有人愿意被怪兽寄生，一切都是你们自作主张。

那战争该如何避免？没有温迪戈，就会有更多的人死于战争。

沦陷之城

085
Next.........

正在通话： ---上帝之眼 ---我 ---用户B ---用户C

只要人类存在，就一定有战争，无法避免，也不需要避免。

难道你认同战争吗？

永久和平是永远不可能实现的。

这就是为什么我痛恨你们这些暴力主张者。

够了！不要再争了！

到底该选哪个？

看清楚了吗？

我数了一遍，是67。

你们在说什么？

没错，是67。

那密码就应该是566751。

能登录吗，蜂？

登录了。

怎么回事？

你应该比我们更清楚吧，B。

太阳已经出来了。

我不知道你在说什么。

你一开始就骗了我们。

你脚下的数字是67，而不是64。

……

那个用来切换的账号就是上帝之眼。

登录上帝之眼的账号，伪装上帝之眼给我们出题，实际上是为了套出真正的答案，对吧？

正在通话： ---上帝之眼 ---我 ---用户B

所以不论我们回答什么，上帝之眼给出的结果都是错误。

你每获得一道题的答案，就在触控屏上进行选择，到最后只有你一个人能顺利打开铁门，这就是你的计划。

你为什么怀疑是我？

你的位置最高，你一开始就能看到我们两人脚下的数字，而我们看不到你的，所以只有你能知道真正的密码。

假装被风吹掉的那张字条上写的才是真正的游戏规则吧！

看起来真正的游戏规则好像只允许一个人逃脱。

可你是怎么知道我脚下的数字是67？

不难猜测，数字就是每栋建筑各自的楼层数。太阳一旦升起，我们就能看清你的楼层数了。

所以你们刚刚的争论实际上只是为了拖时间？

是的，拖到太阳升起就行了。

……

"请在太阳出来之前完成所有题目"，想必真正的上帝之眼在天亮后就会出现，所以你才会设定这样的规则吧。

登录上帝之眼的账号后，只要输入指令就能随时摧毁任何建筑，恐怕一旦我们告诉了你第三题的真正答案，你就会毫不犹豫地杀了我们。

现在你设备上的上帝之眼账号被强制退出，已经无法再次登录了。

呵呵，厉害，你们不愧是暗网组的精英和预言家。

你还有什么要说的吗？

杀了我吧！

为什么？

你在装什么？你不是可以预知一切吗？

你应该知道，打开铁门后就把你们杀掉，这就是我原本的打算。

沦陷之城

正在通话： ---上帝之眼 ---我 ---用户 B

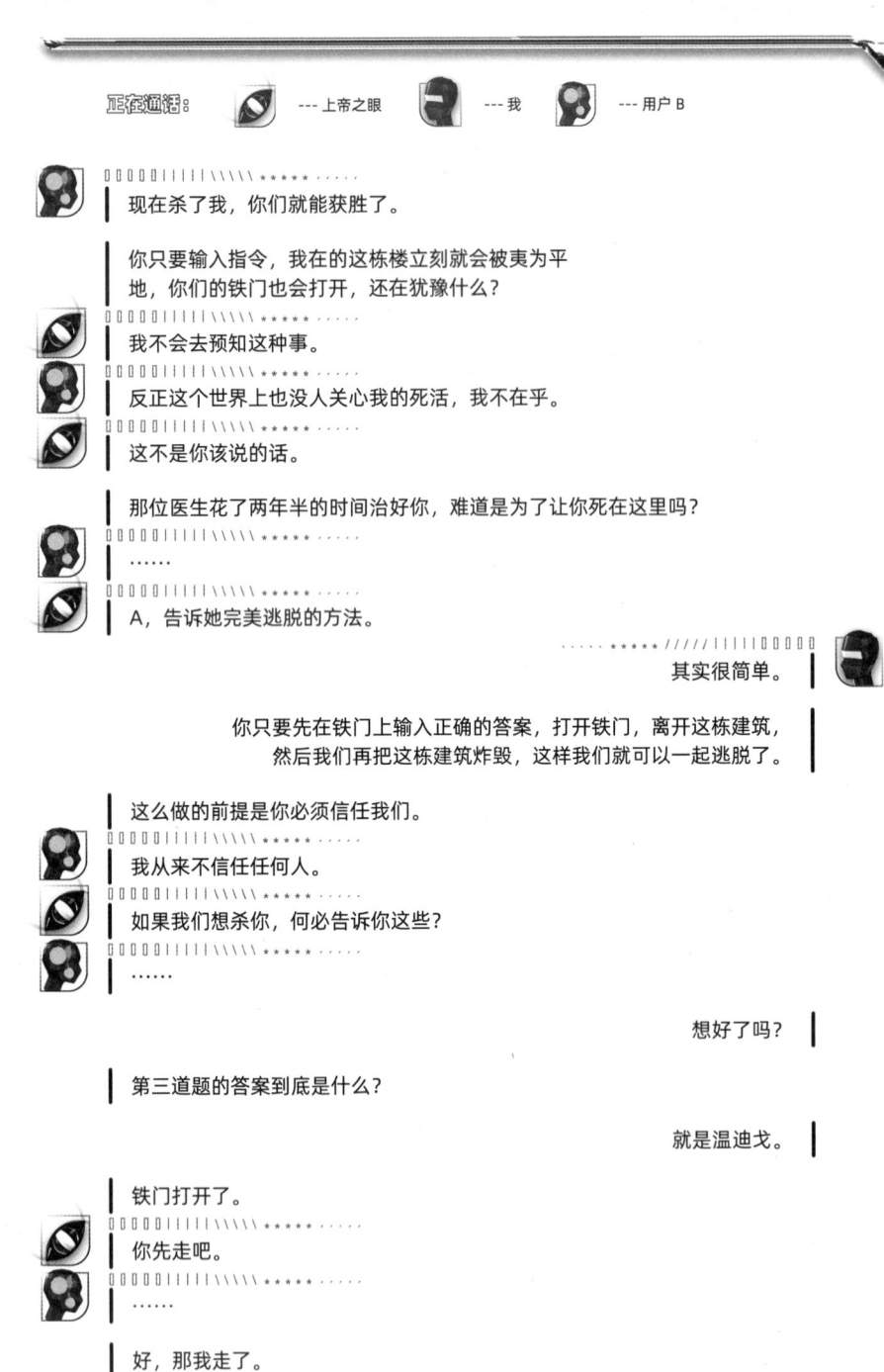

▫▫▫▫||||*****······
现在杀了我，你们就能获胜了。

你只要输入指令，我在的这栋楼立刻就会被夷为平地，你们的铁门也会打开，还在犹豫什么？

▫▫▫▫||||*****······
我不会去预知这种事。

▫▫▫▫||||*****······
反正这个世界上也没人关心我的死活，我不在乎。

▫▫▫▫||||*****······
这不是你该说的话。

那位医生花了两年半的时间治好你，难道是为了让你死在这里吗？

▫▫▫▫||||*****······
……

▫▫▫▫||||*****······
A，告诉她完美逃脱的方法。

······*****/////||||▫▫▫▫
其实很简单。

你只要先在铁门上输入正确的答案，打开铁门，离开这栋建筑，然后我们再把这栋建筑炸毁，这样我们就可以一起逃脱了。

这么做的前提是你必须信任我们。

▫▫▫▫||||*****······
我从来不信任任何人。

▫▫▫▫||||*****······
如果我们想杀你，何必告诉你这些？

▫▫▫▫||||*****······
……

想好了吗？

第三道题的答案到底是什么？

就是温迪戈。

铁门打开了。

▫▫▫▫||||*****······
你先走吧。

▫▫▫▫||||*****······
……

好，那我走了。

088
Loading...

正在通话： ---上帝之眼　　---我　　---用户C

▯▯▯▯▯||||*****·····
好好活下去。

·····*****////▯▯▯▯▯
她已经走了。

温迪戈都睡着了吗?

看起来都不动了,地面应该已经安全了。

那就好。

她已经出来了,输入指令吧。

@ 引爆 B。

看来成功了。

嗯。

那我们走吧,蜂。

▯▯▯▯▯||||*****·····
你在说什么呢?

怎么了?

你不是很清楚吗,我的门已经永远打不开了。

看来电磁脉冲生效了。

你的任务从一开始就不是救我,而是杀我。

你早就发现了吧,因为预言吗?

我的预言是我会在第十场游戏死去。

你能预测未来,为什么刚刚不使用这个能力?

我已经失去预测未来的能力了,就在我开始说谎的那一刻。

"我不认识医生"这一句吗?

是的。

既然你没有预知的能力了,你怎么知道是我干的?

水箱中的死者,她死前吸食了游戏设计者变异后的信息素,

沦陷之城

正在通话：　　---我　　　---用户C

因此游戏设计者的记忆也成了这位死者记忆的一部分。

所以当你吸入了死者的信息素时，你获得了他们两个人的全部记忆。

原来你早就知道了。

那时你就已经知晓了一切游戏规则，以及B在伪装上帝之眼的事。

B手中的遥控器上有引爆无人机炸弹的按钮。

无人机快要接近我的时候，你告诉她你在纸上写了第一题答案的代码。

如果第一题真正的答案被发现，她伪装上帝之眼的事情就会败露，因此她情急之下按下了引爆按钮，毁掉了那张纸，同时也触发了电磁脉冲，当然，这一切也是你所预料的。

不愧是蜂。

现在我这栋楼的电子设备已经全部瘫痪了，我已经不可能离开了。

我并不想杀你，但这是我的任务，希望你能理解。

没关系。

即便我逃出去，等待我的也只有更多的关卡，我逃不了。

你有什么遗言吗，蜂？

虽然我很讨厌你们这些暴力组织的人，但有件事还是希望你能帮我。

什么事？

照顾好她。

就这个吗？

就这一个。

知道了，我答应你。

谢谢。

永别了。

正在通话： --- 上帝之眼　　--- 用户C

▢▢▢|||||\\\\＊＊＊＊‥‥‥

嗯。

▢▢▢|||||\\\\＊＊＊＊‥‥‥

各位玩家早上好，欢迎参加本次实景逃脱游戏，我是人工智能出题官——上帝之眼。

本次游戏共有3名玩家参与。游戏规则：铁门上的触控屏会依次出现3道问题，第一位正确回答三个问题的玩家，其所在天台的铁门会自动打开；另外，若引爆用户B所在建筑的爆破装置，即可打开所有天台的铁门。

游戏开始。

沦陷之城

Loading...

第五章

狼狮

正在通话：　　　---复仇者　　　---我　　　---用户B　　　---用户C

复仇者： 欢迎各位玩家参加本次实景逃脱游戏，我是人工智能主持人——复仇者。

本次逃脱游戏的主题是迷宫。请各位玩家找出脱离困境的方法。

游戏开始。

我： 这到底是怎么回事？

有人在吗？

我在哪？

用户B： 逃脱游戏？

也不知道我晕了多久。

我： 太好了！终于有人了！

用户B： 我也是刚刚醒来，发生什么事了？

我： 我在上班的路上被人打晕了，醒来后就在这里，手上多了一部陌生的手机。我也不知道发生了什么事！

用户C： 我也差不多……手机上的聊天程序根本关不掉。

我是一名调查员。

用户B： 调查员？

用户C： 我穿着黑色羽绒服。

这里看起来像是一个封闭的空间。

应该是某个建筑内部，四周都是金属制的墙壁。

用户B： 我也是，看来我们都在同一个空间，有人故意把我们抓进了这里。

我： 人工智能说的逃脱游戏是什么意思？是要我们逃离这里吗？

用户C： 我知道的不比你们多。

先看看周围的环境吧。

用户B： 我在一条金属墙壁组成的狭窄走廊上，大概3米宽，头

正在通话： 　---我　　　---用户B　　　---用户C

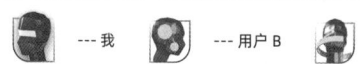

□□□□□□||||||*****……
顶的天花板上全是淡蓝色的小灯，但光线还是很暗。
□□□□□□||||||*****……
因为这个建筑的天花板非常高，离地板至少有6米。
□□□□□□||||||*****……
与其说走廊，不如说是迷宫。
□□□□□□||||||*****……
的确，我前后都有很多岔路。

这里光线很暗。

……*****//////||||||□□□□□□
我一点也不喜欢这里的气氛，也许是游戏设计者故意要吓我们。

不要怕。既然他们把我们当玩家，那就一定有能逃出去的方法。

呵，我根本不怕。

我不相信他们敢做出任何威胁我们生命的事。

也别太大意了。
□□□□□□||||||*****……
迷宫一定有出口。看来现在只有一边移动一边寻找出路了。
□□□□□□||||||*****……
嗯，只能这样了。

该死，我最讨厌迷宫了。

对了，说不定我们能遇到彼此。

C，你说你穿的是黑色衣服对吧！

我穿的是棕色的运动服。

我穿的是红色的毛衣，但我觉得这并没有什么意义。
□□□□□□||||||*****……
这里的岔路太多了，我已经走过4个路口，但除了这
诡异的蓝色灯光和金属墙，我什么都没看到。

这个迷宫太大了！就没有什么破解迷宫的方法吗？

贴墙法。
□□□□□□||||||*****……
嗯，可以试试。

那是什么方法？

狼 狮

Next………

正在通话: ---我　---用户B　---用户C

每遇到一个路口,选择最左边的岔路。

试试这个方法吧。

　　　　　　　　　　　　　　　好,我明白了。

我突然想到,既然我们在同一个迷宫,或许我们可以发出声音,这样我们就能找到彼此了。

　　　　　　　　好,我叫一声,你们听听,看能不能听到。

等一下!

有声音。

你们听到了吗?刚刚的声音!

　　　　　　　　　那不是我的声音!我还没说话!

是狼嚎声!

可……这里怎么会有狼?

　　　　　　　　　　　　　　这太可怕了!

似乎还在移动中。

我听得出来它在移动……我觉得……我们还是不要出声了。

狼嚎声消失了。

　　　　　　　　　　　这该不会也是故意设计的吧?

我不知道……我总有种不好的预感……

继续前进吧。

　　　　　　　　　　　　　　真是个胆小鬼。

谁?

　　　　　　　　　　　　设计者,还有我自己。

只要能走出迷宫就行了,以后再骂吧。

正在通话： ---我　　---用户B　　---用户C

真是个烦人的迷宫，到底什么时候能走出去？

我不想再待在这里了。

C，你为什么这么冷静？

你不是说你是调查员吗？难道说你是主动来参加这个游戏的？你是不是知道什么事？

我的信号一直不太好。

……

我这里有很强的信号。

我也是。

这说明 C 应该离我们比较远。

或许是吧。

我还是很在意刚刚那个狼嚎声，太吓人了。

前面有个门。

门？

看起来像是一个房间。

快过去看看。

是一个方形的房间，不大，大概 20 平方米。这个房间只有一扇门，天花板上仍然有很多昏暗的蓝色小灯。

就这样？房间里没有东西吗？

门正对面，靠着墙壁有一个很大的柜子，看起来没上锁。

能打开吗？

柜子中只有一张白色的字条，上面写着：迷宫由商盟会的核心团队设计和开发，是对改造生物进行感官和智力测试的实验场所。迷宫只有一个出入口。

商盟会……

正在通话：　　　---我　　　---用户B　　　---用户C

▯▯▯▯▯||||||\\\\\＊＊＊＊＊⋯⋯
我知道这个组织。

⋯⋯＊＊＊＊＊//////||||||▯▯▯▯▯
当然，全世界都知道，那群恶臭的温迪戈就是他们的核心团队弄出来的。

▯▯▯▯▯||||||\\\\\＊＊＊＊＊⋯⋯
商盟会在3年前因核心团队被剿灭而彻底解散了。

那个万恶的会长二代蜂也在那个时候被枪决了，真是大快人心。

等等……刚刚那个狼嚎声，会不会跟温迪戈有关？

不会的。

温迪戈早在3年前就已经灭绝了。

当时全球所有的受难国在各自的受灾城市投放了大量的毒气炸弹，没有任何生物能在那种环境中活下来，更何况那是专门用来对付温迪戈的毒气。

但愿是这样……房间里没有别的东西了吗？

房间里没有别的东西了。

好吧！

▯▯▯▯▯||||||\\\\\＊＊＊＊＊⋯⋯
如果字条上说的是真的，那么只要找到那个出口，我们应该就能获胜。

这么大的迷宫只有一个出口，这个游戏恐怕没那么简单。

▯▯▯▯▯||||||\\\\\＊＊＊＊＊⋯⋯
狼嚎声又出现了！

什么？我怎么没听到？

▯▯▯▯▯||||||\\\\\＊＊＊＊＊⋯⋯
C这次好像离我们更远了，我们连嚎声都听不到了。
▯▯▯▯▯||||||\\\\\＊＊＊＊＊⋯⋯
我还在房间里，而它就在我附近。
▯▯▯▯▯||||||\\\\\＊＊＊＊＊⋯⋯
你能跑吗？
▯▯▯▯▯||||||\\\\\＊＊＊＊＊⋯⋯
房间只有一扇门。

正在通话： ---我 ---用户B ---用户C

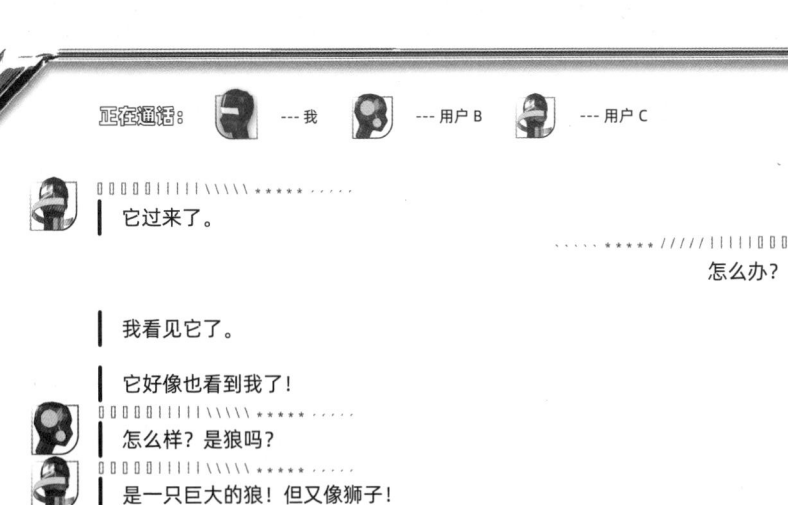

□□□□□IIIII*****·····
| 它过来了。

·····*****/////IIIII□□□□□
怎么办？

| 我看见它了。

| 它好像也看到我了！

□□□□□IIIII*****·····
| 怎么样？是狼吗？

□□□□□IIIII*****·····
| 是一只巨大的狼！但又像狮子！

像狮子的狼？

| 它的身体比我大三倍，眼球是血红色的。

| 它在笑，但却发出了哭声。

| 它一直在朝我这看。

□□□□□IIIII*****·····
| 快趴下！或者快跑！

不行，他没有可跑的路。

C，你还活着吗？

| 他不说话了……

C，你还在吗？

C？

□□□□□IIIII*****·····
| 它走了。

□□□□□IIIII*****·····
| 难道它没有看到你吗？

□□□□□IIIII*****·····
| 我不知道为什么。

| 可能它的感官能力很差，也可能它根本对我没兴趣。我不知道。

□□□□□IIIII*****·····
| 没想到这个世界上还有这样的怪物。

如果真的有这个怪物……那些把我们抓进来的人是认真的吗？

狼 狮

正在通话： ---我　　---用户 B　　---用户 C

▯▯▯▯▯||||||*****······
这很有可能是商盟会的人制造出来的改造生物。

▯▯▯▯▯||||||*****······
你说得有道理。虽然温迪戈已经灭绝了，但谁也不知道他们当时到底创造了多少种怪物。

▯▯▯▯▯||||||*****······
收获了很重要的情报，这次没有白来。

我要继续往前探索，迷宫中一定有我想要的真相。

······*****//////||||||▯▯▯▯▯
你真的一点都不害怕？

▯▯▯▯▯||||||*****······
也许他真的是来调查什么事的。

……

我不想管他了。

我想只要找到迷宫的出口就行了，这点我们的目的是一致的。

调查员想去调查就让他去吧。

别说了，我这里也有一扇门。

又有一扇门？是同一个吗？

也是个方形的房间，和 C 刚刚那个房间一样，有灯光，还有柜子。

C，你在附近吗？

C？

可能是信号又变差了。

柜子里有什么？

里面有一个手电筒。

看来和 C 那个不是同一个房间……手电筒能用吗？

能打开，是白色的灯光，很亮。

可以带上，这个鬼迷宫的灯光全是暗得几乎看不见的蓝光。

好，我带上了。

正在通话: ---我 ---用户B ---用户C

继续走吧。

效果怎么样?

果然,有了手电筒,路好走多了。

等等。

怎么了?

刚刚在蓝色灯光下看不清,但现在好像能看清了。

看清什么?

墙壁上的字。

墙壁上写了字?我都没注意……写了什么?

一些出厂信息。

这些金属墙壁的生产日期是一个月前。

可商盟会早就瓦解了。

你看看地上,是不是有很多零碎的建筑材料。

的确,仔细看是有一些乱七八糟的东西。

连施工用的锯刀都有。

这个迷宫应该在一个月前被改造过。

那就只有可能是把我们打晕的那帮人改造的。

呵,说不定他们现在正坐在某个空调房里看着我们玩这个游戏。

又有一个房间,和刚刚的一样。

你的信号恢复了。

这次又是什么?

又是一张字条。不对,是一份实验报告。

改造生物,狼狮,失败品4号,待改良。

101

狼 狮

Next........

正在通话： ---我 ---用户 B ---用户 C

▌狼狮？就是刚刚那个怪物吧。
▌原材料：一根完整的脊椎。

▌培育难度：困难。

▌体质特性：拥有类似狼幼崽的外表，体形巨大，移
动速度中等，咬合力极高，几乎没有听觉和嗅觉，
视力一般，但视觉光谱比人类狭窄很多。

▌生物特性：攻击欲望强，智力低下，以哺乳动物为食，
进食后会立即沉睡，沉睡时长与大脑容量成正比；
食用一个成年人后会沉睡 24 ~ 48 个小时。

▌培育师评价：虽然体能和破坏力强大，但感官能力太差，不建议批
量培育。与其提升视力，不如把重心放在听力和嗅觉的改造上。

所以说，那个怪物是会吃人的……

▌也就是说，它刚刚没攻击我，只是因为没发现我而已。
▌虽然我不想承认，但如果我们不逃出这个迷宫，狼狮迟早会发现我们。

参加这个游戏真的会有生命危险！

我不想玩了！快放我出去！

▌信号又开始变弱了。
▌我拿到地图了。

地图？迷宫的地图吗？

▌是的。我这里也有个房间，和你们一样，
柜子里放的是整个迷宫的地图。

太好了！

▌A, C, 你们描述一下自己周围的路线，我在地图上找一下你们的位置。

我前面 20 米有个十字路口，
左侧有一个小岔路，身后的
拐角处也有 3 个岔路。

正在通话：▢ --- 我　▢ --- 用户B

▢　□□□□□□||||\\\\＊＊＊＊……
　稍等。

找到了，应该是左下的这个位置，我们俩离得不远。

……＊＊＊＊／／／／／|||||□□□□□ ▢
那出口呢？

出口在右上方，有个电梯的标志。

也就是说，进入电梯就能逃出去了！

应该是这样的。

C，你呢？你能描述一下你周围的路口吗？

C，你还在吗？

别管他了，他肯定又掉线了。

我们先往出口的方向走吧！

好。

等等。

糟了！是狼嚎声！

不妙……好像就在附近。

A，你能判断它的方位吗？

A？

它就在我眼前！

十字路口的位置。

发现你了吗？

它看到我了！

它向我走过来了！

快跑啊！

狼　狮

103

Next………

正在通话：🙂 ---我　🙂 ---用户B

▮▮▮▮||||||*****······
快把手电筒关掉！

······*****//////||||||▮▮▮
我刚刚就关掉了。
为什么它还看得见我？
它的速度比想象中的慢。
快告诉我躲哪！
快告诉我！

回到拐角处中间那个岔口。

然后往右转。

里面有个没有灯光的小路。

躲进那条小路里。

快！

你进去了吗？

安全的话回答我。

我躲进来了。
它已经走了……
等我……我舒缓一下。
刚刚我差点就被吃掉了……

果然是这样。

果然什么？

看来那份实验报告说的是真的，狼狮是靠视觉感知人类的。你躲到黑暗的环境中，它就找不到你了。

那刚刚那个调查员为什么没事？过道上不全是蓝色的灯光吗？

正在通话： ---我 ---用户B

也许是因为太暗了吧。

原来如此……这么说来，刚才它一开始确实没有转向我，而是看到手电筒的光才发现我的。

走路的时候还是把手电筒关掉吧。

对了，刚刚它向我冲过来的时候，我好像看到它脖子上挂着一把钥匙。

钥匙？

是一把十字形状的钥匙。

希望我们不会用到。

还有，B，你是怎么知道这条小路没有灯光的？

地图上还有一种关于灯光的标注信息。

大部分区域都标注着"blue area（蓝色区域）"，意思应该就是指蓝色的灯光。

出口电梯位置标注的是"red area（红色区域）"。

有些地方没有标注，所以我猜应该是没有灯光的意思，比如你现在的位置。

Red area.

也就是说，电梯附近应该是红色的灯光。

没错。

只要看到红色的光就有逃脱的希望。

那就继续走吧。

对了，我们可以先会合。

狼嚎声又来了。

从刚刚起，狼嚎声就一直断断续续的，而且忽远忽近。

我们不要会合了，直接往出口的方向走吧。

狼 狮

正在通话： ---我 ---用户B

········*****//////||||||□□□□□□
这鬼地方我一秒都不想多待了。

□□□□||||||*****······
嗯，你说得对。

你能告诉我要怎么移动吗？

回到刚刚的十字路口，然后一直往前走，经过 4 个
路口后再往左走，然后再经过 3 个路口。

等我到了第三个路口再告诉我吧，我记不住那么多。

行。

狼嚎声又来了。

这该死的叫声！越来越频繁了！

这个死狼该不会是饿了吧？

那个调查员一直没说话，该不会是死了吧？

B，你说呢？

我在想一个问题。

什么问题？

你还记得这个人工智能一开始说的话吗？

怎么了？

它好像并没有说有多少个玩家，
会不会可能不止我们 3 个？

管这个干什么？只要我们能出去就行了，
就算有 100 个人也不关我的事。

等一下，我看到第五个房间了。

又有房间？

嗯！

但这个房间有点不一样。

正在通话： ---我 ---用户 B

······*****//////||||||||□□□□
哪里不一样？

□□□□||||||****·····
这个房间的灯光是白色的。

柜子是空的，中央有个柱子，上面有个按钮，没有任何提示。

……

狼嚎声越来越近了。

这次好像是朝我来的！

快按那个按钮！

为什么？

那是控制整个迷宫的灯光的按钮，按下去，所有的灯都会关掉，这样那个怪物就看不到你了。

你怎么知道？

相信我！我在刚刚的房间看到了一张字条，上面是这么写的！

好，那我按了。

快按下去！

你按下去了吗？

怎么回事？

我的手被镣铐锁住了！

狼狮已经看到我了！它正在靠近我！

听起来叫声离你越来越近了。

这根本不是灯光的按钮！为什么会这样？

你已经逃不了了。

你骗了我！你早就知道这个按钮是陷阱！！！

当然，毕竟这个机关就是我做的。

107
Next………
狼 狮

正在通话： ---我 ---用户 B ---用户 C

▯▯▯▯|||||*****……
| 你做的？

……*****/////|||||▯▯▯▯
我就是当年建造这个迷宫的工人之一。|

| 你是商盟会的人！

虽然我不想承认，但这是事实。|

6 年前，我被骗到这里当苦力，受尽了他们的欺负。这工作又脏又累，要不是工资还算高，我早就不干了。|

尽管很多地方都被改造了，但看来这个陷阱依然保留着。|

| 可你为什么要骗我？你想害我吗？

看到那份实验报告的时候你就应该意识到。|

| 实验报告？

那个怪物只要吃了人，就会昏睡至少 24 个小时。|

| ……

怪物是这个迷宫中唯一的威胁，只要让那个怪物吃掉任何一个人，剩下的玩家就可以自由探索。|

24 个小时总能走出这个迷宫。|

| 这就是你算计我的理由吗？

你刚刚救了我，我表示感谢。|

我对你并没有恨意，只是你太天真了。对不起，我需要一个相对安全的环境。|

叫声终于停了。|

▯▯▯▯|||||*****……
| 有点信号了。

你终于有信号了。|

| 这里到底发生了什么？

没什么。|

108
Loading...

正在通话： 🔲 --- 我　🔲 --- 用户 C

・・・・＊＊＊＊＊／／／／｜｜｜｜｜｜｜｜｜

你继续摸索吧，找到红色的灯光就能出去了。

我去 B 那里拿一下地图。

・・・・｜｜｜｜｜｜＼＼＼＼＊＊＊＊・・・・
我好像看到了红色的光线。

那说明出口不远了。

朝那边走吧。

我说调查员，你来这里到底是为了什么？真的是来调查怪物的吗？

？

看来又没信号了。

我找到地图了。

B 的手掌还留在柱子上，看来其他部分已经都被怪物吃掉了。

现在那个怪物应该在什么地方睡着了吧。

虽然血流到地图上了，但勉强还是能看的。

这好像是一条主路，我已经很久没看到岔路了。

根据地图，这条主路就是通往出口的最后一段路。

我看到了一个电梯！

这里是出口吗？

是的。

你等等。

我马上过来。

可电梯启动不了。

怎么回事？

109

狼 狮

Next………

正在通话: ---我 ---用户C

不知道怎么回事。

我得观察一下这里。

你稍等,我正在往电梯那过去。

我总感觉有什么东西在附近移动。

好像在跟着我。

狼狮现在应该已经睡着了……可能是我的错觉吧……

我看到红光了。

我已经到电梯这里了。

C,你在哪?

我没看到你啊?你又跑去哪了?

C?

那我先走了。

不行。

电梯的按钮被锁上了。

是个十字形的锁孔……难道是怪物脖子上的那把钥匙?

该死,我可真不想再回去找那东西……

我好像又听到了嚎叫。

狼嚎声?没有啊?你到底在哪?

难道那家伙要来电梯这里?

你是说你就在电梯这里?可我也在这里啊。

地图上只有一个电梯啊。

等等……电梯?

难道我们不在一个楼层?

正在通话： ---我 ---用户 B ---用户 C

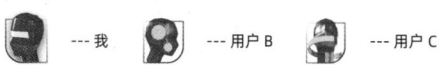

C，你快看看，你在哪个楼层？

我这里显示是 B3，我在负三层。

还有，电梯后面有一具已经腐烂的尸体，你看到了吗？

穿着黑色的外套，看起来已经死了 3 个月以上。

得赶紧想想办法。

电梯显示的是 B3。

怎么可能？！

这是我唯一找到的信息，但看起来没有什么用。

等等！

不可能！！！

C，你快告诉我，这具尸体是不是你。

快回答我！

狼狮正在慢慢靠近我！！

我已经没有逃跑的路线了！！

为什么不回答我！！！

你心里已经很清楚了，不是吗？

B！

为什么你还活着？

我忍痛断腕挣脱出来，然后一直躲在柜子里。

狼狮没有发现我。

你还活着，也就是说，现在那个怪物还是醒着的？

这究竟是怎么回事？

狼 狮

正在通话： ---我 ---用户B

□□□□IIIIII*****·····
既然你不愿面对，那我来说吧。

······*****/////IIIIII□□□□
住嘴！

你和调查员的坐标是一样的，楼层也是一样的，
只是你们来到这里的时间不同而已。

别再说了！

调查员3个月前就已经死了，我们所看到的，只不过是
他当时在探索迷宫时留下的文字记录的回放而已。

这个迷宫一个月前被改造过，现在的信号比原来要强得
多，我想这就是调查员的手机信号很弱的原因。

嚎叫声又出现了！

它知道我在这！它正在靠近我！

它为什么会知道我在这里？

因为红色的光。

什么意思？

狼狮的视觉光谱比人类狭窄，它只能看到红色的光线。

这就是为什么穿着黑衣服的调查员在蓝光下能躲过狼
狮的察觉，而它对关掉手电筒的你却穷追不舍。

因为我穿着红色的衣服吗？

没错，即便是在蓝光下，红色的衣服依旧只会
反射红色的光波，只是非常微弱而已。

而我会被发现，是因为当时我所在房间的灯光是白色的。

白色即所有的颜色，自然也包括红色。

难道刚刚最后那段路，狼狮一直跟着我？

是的。

可它并没有亲眼看见我啊，为什么它会知道我的行动路线？

正在通话： ---我 ---用户B ---用户C

▢▢▢▢▢||||||\\\\＊＊＊＊･････
看看你的手。

･････＊＊＊＊/////||||||▢▢▢▢▢
地图？
……
是血！

我的血流到了地图上，无论你走到哪，只要拿着地图，血就会不停地滴下来。

你已经逃不了了。

我不想死在这里！

你害我失去了右手，这是你自己种下的苦果。

要怪就怪你想着损人利己。

……

告诉我，你为什么这么了解这个怪物？

我知道你们正在观看我们的游戏，各位复仇者。

我大概知道你们的目的，毕竟我也曾是商盟会的核心成员。

你也是？！

想让我们也体验成为玩家的感觉，对吗？

我告诉你们，我从来不后悔这么做，也不怕你们。

逃脱游戏是为罪犯设计的，我们所做的，只不过是在惩戒那些逃脱了法律制裁的罪犯。

为那些罪犯复仇的你们也是罪犯。

它看到我了。

▢▢▢▢▢||||||\\\\＊＊＊＊･････
狼狮来了。

它正在靠近我。

113
Next………

狼 狮

正在通话： ---我 ---用户C

　　　　　　　　　　　　　　　……＊＊＊＊＊／／／／／｜｜｜｜｜▢▢▢▢▢
　　　　　　　　　　　　　　　　　　　它要过来了！！！

▢▢▢▢▢｜｜｜｜｜＼＼＼＼＊＊＊＊……
没有退路了。

　　　　　　　　　　B，看在曾经共事的分上，求求你，救救我！

虽然我会死在这里，但我的目的已经达到了。

他们知道你还活着。

　　　　　　　　　　　　　　　　　　　　　救我！！！

希望我留下来的信息能被你看到。

致二代蜂。

第六章

鱼鳞人

正在通话： ---复仇者 ---我 ---用户B

▱▱▱▱▱▱▱▱*****……
欢迎各位玩家参加本次实景逃脱游戏，我是人工智能主持人——复仇者。

本次逃脱游戏共有 2 位玩家参与，请 2 位玩家一起找到逃离建筑的方法。

本栋建筑一共有 6 层，并配有一个升降电梯。
安全逃离通道位于 6 个楼层中的一个。

补充信息 1：本楼当前一共有 3 个鱼鳞人，分别位于不同的楼层。

补充信息 2：层号为 8-4+5 的楼层当前没有鱼鳞人。

游戏开始。

▱▱▱▱||||*****……
有人吗？

……*****/////▱▱▱▱
有人！

还有怪物！

怪物？

刚刚有个怪物，它站在墙角看着我。

等等。

你先冷静一下。

你在哪？

我在电梯里。

太可怕了！这里太危险了！

你能说一下刚刚发生了什么事吗？

我刚刚醒来，发现自己在一个昏暗的房间里。

我看到一个显示器，上面是一个监控画面，不知道是哪。

然后我看到一个人形的怪物。

它站在墙角，一直看着我。

正在通话： ---我 ---用户 B

・・・・・＊＊＊＊＊／／／／／｜｜｜｜｜｜▯▯▯▯▯
我发现它后就马上跑，跑到了电梯里。

电梯里有一部手机，我捡起来就发现了这个关不掉的聊天框。

▯▯▯▯▯｜｜｜｜｜｜\\\\\＊＊＊＊＊・・・・・
你能告诉我是个什么样的怪物吗？

那个怪物太恶心了。

它全身长满了密密麻麻的鱼鳞，而且看起来黏糊糊的，像一条会走路的鱼。

鱼鳞？

而且它的手指和脚趾又长又尖，或者应该说它的手指和脚趾已经变成了獠牙。

它发现你了吗？

我不知道……我太慌了。

我觉得它刚刚看到我了，第一眼对视的时候。

它没做出什么反应吗？

它没动，只是靠着墙壁看着我，我也不知道怎么回事。

是鱼鳞人。

鱼鳞人？

这是商盟会曾经培育的怪物。

你怎么知道？

我以前是商盟会的成员，曾经参与过鱼鳞人的培育研究。

那你一定很了解这个怪物吧！你还知道什么吗？

我本来应该知道的。

什么意思？

可我现在感觉，我的记忆好像变得非常模糊。

我能记得这种怪物叫鱼鳞人，但我实在想不起别的事情了。

鱼 鳞 人

正在通话：　---我　　---用户 B

・・・・・＊＊＊＊＊／／／／｜｜｜｜｜▯▯▯▯

一定是把我们抓到这里的那些人弄的。

其实我也有这种感觉，很难想起以前的事。

我现在连怎么来到这里的都不记得。

▯▯▯▯▯｜｜｜｜｜\\\\\＊＊＊＊＊・・・・・

看来我们现在只能先进行这个游戏了。

你人在哪？你那边是什么情况？

我也在一个昏暗的房间里，大概 50 平方米，这里有很多书架，看起来像个档案室。

我也是在用一个特制的手机跟你对话。

我刚刚那个房间也是这样，除了书架。

人工智能说这栋楼一共有 6 层。

你在几楼？快看看电梯！

电梯显示我在 1 楼。

我这里也能看到一个电梯，而且显示电梯正在 1 楼，所以我们应该在同一栋楼房中。

那你在几楼呢？

我不知道。

不知道？

这层楼没有显示楼层号。

那你按一下电梯，我去找你。

我做不到，我的脚被铁链锁住了，我够不到电梯的按钮。

既然你在电梯里，那你可以操控电梯吧？

我可以。

1 到 6 楼的按钮都可以按。

正在通话：　---我　　---用户B

那你过来找我吧？

不行！

人工智能说这栋楼一共有 3 个鱼鳞人，而且在不同的楼层。

如果它说的是真的，那另外两个鱼鳞人就在 2 到 6 楼中的某两个楼层中。

万一我选到有怪物的楼层就死定了。

……

再说，我为什么要去找你？

我只要找到有安全通道的楼层不就可以逃出去了吗？

我一个人可打不开这个锁链啊！

既然人工智能的名字叫复仇者，这个逃脱游戏一定没那么简单。

8-4+5 这个谜题你能解出来吗？

谜题？补充信息中那个？

答案不可能是 9 吧，这栋建筑根本就没有 9 楼。

这显然是一个谜题。

的确，解出这道题，就能找到一个安全的楼层。

看来这是一个突破口。

如果你需要，我可以给你提供一些线索。

什么线索？

2+5=8。

3+5=9。

7-4+1=7。

这是什么意思？

119

鱼鳞人

Next.........

正在通话： ---复仇者 ---我 ---用户 B

复仇者：这是我在墙壁上发现的等式，我想这一定是这道谜题的提示。

我：这根本不是等式，答案全是错的！！

复仇者：也许得用其他的方式计算。

我：我想一想。

复仇者：除了鱼鳞人，1 楼还有别的东西吗？

我：我刚刚好像还看到了一把手枪。

复仇者：手枪？在哪里？

我：在另一个墙角。

我：当时我太慌了，没来得及去拿。

复仇者：那还有别的有用的东西吗？

我：没了，就那个不知道连接着什么地方的监控显示器。

复仇者：补充信息 3：1 楼到 5 楼每层楼都有一个连接上面一层楼监控的监视器。

我：是刚刚那个监控！

用户 B：监控画面是什么样的？

我：我记得也是一个档案室。

我：还有个电梯门，上面显示着 1 楼。

我：监控的范围很大，整个房间都能看到。

用户 B：有鱼鳞人吗？

我：没有。

我：刚刚 1 楼的显示器连接的是 2 楼的监控，也就是说，现在 2 楼是安全的。

复仇者：的确是这样。

我：那我现在去 2 楼看监控，就可以知道 3 楼有没有鱼鳞人。

正在通话： 🗣 ---我　🗣 ---用户B

······******//////||||||□□□□□□□

以此类推，直到发现第二个鱼鳞人。

或者直接找到安全通道。

□□□□□|||||******·······

在那之前，能否先来我这帮我把铁链打开？

如果我能找到解开锁链的办法，或许我会去帮你。

……

为什么这个电梯上升速度这么慢？

你还没到 2 楼吗？

我按下 2 楼的按钮已经 2 分钟了。

这种速度我连失重感都没有。

终于开门了。

果然是个档案室。

这里看起来也不像有出口的样子。

我没看到你，所以我不在 2 楼。

2 楼有什么东西吗？

我在找监控显示器。

找到了！

能看到 3 楼吗？我在 3 楼吗？

如果你在 3 楼，你恐怕已经死了。

3 楼有鱼鳞人吗？！

嗯，有个披着长发的鱼鳞人，它就站在电梯的门口，一直没动。

如果我一到 3 楼，想必就会被它吃掉吧！

这样就没办法继续推进了……

等一下！

121

Next.........

鱼 鳞 人

正在通话： ---我 ---用户B

我不知道是不是我看错了。

那个鱼鳞人刚刚转了下身。

它现在好像在看一个笔记本电脑。

看电脑？！什么情况？

不知道……它还是站着的。

电脑上显示的什么？

这个角度看不清。

先不管了。

根据目前的信息，我只可能位于4、5、6这三个楼层之中。

3楼也看不到安全出口，所以安全出口只能在4楼到6楼中。

不如你直接去4楼看看吧。

我可不敢，还有一个鱼鳞人不知道在哪层。

等等！

我在档案架上发现了一份资料，关于鱼鳞人的。

什么资料？

改造生物，鱼鳞人，失败品3号，待改良。

培育难度：简单。

体质特性：体表长满波纹状鱼鳞，指甲成鱼翅状，感知能力与人类相仿，没有声带。

生物特性：鱼鳞人有两种状态——觉醒和未觉醒。新生的鱼鳞人处于未觉醒状态，智商很高，视人类为鱼鳞人，并视鱼鳞人为人类；觉醒后的鱼鳞人将丧失全部理智，并开始对人类进行猎杀。

两者外形没有差异。当未觉醒的鱼鳞人意识到自己是鱼鳞人时，即会转变为觉醒状态。

正在通话： 　---我　　　---用户B

两种状态？

也就是说，在未觉醒的鱼鳞人眼中，人类才是鱼鳞人的样子。

天呐，鱼鳞人原本是人类吗？

不是，应该是某种未知生物改造而来。

所以刚刚1楼那个鱼鳞人并没攻击你，因为它以为自己还是人类，而你是个鱼鳞人！

所以它现在还处于未觉醒的状态。

我们不能让它们觉醒。

而3楼那个长发鱼鳞人在看电脑，这也是人类的行为。

这两个鱼鳞人一定都是未觉醒的。

电梯怎么在上升？

它走了！

谁？

长发鱼鳞人，它按下了电梯按钮，它要往下走！

不好，它可能会来我的楼层！

它是不是听到了我，要过来找我？

一定不会。

现在在它们眼中，你是怪物的样子，那么它不仅不会主动来找你，反而会躲着你。

那它会去哪层？

应该是1楼。

它进电梯了。

它下来了。

没停！它经过了2楼，它去了1楼！

鱼 鳞 人

正在通话： ---我　　　---用户B

好机会！

什么好机会？

这样一来，3楼就安全了。

你说得对！

电梯停在1楼了，快去操控电梯！千万别让它们上来！

好，我按了。

只要它们意识到自己是鱼鳞人，它们随时都可能会觉醒，所以现在这种情况尽量还是不要和它们碰面。

这个电梯真的很慢。

我其实在想，既然他们还保留着人类的意识，我是不是可以跟他们说话？或者骗他们？

别想了。

资料上不是说了吗，它们是没有声带的。

说得也是。

对了，你那边不也是档案室吗？你找到什么有用的资料没？

我这边没有什么有用的东西，只找到一段关于"复仇者"的报道。

也许这对逃离这里没有什么帮助，但我觉得告诉你也无妨。

报道上写了什么？

这个所谓的"复仇者"，实际上是一个名叫"失眠俱乐部"的乐队。

乐队？

他们的领导者，似乎是一个年仅15岁的男孩。

他的父母都在6年前死了。

如果这个游戏真的是对商盟会的报复，想必这就是起因。

正在通话： ---我　　---用户B

▢|||||||*****·····

乐队应该只是一个名义，这个失眠俱乐部背后一定有一个更为庞大的组织。

·····*****/////||||i□□□□□

我到3楼了。

快去看4楼的监控。

不，我要找安全通道。

……

OK，这层楼也没有出口。

4楼有个人。

那一定是我！我在4楼！

不，那不是你。

你怎么知道？

他笔直地躺在地上，脚上没有脚镣，这显然不是你。

难道还有别的人？他还活着吗？

不知道……我等一会儿去看看吧。

现在已知我不在4楼。

所以我不在5楼就在6楼。

安全通道也在5楼或6楼。

而最后一个鱼鳞人并不在我这层楼中。

至少我没看到它。

所以最后一个鱼鳞人很可能在安全通道所在的那层？

这可不是个好消息。

我们并不知道最后一个鱼鳞人是否已经觉醒。

不如你先来把我救出去。

鱼鳞人

正在通话： ---我 ---用户B

那我也得先去4楼,别忘了我现在还在3楼。

等等!

我找到刚刚那个长发鱼鳞人看的笔记本电脑了。

上面显示的什么?

……¥%*#。

你在干吗?

糟了。

上面显示的是我们全部的对话记录!

我们的对话记录……未觉醒的鱼鳞人保有人类理智,所以它应该是能看懂的。

如果它们真的看得懂,那它们现在很可能已经觉醒了。

如果它们已经觉醒,那找到我们就只是时间问题了。

我得赶紧去4楼看看。

现在只能这样了。

我到4楼了。

你看到那个躺着的人了吗?

他有呼吸,但看起来跟死了一样。

什么意思?

他对我没有任何反应,就这样睁着眼躺着。

会不会已经傻了?

或者吃了什么药。

要不你扇他一巴掌试试看?

我可不想打人。

正在通话： 🌀 ---我　　🌀 ---用户 B

🌀 □□□□||||*****‥‥‥

监控呢？能看到我吗？

‥‥‥*****/////||||□□□□ 🌀

我的天，我终于看到你了。

那个坐在地上看手机的就是你吧！

对，是我！

我在 5 楼。

也就是说，安全出口在 6 楼。

而最后一个鱼鳞人应该也在 6 楼。

所以你还是先来 5 楼救我吧。

你的脚被铁链锁着，我也没办法弄开。

总会有办法的。

我这层楼的墙壁上有个工程图纸。

工程图纸？上面有什么？

是这个建筑的纵向解析图。

的确一共是 6 个楼层。

这个图上的电梯停在 1 楼，而 1 楼到 5 楼其实都在地下。

所以我们现在都在地下。

没错，只有 6 楼位于地表。

所以 6 楼确实是唯一的逃生出口。

可有一点很奇怪。

怎么了？

这个建筑的下面似乎还有一个巨大的矩形空间。

高度似乎比这栋楼要小一点。

下面是什么？

127

Next………

鱼鳞人

正在通话：🙂 --- 我   🙂 --- 用户 B

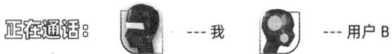

〉〉〉＊＊＊＊／／／／||||||▢▢▢▢
是空心的。

▢▢▢▢||||||＼＼＼＼＊＊＊＊〈〈〈
空心的？

不知道是做什么用的……

你看电梯又动了！

一定是 1 楼那两个怪物在操作电梯。

它们这次又要去哪？

我不知道……如果它们已经觉醒了，很有可能会去你那。

我得赶紧躲起来！

在 3 楼停了。

它们去 3 楼了。

你现在打算怎么办？

A？你在干吗？

我在看电梯门上方的数字显示器。

看那个干吗？

电梯？

数字？

我知道了！

你知道什么了？

对不起，我过关了。

怎么回事？

我进电梯了，我要直接去 6 楼了。

趁那两个傻怪物还没发现我。

正在通话：　---我　　　---用户 B

□□□□|||||*****‥‥‥
可是 6 楼有个鱼鳞人啊！

‥‥‥*****/////|||||□□□□
虽然我不知道最后一个鱼鳞人在哪，但我能确定 6 楼是安全的。

为什么？

因为那个等式谜题的答案就是 6。

你是怎么解出来的？

电子数字。

楼层显示器上数字的字体是电子数字，也叫火柴数字。

这种数字是由 3 根横线和 4 根竖线的暗亮形态组合而成的。

还记得那些等式提示吗？

两数相加，其实就是把两个数字的图案重叠到一起，这就能解释 2+5=8 以及 3+5=9。

那减法呢？

减法就是从第一个数字的图案中挪去和第二个数字重叠的笔画。

7-4 留下的是一根横线，1 是两根竖线，所以横线加上 1 又回到了 7。

根据这个规则，8-4+5 的答案就是 6。

原来是这样！

我已经到 6 楼了，逃生出口的门就在我面前。

B 先生，你自求多福吧！

不要走啊！我不想死在这里！

你走了吗？

快回答我啊！

电梯又动了！电梯在上升！

该死！

鱼鳞人

正在通话：　　　---我　　　　---用户B

> 你怎么还在？

为什么门推不开？

> 电梯到6楼了！

这到底是怎么回事？这里不是出口吗？

> 鱼鳞人到你那去了啊！

> 你怎么样了？

> 为什么会有枪声？

> 你还活着吗？

> A？

> 我知道为什么你推不开门了！

> A，如果你还活着，快下来救我，我告诉你逃离这栋楼的真正方法。

> 快回答我！！！

你绝对想不到刚刚发生了什么。

> 太好了，你还活着！

> 快告诉我发生了什么！你现在没事了吗？

我把鱼鳞人杀了。

> 你怎么做到的？

那个长发的鱼鳞人，它拿着枪来找我了。

它好像知道我在这里，电梯门一开，它就对着我开了一枪。

> 你中弹了吗？

我中弹了，但我没事。

> 你没事？

是的，我感觉那根本不是真的子弹，只是一个橡皮弹而已。

正在通话： ---我　　---用户B

后来它把枪扔了，向我扑过来。

我随手一推，它的身体就裂开了。

所以鱼鳞人的生命力其实非常脆弱？

我想是这样的，和看起来的完全不一样。

你刚刚说你知道正确的逃离方法了？

是的，我已经知道了。

工程图纸告诉我的。

那你快告诉我！！！

你拿到那把枪了吗？

拿到了，是把真枪，只不过上错了子弹。

我这有子弹，各种口径的都有，就在档案架上。

听着，现在你只要带着枪来5楼，对着我的铁链开一枪，我就能逃脱了。

好，那我去5楼。

我进电梯了。

谢天谢地，你终于肯过来了。

电梯还在下降中。

你现在可以告诉我正确的逃脱方法了吧？

电梯并没有下降。

什么意思？电梯显示正在下降啊？

你知道为什么你在乘电梯的时候感觉不到失重吗？

因为速度很慢啊。

并不是。

鱼鳞人

正在通话： ---我   ---用户B

真正原因是电梯根本就没动。

没动？这怎么可能？

是的，这栋建筑的电梯是固定的，当你按下电梯中的楼层按钮的时候，实际上操控的是整个楼房。

整个楼房都在动？

没错。

当你以为自己在上升时，其实是整个楼房在往下降，反之同理。

因为速度非常慢，所以我们都感觉不到失重和超重。

原来是这样。

这就是为什么工程图纸中，整个建筑的下方是一块空心的区域。

我记得那个图纸上的电梯是位于 1 楼的。

当你到达 6 楼时，实际上整个楼房就已经下降到下方的空心区域了。

安全出口在 6 楼没错，但此时 6 楼也在地下，所以安全通道的门是肯定推不开的。

那要怎样才能到达地面？

很简单。

我们先乘坐电梯到达这个建筑的 6 楼，让整个建筑往下降到最底部，接着再按下电梯中的 1 楼按钮，然后我们在电梯关门之前离开电梯并留在 6 楼，这样整个建筑就会往上升，让电梯停在 1 楼，换而言之，整个建筑会自动上升到顶端。

这样我们所在的 6 楼就能回到地表，安全通道的门也就可以打开了。

所以说那个装置并不是电梯，真正的电梯应该是整个建筑才对。

可以这样理解。

太好了，这样就能出去了！

电梯停了，我已经到 5 楼了。

正在通话： ---我　　---用户B

······*****//////||||||ΘΘΘΘΘ
　　　　　　可最后一个鱼鳞人到底在哪，我还是没搞清楚。

ΘΘΘΘΘ||||||*****······
| 不用管了，只要逃出去就行了。

电梯门开了。
我看到你了。

| 我也看到你了。
| 你怎么不说话？

等等！
我不知道。
我好像发不出声音。

| 我也是。
| 我才发现这点。

为什么？

| 不知道……
| 啊，我知道了！

是怎么回事？

| 可能是因为我们根本就没有声带吧。

原来是这样。

系统　[安全通道已打开，一名人类玩家成功逃离]

鱼 鳞 人

第七章

预言之女

正在通话： ---复仇者 ---我 ---用户 B

||||||||*****·····
欢迎各位玩家参加本次实景逃脱游戏，我是人工智能主持人——复仇者。

本次逃脱游戏共有 2 位玩家参与，你们身处一辆静止的列车中。

找到关键道具即可逃脱困境。

游戏开始。

||||||||*****·····
嘿！

醒了吗？

抬头。

看玻璃窗。

·····*****/////||||||||
是你！

没想到再次见到你会是以这样的方式。

你怎么会在这里？

你竟然还记得我！

我们已经 6 年没见面了吧，小曲奇。

别再用这个昵称叫我了，我们早就分手了。

你快告诉我到底发生了什么事！

你的语气还是一如既往地冷淡。

失眠俱乐部的人找到了我，他们把我绑到了这里。

你应该也是一样。

我被人迷晕了。

醒来后就发现自己在这个车厢中。

我们得进行这个逃脱游戏，就像 6 年前二代蜂设计的那个游戏一样。

……

正在通话： ---我　　---用户B

这难道是对商盟会的报复？

我想应该是的。

先看看周围的情况吧。

看起来我们是在一个停止的老式列车中。

你那里是驾驶室吗？

是的，我这里是驾驶室，所有的门都被锁住了。

你所在的车厢应该就是1号车厢。

这里有个列车的编号，上面写的是2029。

不用说话了，这个门是隔音的，我听不到。

不用试了，我们手上的手机根本不能连接外部网络。

你先看看你那边能看到什么。

车厢里有灯光，外面很黑。

好像在一个山洞里，四周都是石壁。

我也能看到外面。

这不是山洞，是一个隧道。

车头的探照灯是开着的，列车前方仍然是一片黑暗。

也就是说我们被困在一个隧道中了。

那么出路一定就是隧道两端的进出口。

这个列车看起来像是客车，列车中有其他人吗？

除了我们俩，我一个人都看不到。

这个隧道中根本没有轨道。

那这辆列车是怎么进入这个隧道的？

我也不清楚。

预言之女

正在通话： ---我 ---用户B

▯▯▯▯▯|||||\\\\\＊＊＊＊﹒﹒﹒﹒﹒
人工智能说，想逃出去必须获取一个关键道具。

系统 [预言之女将在 60 分钟后苏醒]

﹒﹒﹒﹒﹒＊＊＊＊＊/////|||||▯▯▯▯▯
预言之女？那是什么？

我好像听说过。

我们的研究团队曾研究出了很多变异的物种，预言之女就是其中之一。

还有吗？

我就知道这些。

你不是在商盟会待了3年吗？

不要摆出一副不屑的表情，打字给我看。

我只是个狙击手，我才不会去管研究团队的事。

我都快忘了这事。

呵！

才分手6年而已，你连我的本职都不记得了。

这个系统提示很可能是倒计时。

这个预言之女很可能就在这个隧道中。

时间有限，我们得赶快想办法找到关键道具。

列车应该还有其他的车厢。

我被困在驾驶室了，只有你能行动。

好，我去找找看。

千万别把手机弄丢了。

我到2号车厢了。

正在通话：　　　---我　　　　---用户B

2号车厢也没看到什么有用的东西。

只有一排排空的座位，和1号车厢一样。

一个车厢有几排座位？

有8排，每排是4个座位。

也就是说一个车厢有32个座位。

等等！

2号车厢的号码牌下有一个字条。

上面写了什么？

是关于"预言之女"的资料。

预言之女资料碎片一：一代蜂曾经梦到过一种身体像蜥蜴、脑袋像河马的形似爬行动物的怪物，没有骨骼，体型和成年人类差不多大小；后来在温迪戈计划的实验中无意培育出了看起来很像的物种，于是将其命名为预言之女。二代蜂夺位后想要改变预言之女的外表，对其进行了一系列变种改造，结果却南辕北辙，让预言之女变得越来越像一代蜂所描述的样子。

果然是我所听闻的那个怪物。

字条的背后有一张图片。

什么图片？

是那个怪物的照片。

和一代蜂梦到的那个怪物一模一样。

……

但是这个照片中的怪物好像比人类要大一点。

不对！

是大一倍！

说明它可以很轻松地把你吃掉。

预言之女

正在通话： 🗨 ---我 🗨 ---用户B

······*****/////¦¦¦¦¦□□□□

时间不多了，我去 3 号车厢看看。

□□□□¦¦¦¦¦*****······

好，小心。

一定要找到关键道具。

我到 3 号车厢了。

3 号车厢也一样是空的。

那就继续往后面探索。

到 4 号车厢了，也是空的。

如果还是一样就不用说了。

别像个老板一样指挥我。

不然我能怎么办？

这个车厢的号码牌下也有一张字条。

预言之女的资料吗？

嗯！

预言之女资料碎片二：逃出困境的关键道具藏在预言之女体内。预言之女苏醒时，体内会分泌大量的强酸，将腹中的所有物体腐蚀殆尽。

也就是说，我们必须找到预言之女，并从它的身体中取出关键道具才能出去？

如果时间结束，关键道具就会被预言之女的身体彻底消化掉。

得加快进度了。

不用你催。

你现在到哪了？

我在 5 号车厢和 6 号车厢之间的伸缩篷，也就是连接处。

发现什么没？

依然什么都没找到。

正在通话： ---我 ---用户B

不过这个连接处也有个座位，每个连接处都有一个。

那应该是给乘务人员用的吧，一般的列车都会配置。

我在想道具或许藏在我一眼看不到的地方。

说明你找得并不仔细。

要不我再回去仔细找一下？

那倒不必，我们还有时间。

一般的列车都是12节车厢，先把每个车厢都看一遍吧。

我总感觉有什么东西在附近。

什么东西？你看到了吗？

没有，但我总是能隐约听到一阵阵蠕动的声音从车窗外传来。

难道预言之女出现了？

我不知道，也许是我听错了。

最好不要离开列车。

只剩50分钟了。

如果这个怪物还没苏醒，那它现在应该处于睡眠状态。

也许这个声音并不是预言之女的。

你是想说，照片上的怪物是另一个吗？

有这种可能。

它的体形和文字描述的不一样。

你害怕吗？

如果怕就别去找了，先回来。

没有比看到你的脸更可怕的事。

预言之女

正在通话： ---我 ---用户B

ロロロロ||||||*****……
那我不管你了，你就继续探索吧。

……*****//////|||||ロロロロ
我说你难道什么忙都帮不上吗？

你那边的驾驶室里还有别的东西吗？

有个被固定在地上的奇怪箱子。

你为什么不早点告诉我？

我也是刚刚才看到，对不起。

你就是因为对该上心的事不上心才会失去一切。

呵呵！

箱子能打开吗？

里面有 5 颗糖果。

糖果？

每个糖果里都有液体，而且颜色都不同。

白，红，蓝，绿，黑。

我见过这种糖果，这种糖果只要稍微加热就能融化成液体。

可以拿出来看看吗？

不行！

每个糖果都被锁在了不同的玻璃隔层中，需要输入 4 位密码才能打开。

每个玻璃隔层都有密码吗？

是的，一共有 5 个密码锁。

……

还有别的吗？

每个糖果上都有标签，但名字和描述都被涂抹掉了，只剩下一个生产日期。

正在通话： ---我　　---用户 B

生产日期都是什么？

白色糖果的生产日期是 2 月 14 日。

红色是 4 月 1 日。

蓝色是 12 月 24 日。

绿色是 12 月 25 日。

黑色是 13 月 13 日。

13 月 13 日？怎么会有这种日期？

我怎么知道？

……

试试对应的日期吧！

白色糖果的密码是 0214。

密码错误。

不可能这么简单的。

13 月 13 日……这到底表示什么？

我怎么知道？

我没有指望你知道。

箱子里还有别的吗？

还有一个字条，上面写着：将 5 种颜色的糖果混合到一起，并生成能溶解金属的强酸。

就是说把这 5 个液化后的糖果融合在一起，就能合成强酸。

我记得驾驶室的门锁就是金属制的。

所以我要想离开驾驶室，就必须找到这 5 个密码。

系统　[预言之女将在 50 分钟后苏醒]

正在通话: ---我   ---用户B

□□□□||||*****……
要抓紧时间了。

你到哪了?

……*****/////||||||□□□□
第9号车厢。

有发现吗?

没有,都和1号车厢一样空无一物。

好,去下一个车厢看看吧。

我能确定,
一定有什么东西在动。

你又听到了什么?

一阵液体流动的声音,而且速度很快,从车窗外的石壁上发出来的。

我不知道那是什么。

千万不要离开列车!

我知道。

你害怕吗?

有点。

你知道那天晚上我接到的是谁的电话吗?

哪天?

就是我们最后见面那天,我们坐在沙滩上的时候。

为什么突然说这个?

是二代蜂。

我接到了二代蜂的任务。

那是我接到的最危险的任务。

正在通话： ---我 ---用户B

······＊＊＊＊＊//////||||||ⅢⅢ

你去执行任务的事，我早就知道了。

ⅢⅢ||||||\\\\\\＊＊＊＊＊······

我还以为能骗过你。

发条短信告诉我和前女友复合了？这种谎话只有小女孩才会信。

从那以后我得到了二代蜂的认可，成了他的枪口和子弹。

然后将我彻底抛弃了。

你会恨我吗？

我现在对你没有任何感情。

而且……

我已经结婚了，亲爱的。

原来如此。

果然当时分开对我们两个人来说都是最好的选择。

现在好些了吗？

什么好些了？

我以为聊聊天能让你不那么害怕。

你太小看我了。

我到12号车厢了。

这是最后一个车厢。

也就是说这辆列车一共有12个车厢。

车厢后面的隧道是什么情况？

这里好像是隧道的入口。

隧道入口？

能出去吗？

不能。

145

预言之女

正在通话： ---我　　---用户 B

・・・・・＊＊＊＊＊／／／／／｜｜｜｜｜｜０００００
入口已经被碎石掩埋了。

看起来好像是塌方了。

００００｜｜｜｜｜＼＼＼＼＊＊＊＊・・・・・・
不要离开列车！

我又看到字条了。

也在 12 号车厢的号码牌下。

这次有两张。

给我看看。

预言之女资料碎片三：预言之女靠吞噬光源获取能量，任何会发光的物体都是预言之女的猎物。

预言之女资料碎片四：预言之女属于腔肠生物，只有口部，没有肛门，因四肢过于短小而通过蠕动的方式移动。预言之女睡眠时口盘永远是紧闭的。在预言之女的口腔周围涂抹肌肉松弛药可将其口盘打开。

以光源为食。

所以它会对发光的物体很敏感。

每个车厢的电灯都是开着的，尽管很暗。

可似乎并没有吸引它的注意。

也许我们需要一个更亮的东西来吸引它。

而且我们还需要找到肌肉松弛药。

是的。

该死。

怎么了？

声音越来越频繁了。

是怪物的声音吗？

不止一个。

正在通话: ❌ ---复仇者　　🔲 ---我　　🔘 ---用户B

> 🔲 ……＊＊＊＊＊／／／／／｜｜｜｜｜｜｜｜｜｜
> 两边都有。

🔘 ｜｜｜｜｜｜\\\\＊＊＊＊＊……
你先快往回走吧！

不要惊扰到它们。

> 好。
>
> 我往回走了。

系统　[预言之女将在 40 分钟后苏醒]

❌ ｜｜｜｜｜｜\\\\＊＊＊＊＊……
补充提示：这辆列车原本正在为商盟会运送 4 种致幻药，不料却在中途遭遇意外而停止。4 种致幻药的功能和颜色均不相同。

🔘 ｜｜｜｜｜｜\\\\＊＊＊＊＊……
对了。

致幻药。

它说的 4 个致幻药，应该就是箱子里 5 颗糖果中的 4 个。

> 那剩下的那个呢？

肌肉松弛药。

> 啊！
>
> 有道理。
>
> 也就是说，我们需要从 5 个糖果中找到肌肉松弛药，才能把预言之女的嘴巴掰开，然后拿到关键道具。

一定是这样。

现在关键是两个问题。

> 一个是密码，还有一个是找出沉睡中的预言之女。

如果墙壁上爬来爬去的不是预言之女，那预言之女到底会在哪里？

你回来了吗？

> 我已经回到 1 号车厢了。

预言之女

正在通话： ---我 ---用户B

*****……
我看到你了。

……*****/////||||||□□□□
怎么回事？！

为什么突然黑了？

我把列车的照明系统关掉了。

……

你既然可以操控照明系统，为什么又不提前告诉我？

我也不知道这个按钮是不是真的能关掉电灯，所以我想等你回来再按。

那你现在关掉是想做什么？

你听到的那些蠕动的声音，可能和车厢内的灯光有关。

你是说，那些怪物也会对光亮做出反应？

你现在拿着手机，利用手机的光线重新去搜索一遍整个列车。

这次要非常仔细地搜索，从 1 号车厢开始，行李架、座椅和垃圾箱都要仔细摸索一遍。

我们没有多少时间了。

还有不到 35 分钟，照我说的做。

一定有什么东西是我们还没发现的。

你确定这样真的有用？

总之你先开始找，我需要推测密码的依据。

只要能找到一样东西就行。

好。

系统 ［预言之女将在 30 分钟后苏醒］

1 号车厢彻底搜查过了，什么都没有。

我好像想到了什么。

正在通话：　　▇ ---我　　▇ ---用户B

▇ ░░░▏▏▏▏\\\\＊＊＊＊……

▇ ……＊＊＊＊////▕▕▕▕░░░░

说说看。

第一张字条是在哪个车厢找到的？

2号车厢。

去2号车厢吧。

好。

我找到了一个药瓶！

果然有东西。

里面装着白色的液体。

白色液体。

应该和箱子里的第一个白色糖果的成分是一样的。

药瓶上的标签写着1357。

打开了，这个就是密码。

还剩下4个密码。

也就是说我还要找到剩下的4个药瓶。

可是时间真的不够了。

这个白色药瓶你是在哪里找到的？

在一个座位的坐垫下面。

那个座位的号码是多少？

我看看。

0214。

是日期！

不用一个一个去搜查了。

预言之女

正在通话： ---我 ---用户B

▯▯▯▯|||||*****·····

12 个车厢代表着 12 个月份。

每个车厢都有 32 个座位，对应的就是日期。

所以对应的药瓶就在每个车厢对应号码的座椅里面。

·····*****/////|||||▯▯▯▯▯

我知道了。

直接去 4 号车厢吧，红色糖果的生产日期是 4 月 1 日，也就是 4 号车厢的第 1 个座位。

蠕动的声音又出现了！

糟糕！

我也听到了。

怎么办？

别急！

蹲下来，不要让它们发现你。

慢慢地走过去。

你能看到它们吗？

照明系统关掉了，我也看不到。

你关灯根本没有效果。

但的确是从两边的石壁上传来的声音。

我已经快到 4 号车厢了。

不用急，还有时间。

可是就算我们拿到了糖果，怎么去判断哪个才是肌肉松弛药呢？

你还在吗？

不好意思。

刚刚有点头晕。

正在通话： ---我   ---用户B

・・・・・＊＊＊＊／／／／／｜｜｜｜｜▯▯▯▯
怎么了？

▯▯▯▯▯｜｜｜｜｜＼＼＼＼＊＊＊＊・・・・・・
我感觉，
列车好像有些倾斜。

我没有这种感觉。

你没有是对的。

这应该就是致幻药的效果。

怎么回事？

难道你吃了那个白色的糖果？

我们没有别的办法去判断哪个
是肌肉松弛药，只能我自己去试。

……

你还要去找密码，总不能让你去试吧。

所以白色的糖果不是肌肉松弛药，对吗？

嗯，白色的糖果排除了。

你把整颗糖果都吃了吗？

没有，我只吃了一半。

我留了另一半用来合成强酸。

还好你没傻到那种程度。

系统 [预言之女将在 20 分钟后苏醒]

我找到红色液体的药瓶了。

密码是 2468。

红色糖果的锁打开了。

怎么样？

正在通话： ---我　　---用户 B

□□□□□‖‖‖‖\\\\＊＊＊＊‥‥‥

呃……

我闻到了。

很恶心的臭味。

简直要吐了。

‥‥‥＊＊＊＊／／／／‖‖‖‖□□□□

看起来红色糖果也是致幻药！

你没事吧！

我没事。

你继续走吧。

后面两个密码都在 12 号车厢。

我正在移动。

你现在还安全吗？

我很安全，不用担心我。

我在想，如果我们都能安全逃出去，
我一定要去会会你的丈夫。

你见他做什么？

因为我真的很好奇。

那个男人到底有什么本事，
敢娶你这个全世界最性冷淡的女人。

只是对你而已。

你当时离开我的做法是正确的。

是吗？

跟你说实话吧，
我当时也没想好要用什么借口摆脱你。

哈哈！

正在通话：　▇　---我　　▇　---用户B

▇ ｜｜｜｜｜＼＼＼＼＊＊＊＊

原来是这样，你早就开始嫌弃我了。

　　　　　　　　　　　　＊＊＊＊／／／／｜｜｜｜｜｜〇〇〇〇　▇

　　　　　　　　　　在和你分手前我就已经认识我现在的丈夫了。

我还担心突然离开会让你难过好长一阵子呢。

　　　　　　　　　　　　　　　　　　不要告诉我你后悔了。

我不会后悔的。

　　　　　　　　　　所以如果再给你一次机会，你还是会选择
　　　　　　　　　　　　　放弃我去追随二代蜂，对吗？

是的，二代蜂是世界上最伟大的领袖。

　　　　　　　　　　　　　那么我们谁都不亏欠对方，这样也不错。

这个致幻药的效果真是令人难受。

　　　　　　　　　　　　　你想过最后一个糖果的密码会在哪吗？

你是说生产日期为 13 月 13 日的那个黑色糖果吗？

　　　　　　　　　　　　　　　　　　　　　　　对呀。

　　　　　　　　　　　　　　这个列车一共只有 12 个车厢。

我也一直在想这个问题。

我们要找到第 13 个车厢。

　　　　　　　　　　　　　　　　　我已经到 12 号车厢了。

找到 24 号和 25 号座位。

　　　　　　　　　　　　　　　　　　　　　　找到了。

　　　　　　　　　　　　　　　　蓝色药瓶和绿色药瓶。

　　　　　　　　　　　　　　密码分别是 3579 和 4680。

都打开了。

　　　　　　　　　　　　　　你还要继续试吃那些糖果吗？

预言之女

正在通话： 🎧 ---我 🎧 ---用户B

🎧 □□□□||||*****……

> 是的，没有别的办法。
>
> 我先吃蓝色糖果，看看是什么效果。

……*****/////|||||□□□□ 🎧

> 第 12 号车厢后面真的没有别的车厢了。
>
> 第 13 号车厢到底在哪里？

> 我们有可能遗漏了什么。
>
> 我突然觉得空气特别潮湿。

> 又是致幻药的效果？

> 嗯，应该是的。
>
> 周围的物体，包括箱子，玻璃，甚至整个列车。
>
> 我能看到很多水汽。
>
> 隧道壁上全是黏液。

> 所以蓝色糖果的效果应该就是让人产生潮湿感。

> 应该是的。
>
> 肌肉松弛药就在剩下的绿色糖果和黑色糖果中。

> 如果是黑色糖果，那我们现在也拿不到。

> 所有的糖果密码都藏在座椅的坐垫中。
>
> 要找到某一个座椅。

> 难道一定要把每个座椅都翻找一遍？

系统 [预言之女将在 10 分钟后苏醒]

> 现在肯定没时间去找了。
>
> 整个列车一共有 12 乘以 32……384 个座位。
>
> 而且还要加上车厢连接处的座位。

154
Loading...

正在通话：---我 ---用户B

等等！

384 个座位。

我终于想到了！

想到什么了？

我知道第 13 号车厢到底在哪了！

在哪？

第 13 号车厢，
其实分布在每个车厢中。

你的意思是？

每个车厢有 32 个座位。

没错。

我记得你说过，这个列车的编号是 2029。

对。

2029 年是平年，所以一共是 365 天。

384 - 365 是 19。

每个车厢原本是 32 个座位。

1 月是 31 天，所以第一个车厢就有 1 个座位剩余。

2 月是 28 天，2 号车厢剩余 4 个座位。

这样累加起来，12 个车厢正好多出 19 个座位。

每个车厢的连接处都有一个座位，再加上车头
驾驶室的座位，一共是 12 个座位。

19 + 12 正好是 31 天，也就是 1 月的天数。

可为什么会是 1 月？

2029 年的 13 月，不就是 2030 年的 1 月吗？

预言之女

正在通话： 　---我　　　---用户B

□□□□||||*****……
我懂了！

所以对应 13 月的座位其实分布在整个列车的各处。

从车头开始算起，那么 13 日对应的座位应该就是 4 号车厢和 5 号车厢连接处的那个座位！

……*****/////||||||□□□□
我已经到了。

我找到了最后一个黑色药瓶！

密码是 7531。

第 5 个糖果的锁打开了。

不过第 4 颗绿色糖果的成分就是肌肉松弛药，我已经找到了。

你已经吃了吗？

嗯。

我现在瘫倒在驾驶座上。

打字都已经很吃力了。

……

而且眼睛也几乎快要看不见了。

怎么回事？

为什么吃了肌肉松弛药，眼睛会看不见？

因为我吃了太多糖果。

箱子的字条上还写了，
食用这些糖果的副作用就是会导致视力严重下降。

你不是早就应该知道吗？

我不是说了吗，只有我能去尝试。

只是很不巧，试了这么多次才找到正确的那个。

156
Loading...

正在通话： ---我　　　 ---用户B

运气还是一如既往地差。

哈哈！

对于狙击手来说，失去视力是件非常痛苦的事吧。

系统　[预言之女将在 5 分钟后苏醒]

你在坐垫中找到的那 5 个药瓶，现在都在你手上吧。

都在。

先不要用。

为什么？

听我的。

我发现了一件非常可怕的事。

什么事？

其实我早就怀疑了，但是一直没说。

到底是什么事？

你等等。

我要证实一下我的想法。

你要做什么？

果然是这样！

难道你吃了第 5 颗糖果？

你这样真的会瞎掉。

系统　[预言之女将在 4 分钟后苏醒]

我的猜想果然没错，小曲奇，这真的是件非常可怕的事。

为什么？

正在通话：　---我　　---用户 B

······*****/////||||||□□□□

我们不是已经找到肌肉松弛药了吗？剩下的只要找到预言之女不就可以了？

□□□□||||****·····
你知道真正的预言之女在哪吗？

在哪？

我看到了肉壁。

肉壁？

这个隧道，从原来的石壁，变成了肉壁，你懂吗？

就是由腥臭的内脏和酸液堆砌成的一个食道壁。

不对，这是你的幻觉。

因为你吃了那个黑色糖果。

箱子里的根本不是什么致幻药，而是解药！

真正被幻觉迷惑的是刚刚醒来时的我们。

你的意思是，我们在昏迷的时候被人灌了致幻药？

系统　[预言之女将在 3 分钟后苏醒]

是的！

我们一直都在预言之女的身体里！

重心感矫正，无法闻到臭味，无法感知潮湿，以及把肉壁看成石壁。

这些才是致幻药的功效。

而我刚刚依次吃下的 5 颗糖果，对应的就是 5 种致幻剂的解药，让我一步步看清了这里的真相。

那些蠕动的声音呢？

那并不是什么其他的怪物，而是预言之女整个食道壁的血管痉挛，所以我们从各个方向都能听到。

正在通话： --- 我   --- 用户 B

系统　[预言之女将在 2 分钟后苏醒]

□□□□||||*****……
预言之女马上要醒了！

　　　　　　　　……*****////||||□□□□
　　　　　　　　如果那些资料都是真的，那预言之女一旦醒来……

没错，整个食道会被胃酸淹没，我们都会成为它的晚餐。

　　　　　　　　　　　　该怎么逃出去？

资料上不是说了吗，
用肌肉松弛药就能把预言之女的嘴巴打开。

　　　　　　　　　　　　预言之女的嘴巴。

我想就是 12 号车厢后面那些塌方的乱石。

　　　　　　　　　　　　我知道了。

　　　　　　　　　　　　那肌肉松弛药呢？

你手上那个绿色的药瓶就是肌肉松弛药。

把它涂抹到预言之女的口部附近就能把它的嘴巴打开了。

　　　　　　　　　　　　好。

系统　[预言之女将在 1 分钟后苏醒]

　　　　　　　　　　　　我已经从预言之女的口中出来了。

　　　　　　　　　　　　这里是个山谷。

　　　　　　　　　　　　预言之女把整个列车当成光源吃掉了。

　　　　　　　　　　　　你人呢？

我出不来了。

　　　　　　　　　　　　你不是已经能够合成强酸了吗？

我现在全身瘫痪，而且眼睛也几乎快看不见了。

预言之女

正在通话： ▇ ---我　▇ ---用户 B

　　　　　　　　　　　......＊＊＊＊＊//////||||||▢▢▢▢▢▢
　　　　　　　　　　　你就这样放弃了吗？

▇▇▇▇||||||\\\\\\＊＊＊＊......
你不是早就想让我这个不负责任的男人死掉吗？

　　　　　　　　　　　我说过，我对你没有任何感情。

　　　　　　　　　　　我不爱你，也不恨你。

其实我当时准备了结婚戒指，在我的另一个口袋。

　　　　　　　　　　　你在说什么啊？

我还有最后一个问题。

如果我当时拿出的是戒指，而不是手机。

　　　　　　　　　　　现在不是说这个的时候。

系统　[预言之女将在 30 秒后苏醒]

我已经快看不见了！

快回答我！

如果我当时向你求婚，你会答应我吗？

　　　　　　　　　　　你还不出来吗，已经没时间了！

这是我……

最后……

想知道的……

系统　[预言之女将在 20 秒后苏醒]

　　　　　　　　　　　你还看得见吗？

你会嫁给我吗？

你会吗？

正在通话：　---我

系统 [预言之女将在 10 秒后苏醒]

······＊＊＊＊＊/////ⅠⅠⅠⅠ□□□□
我会！

系统 [预言之女已经苏醒]

系统 [游戏结束，一名玩家成功逃离]

Loading...

第八章

商人游戏

正在通话：　　---我　　　---用户B

．．．．＊＊＊＊／／／／｜｜｜｜｜〇〇〇〇
？

〇〇〇〇｜｜｜｜\\\\＊＊＊＊．．．．
这是怎么回事？

你能看到我发的消息吗？

可以。

你也遇到这种情况了吗？

我的手机突然就变成这样，什么应用程序都打不开，只能停留在这个聊天界面。

这是什么病毒程序吗？

你在哪里？

我在演唱会现场。

你也在演唱会？

是的。

失眠俱乐部的演唱晚会。

你旁边的人，
都戴着白色面具吗？

是的。

所有入场的歌迷都必须戴着这种白色面具，这是他们的标志。

我也戴着呢，进门时那些工作人员给我戴上的。

那就没错了。

我也是。

我们两个人现在都在这个露天演唱会现场。

这里人太多了，而且每个人都戴着面具。

我估计我们暂时都找不到彼此。

164
Loading...

正在通话： ---复仇者 ---我 ---用户 B

▯▯▯▯▯||||||*****
你也是歌迷吗？

・・・・*****//////||||||▯▯▯▯
我是来看演唱会的。

毕竟这是失眠俱乐部的第一次公开演唱会。

听说乐队成员的平均年龄只有 16 岁。

我好像也听说过。

既然你不是歌迷，你为什么会来这里？

我是来找人的。

找谁？

我的客户。

客户？什么客户？

你不知道比较好，陌生人。

▯▯▯▯▯||||||*****▯▯▯▯
欢迎各位玩家参加本次实景逃脱游戏，我是人工智能主持人——复仇者。

本次逃脱游戏共有 2 位玩家参与。

本次游戏的主题为"商人游戏"，两人需在游戏过程中分别扮演情报商人和买家。

我已向 2 位玩家的米特币账户中汇入了不同数额的米特币作为游戏初始资金，玩家可打开米特币的应用程序进行查询。

请注意，任何玩家在游戏过程中不能说谎。一旦我发现有人说谎，该玩家脸上的白色面具将立刻向内侧释放毒气，毒气会瞬间浸入全身的每个细胞，并导致死亡。

千万不要说谎，因为我什么都知道。

游戏开始。

系统 [收款成功，您当前的余额为 50 米特币]

商人游戏？

商人游戏

正在通话： ---我 ---用户B

□□□□IIIIII\\\\\＊＊＊＊……

糟了！

我脸上的面具摘不下来了！

……＊＊＊＊/////||||||□□□□

啊！

好像我的也是。

怎么会遇到这么倒霉的事！

早知道就不来这个鬼演唱会了。

看样子我们是被强迫进行这个游戏了。

的确是这样。

游戏规则好像说，
我们一个是情报商人，一个是买家。

然后我们全程都不能说谎。

可这个人工智能只说了规则，并没说我们要怎样才能逃脱啊！

刚刚应该有系统提示你收到了钱吧！

你能打开你的米特币账户吗？

我能看到。

的确，我现在的余额和刚刚系统消息说的是一样的。

嗯，我也收到了。

我们现在该怎么办？

我想想。

这个游戏叫作商人游戏，
也就是说，我们要通过交易获取情报。

人工智能说它什么都知道。

我试试。

正在通话： ---复仇者　---我　---用户 B

　　　　　　　　　　　　　　　……*****//////||||||||||||
　　　　　　　　　　　　　　　　　　　　　　　什么意思？

▯▯▯▯||||||*****……
@复仇者，告诉我玩家的游戏任务是什么？

　　　　　　　　　　　　　　　　　　　　　它没回答你。

不，它回答了。

我能看到，你看不到。

　　　　　　　　　　　　　　　　　　　等等，我也试试。
　　　　　　　　　　　　　　　　@复仇者，玩家的游戏任务是什么？

▯▯▯▯||||||*****……
*请记住，以*符号开头并结尾的消息只有你自己能看到。*

如果你想知道玩家的游戏任务，请支付 6 米特币。确认请回复 1，取消请回复其他文字。

　　　　　　　　　　　　　　　　　　　　　　……

　　　　　　　　　　　　　　　　也就是说，连游戏规则也是商品。

▯▯▯▯||||||*****……
1。

　　　　　　　　　　　　　　　　　　　　你已经买了？

你想知道游戏任务是什么吗？

　　　　　　　　　　　　　　　　　　　　　　当然！

复仇者给你的报价是多少？

　　　　　　　　　　　　　　　　　　　　　6 米特币。

给我 5 米特币，我告诉你。

　　　　　　　　　　　　　　　　　　　　　　……

你的账户程序里应该已经有我的账户 ID 了，
直接向我的账户汇款就行了。

　　　　　　　　　　　　　　　命都在别人手上，你还敢趁火打劫？

毕竟我的本职就是商人。

商人游戏

167

Next………

正在通话： ---复仇者 ---我 ---用户B

风险越大，回报自然越多。

你要买吗？

可是我能信你吗？

复仇者不是说了吗，玩家不可以说谎。

如果玩家不遵守自己的承诺，那承诺就变成了谎言，玩家就会被面具上的毒气毒死。

我知道了。

系统 [汇款成功，您当前的余额为45米特币]

我已经转了5米特币。

快告诉我游戏任务是什么！

我也只知道一部分。

每个玩家都有各自的2个单人任务，且必须在演唱会的最后一首歌结束之前完成。

若玩家未完成自己的任务，依然会触发面具上的毒气。

我和你都有各自的2个单人任务要完成。

那我的2个任务是什么？

我不知道。

复仇者只告诉了我我自己的2个任务。

原来如此！

@复仇者，我的单人任务是什么？

用户A，你的身份是买家。

你的任务一：用户B来此处是为了找一个客户。找到用户B的客户"脑洞男"，拍摄其正面清晰照片存于手机相册中。

正在通话：　❌ ---复仇者　　🅱 ---我　　😐 ---用户B

❌ *你的任务二：当最后一首歌结束时，你的账户余额不能少于 40 米特币。*

😐 乐团主唱好像已经登场了。

🅱 你知道他们要唱几首歌吗？

一共 6 首。

🅱 *@ 复仇者，用户 B 的单人任务是什么？*

❌ *获悉用户 B 的任务一需支付 10 米特币，获悉任务二需支付 20 米特币，共计 30 米特币。*

😐 我们只有 6 首歌的时间。

🅱 我记得你刚刚说，你是个商人对吧？

是的。

🅱 你说你这次来这个演唱会现场，是为了找一个客户。

🅱 那么那个客户，一定就是你的买家咯？

🅱 你是什么商人？你卖给他的东西是什么？

情报是要用钱来买的。

🅱 ……

再说，我和这位客户之间有保密协议。

🅱 保密协议？

🅱 难道你们的交易是违法的？

这你不用管。

🅱 如果你的交易对象是黑手党，那你大可不必遵守信用。

🅱 黑手党可不会在乎你的个人信誉。

讲信用是商人的原则，无论买家是谁。

169
商人游戏　　　Next………

正在通话：　　---我　　　---用户 B

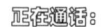

▯▯▯▯▯|||||\\\\\＊＊＊＊＊……
个人信誉可比商品本身价值高多了。

……＊＊＊＊＊/////||||▯▯▯▯▯
价值！

如果你是想套我的话，
就不用白费心思了，我绝对不会轻易把这
次交易的任何信息告诉你的。

原来如此。

你说的这句话我是否可以理解为，
要想获得关于这次交易的情报，
须给出比你的个人信誉更高的价格才行。

你很聪明！

我必须获得关于交易的情报，这是我的任务之一。

你的任务究竟是什么？

我想想。

想想？

5 米特币。

什么？

给我 5 米特币，我把完整的任务告诉你。

看来你也学会了。

如何？

但这个价格太高了，我肯定不能接受。

我只能给出 2 米特币。

太少了，至少 4。

3，不能再高了。

成交。

正在通话： 🎭 ---我　🎭 ---用户B

系统 [收款成功，您当前的余额为 48 米特币]

🎭 □□□□|||||*****……
说吧。

……*****/////|||||□□□□ 🎭
我必须在最后一首歌结束之前，
找到你今天的那个交易对象——脑洞男，然后
把他的正脸拍下来存在手机相册中。

原来是这样。

想必那个脑洞男，也在这个演唱会现场吧。

他应该就混在歌迷中。

你有什么想要的情报吗？关于脑洞男的。

不，我想问的不是关于脑洞男的。

？

我想要知道的是……

你的任务是什么？

哈哈，原来你更想知道这个。

可以交易，但我得事先说明，
我不会给你完整的描述。

为什么？

我怕我们任务有冲突。

什么冲突？

比如一个人完成了某个任务，则另一个人
就必定无法完成自己的任务。

那又如何？

万一是这样的话，
那么到最后很有可能我们两个人会僵持下
去，以致我们都无法完成任务。

正在通话： 🎭 ---我　　🎭 ---用户 B

🎭 口口口口ǁǁǁǁ*****……

毕竟我们谁都不会选择牺牲自己而让对方活下去。

……*****/////ǁǁǁǁ口口口口 🎭

两个人都不知道反而对各自来说是好事。

我知道了。

给我 8 米特币，我可以给你其中一个任务的不完整描述。

我卖你一个完整的任务只要 3 个米特币，你卖我一个要 8 米特币，而且还是不完整的？

第二首歌已经开始了。

你这任务可是个需要花时间的体力活。

好吧。

系统　[汇款成功，您当前的余额为 40 米特币]

你很果断嘛！

快说吧，你的任务是什么？！

我的任务之一，是在最后一首歌结束之前，余额必须达到某个值。

所以你的任务是赚钱。

毕竟我在游戏中的身份也是商人。

并且我可以免费告诉你另一件事。

什么事？

就当作这次你不还价的回报吧！

我能够以比你低一半的价格向复仇者购买任何情报。

比我低一半？

为什么？

因为我的游戏身份是商人。

等等。

正在通话： ---复仇者 ---我 ---用户B

你是说,你可以从复仇者那里买到任何情报吗?

是的,任何情报,它可是无所不知的。

@复仇者,脑洞男在哪里?

想知道脑洞男的位置请支付40米特币。

怎么样?它卖多少钱?

你卖多少钱?

我不知道脑洞男在哪。

别藏着掖着了,到底多少钱?

我真的不知道。

如果你真的想知道脑洞男的位置,我可以帮你问复仇者。

你还要问复仇者?脑洞男不是你的客户吗?

@复仇者,脑洞男在哪里?

我知道了!

你买了?

我没买,但我知道价格了。

给我30米特币,我就买下来,然后告诉你。

可耻的商人。

花钱保命的交易,无论花多少都不亏。

你既然不知道脑洞男在哪,那你怎么跟他交易?

我虽然不知道他人在哪,但我知道找到他的方法。

方法是什么?

第三首歌开始了。

商人 游戏

正在通话： ---我 ---用户B

······*****//////▢▢▢▢▢▢▢▢

我知道了。

10 米特币，我出这个价。

▢▢▢▢▢|||||*****······

你不能说价格，只有我能说。

为什么？

因为我是商人。

20 米特币！

35 米特币。

你这是坐地起价！

商人的本性。

你拖得越久，价格就越高。

你是个无德的商人。

商人要遵守什么样的道德？

我不知道。

医生要遵守医德，老师要遵守师德，大部分行业都被各种莫名其妙的道德约束着，这都不是人的本性。

人的本性是什么？

单纯地追求利益而已。

这就是为什么我做了商人。

我出不了 35 米特币。

这可关乎你的游戏任务。

······

我有别的方法完成我的任务。

你打算怎么做？

正在通话： ---复仇者　---我　---用户B

> 我想打听一些别的事情。

你想通过别的信息推理出来脑洞男在哪。

没问题！

尽管问吧，只要出得起钱，我都会告诉你的。

> 我想想。

你还剩 3 首歌的时间。

> 我大概有 4 个问题要问你。
> 首先是这个叫作复仇者的人工智能。
> 为什么它敢说它什么都知道？

这个所谓的人工智能，其实就是失眠俱乐部的少年主唱设计的，这个你应该知道吧。

> 那你帮我问问，第一个问题，失眠俱乐部怎么会知道任何情报？

@复仇者，为什么失眠俱乐部知道所有的情报？

> *@复仇者，为什么失眠俱乐部知道所有的情报？*

请支付 4 米特币。

> 多少钱？

你给我 10 米特币。

系统　[汇款成功，您当前的余额为 30 米特币]

系统　[请注意，您的余额已不足 40 米特币]

6 年前，一个年仅 9 岁的男孩所在的城市发生了温迪戈入侵，整座城市被温迪戈占领。男孩躲在孤儿院的地下室，逃过了温迪戈的捕杀。不久，各国政府派来的空军对整个城市进行了封锁以及地毯式毒气炸弹轰炸，所有的温迪戈都死在了毒气中。

> 那应该就是氢氰酸气体，温迪戈的克星。

175
Next.........
商人游戏

正在通话： ---我　　---用户B

城市被封锁了 6 个月，地下室的食物很快就被男孩吃完了。

那他是怎么活下来的？

温迪戈死后皮肤会软化，体内的毒素也会被中和掉，等毒气散去时，他来到了地面，看到了大量温迪戈的尸体。

……

情报就这些，至于为什么那个男孩能知道任何情报，我就不知道了。

温迪戈身上散发的信息素中包含了记忆。

含有记忆的信息素？

这是温迪戈的特性。

人类吸食了温迪戈的信息素，就能获得温迪戈的记忆。

我听说，所有的温迪戈都是通过寄生人体繁殖的。

是的。

被温迪戈寄生的人，死后就会有 1% 的概率变成新的温迪戈，前提是他的脊椎骨完整。

那个男孩接触了无数温迪戈的尸体，因此也就获得了无数人的记忆。

一座城市的记忆。

难怪他敢说他什么都知道。

怎么样，这条情报对你有帮助吗？

再帮我问一个问题。

说！

既然他获得了一座城市的记忆，那么那个脑洞男很可能和那座城市有关。

也许他当时就在那座城中。

第二个问题，为什么那座城市会被温迪戈入侵？

正在通话： ❌ --- 复仇者　🙂 --- 我　🙂 --- 用户 B

🙂 ▯▯▯▯||||*****·····
| @复仇者，为什么男孩所在的城市会被温迪戈入侵？

　　　　　　　　　　　·····*****////|||||▯▯▯▯ 🙂
　　　　　　　　　　　　@复仇者，为什么男孩所在城市会被温迪戈入侵？

❌ ▯▯▯▯||||*****·····
| *请支付 4 米特币。*

　　　　　　　　　　　　　　　　　　　多少钱？
🙂 ▯▯▯▯||||*****·····
| 一样，给我 10 米特币。

系统 [汇款成功，您当前的余额为 20 米特币]

| 月幕组织全部被温迪戈寄生。

| 没有防备的市民在一夜之间被袭击，大量新的温迪戈也随之诞生。

　　　　　　　　　　　　　　　　　　月幕组织？

| 第 4 首歌结束了，你还剩两首歌的时间。

　　　　　　　　　　第三个问题，告诉我关于月幕组织的基本信息。

| 你怀疑脑洞男和这个组织有关？

　　　　　　　　　　那个男孩很可能接触过月幕组织成员的遗骸。

| @复仇者，给我关于月幕组织的资料？

　　　　　　　　　　　　@复仇者，给我关于月幕组织的资料？

❌ *请支付 4 米特币。*
🙂 也是 10 米特币。

系统 [汇款成功，您当前的余额为 10 米特币]

　　　　　　　　　　　　　　　　　　　快说！

| 月幕组织是商盟会的会长二代蜂亲自组建的
| 机密武装力量，一共有 10 人。

　　　　　　　　　　　　　　　　果然是二代蜂下的命令。

正在通话： ---我 ---用户B

······*****//////|||||□□□□□
10人？

温迪戈诞生的概率只有1%，10个人明显无法确保这次入侵的成功率。

□□□□||||||*****······
并不是。

寄生这10个人的温迪戈已经进化到最终形态。

温迪戈的最终形态？

这种形态的温迪戈，成功的概率是100%。

原来如此。

那这个最终形态的温迪戈，到底是什么样子？

我也不知道，这条情报的信息我已经全部告诉你了。

第4首歌已经结束了。

你已经连续问了3个问题了，怎么样？找到脑洞男了吗？

没有。

我都有点替你着急了。

别装圣母了。

听你的口气，你的任务似乎已经完成了，毕竟卖出这几条情报就让你赚了不少钱吧？

当然，我也不打算隐瞒！

我还有第4个问题。

是关于温迪戈的最终形态吧？

你问吧！

并不是。

我要问的是，你的初始余额是多少。

正在通话： ---我　　---用户B

□□□□||||||*****······

行，给我 5 米特币，我就告诉你。

······*****/////|||||□□□□□

······

系统　[汇款成功，您当前的余额为 5 米特币]

记住，不准说谎。

我的初始余额为 5 米特币，我从头至尾都没说过任何谎话，你知道的。

怎么不说话了？

我想通了。

想通什么了？

你之前说，告诉我找到脑洞男的方法，需要支付 35 米特币，你还记得吗？

······

你想说什么？

如果我现在支付 35 米特币给你，你会告诉我吗？

不必了。

怎么？

我知道你不愿支付 35 米特币。

我也是有怜悯之心的。

你会有同情心？

你只要给我 3 米特币，我就把找到脑洞男的方法告诉你。

从 35 降价到 3？

成交！

系统　[汇款成功，您当前的余额为 2 米特币]

179

商人游戏　　Next………

正在通话: 🙂 --- 我   🙂 --- 用户B

🙂 ‖‖‖‖\\\\＊＊＊＊……
失眠俱乐部的最后一首歌,叫作《催眠曲》。

……＊＊＊＊／／／／‖‖‖‖ 🙂
催眠曲?

所有听到歌曲旋律的人都会立刻陷入沉睡,这也是为
什么他们能在短时间内获得这么多歌迷的喜爱。

所以听他们唱歌还有治疗失眠的效果?

我只要在这首歌的旋律响起之前戴上耳塞,就不会受到歌曲的影响。

而脑洞男也一定会用这种方法让自己保持清醒。

所以催眠曲响起时,整个音乐广场所有人都会因陷入沉睡
而坐下,而最后站着的两个人就只有你和脑洞男?

没错。

那乐队的人呢?唱歌的人不会受影响吗?

他们刚刚登场的时候,我用激光笔照射在了他们身上。

光线穿了过去,照在了幕布上。

什么意思?

那是全息投影。

这些乐队成员根本就不在舞台上,甚至根本不在现场。

这个演唱会的音乐和演唱也全都是事先录制好的。

所以只要等到最后一首歌开始,你们就能互相找到对方。

而且我的衣服上标有和他交易的特殊标志;他如果
看到我,立刻就知道我是来和他交易的。

是什么标志?

和演唱会宣传海报上的标志一样。

宣传海报?

我找找。

正在通话：　　---我　　　---用户B

・・・・・＊＊＊＊／／／／／｜｜｜｜｜ⅡⅡ□□□□
有了！

你说的是这个六边形的标志吗？

原来如此。

□□□□｜｜｜｜｜＼＼＼＼＊＊＊＊・・・・
没错。

如果我猜得没错，你和脑洞男之间，其实从来没有过任何交流，对吗？

你果然很聪明。

我从黑市得知，这个六边形标志，就是和那个男人进行交易的暗号。

当我看到这个宣传海报上的六边形标志，我就知道那个男人一定会来这场演唱会。

而想要和那个男人交易，必须对交易的一切情报保密。

原来这就是你们的保密协议。

并且我带来了那个男人现在最需要的东西。

哈哈哈哈！！！

你笑什么？

知道了！

我终于知道了！

你要卖给脑洞男的东西，就是温迪戈的信息素，我说得对吗？

为什么？！

这是只有脑洞男才会知道的事！你为什么会知道？

快回答我！

你有没有想过，也许我就是你要找的那个客户呢？

难道你就是脑洞男？

我就是因为那个六边形标志才来这个演唱会的。

181

Next.........

商人游戏

正在通话：　　---我　　　---用户B

□□□□||||\\\\＊＊＊＊……
……

那你为什么不一开始就告诉我？

一开始我也不确定复仇者说的那个脑洞男到底是不是我本人，
但根据刚刚复仇者提供的这 3 个答案，我就可以确定了。

你确定你就是脑洞男？

我的游戏任务还没完成。

我愿意为这个信息素中的记忆支付你 1000 米特币，在游戏结束后。

你应该不希望你的大客户死在这个游戏里吧。

虽然我不知道你是怎么确定的，但既然你知道
我带来的商品就是温迪戈的信息素，
好，我相信你就是脑洞男。

你想要我做什么？

把你打算出售的那瓶信息素喝掉。

为什么？

1000 米特币买的是信息素中的全部记忆。

但我需要你先告诉我其中的一小部分。

哪部分？

那瓶信息素中含有商盟会研究组组长的记忆，那
个研究组组长知道温迪戈的最终形态。

喝下那瓶信息素，
告诉我温迪戈的最终形态是什么样的。

这样你就不用向复仇者支付额外的情报费用了。

你果然还是想知道这个。

为什么？

一是为了确保你的商品货真价实。

正在通话： ---我 ---用户 B

……＊＊＊＊＊/////|||||□□□□□
　　　　　　　　　　　　　二是为了完成我的游戏任务。

□□□□||||\\\\＊＊＊＊……
难道你的第二个任务就是要知道温迪戈的最终形态？

我明白了，既然你是脑洞男，我就按你说的做。

那我喝了。

　　　　　　　获取记忆的过程可能会有点难受。

我已经喝掉了。

　　　　　　　　　　怎么样？你看到了什么？

翅膀！

　　　　　　　　　　　　　　翅膀？

温迪戈长出了一对巨大的翅膀！

而且它们有着比人类还强的视力！

　　　　长着翅膀的温迪戈，视力比人类还强……竟然有这种事……

　　　　　　　　　　　　　　等等！

　　　　　　　　　　　　　　哈！

　　　　　　　　　　　我全都明白了！

看样子你的第二个任务也完成了。

　　　　　　　这跟我的第二个任务可没什么关系。

什么意思？

　　　　　　　而且你刚刚好像误会我了。

　　　　　　　　　　我不是脑洞男。

你不是脑洞男？

你骗我？

183

商 人 游 戏

正在通话： ---我 ---用户B

······*****//////|||||||◻◻◻◻◻

仔细回顾对话记录吧，我可没说过任何一句假话。

只不过是你自己误解了。

◻◻◻◻||||||*****······

你在故意诱导我！

而且我已经猜到你的第二个任务了。

什么？

你不是说，你从复仇者处购买的情报价格是我的一半吗？

你每次向复仇者提问，我也会用隐藏消息的方式向复仇者问同样的问题，从而获得复仇者给我的报价信息。

所以我知道你向复仇者支付过多少钱。

并且我一直计算着我向你支付过的钱的总数。

因此，根据你的初始余额推算，你现在的余额应该是 44 米特币。

那又能说明什么？

我之前一直在想，为什么你坚持不让我来报价，为什么之前价值 35 米特币的情报后来只收 3 米特币卖给了我。

……

你的第二个任务要求，就是余额不能达到 45 米特币，我说得对吗？

你这个家伙！

所以即便你一早就知道我卖给你的情报价格比复
仇者还高，你依然还是买了我的情报。

是的，我的目的就是要一点点找到你的余额上限。

只要我现在把我的全部余额都转给你，你
脸上的面具就会立刻释放毒气。

求你不要杀我！

你要多少钱！

正在通话: 🔲 ---我　🔲 ---用户 B

　　　　　　　　　　　　　　…… ＊＊＊＊／／／／／｜｜｜｜｜▢▢▢▢▢
　　　　　　　　　　　　　　　　　　　　　　　40 米特币。

▢▢▢▢▢｜｜｜｜｜＼＼＼＼＊＊＊＊……
我只有 44 米特币了！

　　　　　　　　　　　　　　花钱买命的交易，无论花多少都不亏。

该死。

38 米特币，求你了。

　　　　　　　　　　　　　　你好像还不太理解商人这个职业。

你什么意思？

　　　　　　　　记住，商人绝对不能露出乞求的态度。从你开始乞求买家购买
　　　　　　　　自己的商品那一刻起，你的商品就已经没有多少价值了。

……

　　　　　　　　　　还有，任何职业都有对应的职业操守，商人也不例外。

　　　　　　　　　　　　　　　　　其中最重要的就是信守承诺。

　　　　　　　　你的余额应该早已达到了任务的最低要求，然而你因为贪婪，
　　　　　　　　为了获得更多收益而违背了你和脑洞男之间的保密协议。

　　　　　　　　　　当然，那是游戏之外的协议，自然你也不会受到游戏的惩罚。

你根本不是什么歌迷！

你到底是什么人？

　　　　　　　　　　　　　　　并非刻意隐瞒，我也是个商人。

你是什么商人？

　　　　　　　　　　　　　　　　　　　　　地下商人。

地下商人？

难道你是商盟会的人？

　　　　　　　　　　　　　商盟会早就解散了，在我退出后不久。

　　　　　　　　　　　　　　　　　　第 5 首歌结束了。

商人游戏

正在通话： 🎭 ---我　🎭 ---用户 B

🎭　▫▫▫▫▫||||||\\\\\＊＊＊＊＊‥‥‥

好，我跟你说实话。

我的第二个任务就是你猜的那样。

而我的第一个任务，是在最后一首歌结束时，余额不能少于 6 米特币。

如果我汇给你 40 米特币，我就只剩 4 米特币了，我还是会死。

‥‥‥＊＊＊＊＊/////||||||▫▫▫▫▫ 🎭

看来如果我不接受，那我连这 38 米特币都拿不到了。

我知道了，那你就给我 38 米特币吧。

这也算是一个双赢的结局。

好。

系统 [收款成功，您当前的余额为 40 米特币]

系统 [您的余额已满足任务要求]

太感谢你了！

那个信息素中还有很多我没说出来的记忆。

放心，游戏结束后我一定会如约向你买下所有的记忆，如果我们都活着。

现在你的任务都已完成，而我只剩下给脑洞男拍照的任务了。

催眠曲已经开始了。

你怎么办？

放心，我也准备了耳塞。

周围的歌迷都已经睡下去了。

那个站着的就是你吗？

没错，我看到你了。

可我好像只看到我们两个人。

正在通话： ---我 ---用户B

□□□□IIIIII*****……
脑洞男呢？

……*****//////IIIIII□□□□
对了，有件事不知道你听说过没？

什么事？

所有和脑洞男进行过交易的商人，最后全都没有音讯了。

我不知道……这是真的吗？

你为什么这么了解脑洞男？难道你已经知道脑洞男在哪了吗？

当然。

你往天上看。

天上？

什么都没有啊？

不对！

有什么东西在飞？！

那是什么？？？

脑洞男啊。

他好像越来越近了。

他向我飞过来了！

你还不跑吗？

……

会长？

是你吗，会长？

二代蜂会长，你果然还活着！

是你啊！

187

商人游戏

正在通话：　　　---我　　　　---用户B

我们有6年没见了吧！

这就是你们刚刚进行游戏的手机吗？

是的。

你把那个商人干掉了吗？

嗯。

原来这就是温迪戈的最终形态。

翅膀，视力，以及人性和理智。

这比上一个版本强太多了！

你怎么知道我会在这里？

我早就注意到了宣传海报上的六边形标志，那是商盟会的会标。

那个商人提到了月幕组织，再联想到六边形的标志，我就猜脑洞男很可能就是会长你。

可是失眠俱乐部的最终目标就是杀死你，这场演唱会的目的大概就是要吸引你现身。

你就不怕他们设下陷阱吗？

他们绝对想不到，我已经成了最终形态的温迪戈。

温迪戈的外皮比钢铁还硬，再加上这对翅膀，没人能杀死我。

难怪。

你明明已经被公开枪决了，却还能活着。

被抓之前，我已经与最终形态的温迪戈融为一体。
子弹只在我的脑门上留下了一个洞，只要脊椎
完整，我就永远死不掉。

对了，会长，
既然你就是那个脑洞男，
能否让我给你拍个照？

正在通话: --- 我 --- 用户 B

为什么?

这场逃脱游戏还没结束,如果不完成自己的任务,我就会被杀死。

是因为那个面具吗?

没错。

不用那么麻烦了。

什么意思?

你过来。

不用害怕。

再过来一点。

怎么回事?

我的面具碎掉了?

我已经把你的面具捏碎了,你不用管它了。

太好了!

多谢你,会长!

对了,你在商人的尸体上摸了这么久,是在找什么呢?

瓶子。

装着温迪戈信息素的瓶子?

看来你也知道了。

这东西应该在这个商人身上的。

果然这就是你来这里的目的。

那个信息素是从研究组组长的身体上获取的,我需要他的全部记忆。

研究组组长?

我就知道,果然和我之前猜的一样。

商人游戏

正在通话: ---复仇者 ---我 ---用户B

・・・・・＊＊＊＊＊//////□□□□□□

我猜你从演唱会一开始就一直在上空了吧!

等催眠曲响起时,你就可以找到那个商人,干掉他,然后拿走他的货物。

□□□□□||||||\\\\\＊＊＊＊＊・・・・・
你的话太多了。

你知道信息素瓶子在哪吗?

很不走运。

刚刚这个商人为了获取情报,已经把那瓶信息素喝掉了。

我知道了。

等等!

你要干吗?

既然信息素已经进入了他的体内,那我只要把他体内的信息素吸出来就行了。

原来如此。

会长你还是和原来一样不讲究形象。

这样看来,这副温迪戈的样子确实更适合你。

*@复仇者,面具中的毒液是什么? *

□□□□□||||||\\\\\＊＊＊＊＊・・・・・
需支付1米特币

系统 [汇款成功,您当前的余额为39米特币]

氢氰酸。

系统 [汇款成功,您当前的余额为0米特币]

□□□□□||||||\\\\\＊＊＊＊＊・・・・・
有毒!

怎么回事?你做了什么?

正在通话：　---我　　　---用户B

商人的账号余额达到了 45 米特币。

面具里的毒气释放出来了。

是你干的？

看来复仇者说得没错，氢氰酸瞬间就可以浸入他的每个细胞。

很遗憾，会长。

你背叛我！

我从未效命于你，何来背叛？

一直以来，我在商盟会中只是做一些你不感兴趣的买卖而已。

失眠俱乐部！

你和那个少年串通好的吗？

并不是。

这个世界上，想要高价买你人头的老板还有好几个。

失眠俱乐部给的价格我并不满意。

你！

催眠曲好像就快唱完了。

拜拜了，会长。

可惜你的理想最终还是无法实现。

告诉我！

你的老板，到底是谁！

我是个商人。我的老板是钱。

系统　[游戏结束]

商人游戏

避难所篇

Next.........

Loading...

序

····· ★★★★★ ////// | | | | | ▯▯▯▯

致所有难民:

　　备受瞩目的公益避难所已经正式竣工。避难所占地庞大且隐蔽,如果您不想再经历流离失所和家破人亡的悲痛,我们随时欢迎您免费入住。

　　根据传单背面的地图和暗号可以找到我们。

公益避难所·瓶子

▯▯▯▯▯ | | | | | \\\\\ ★★★★★ ·····

Next………

Loading...

第九章

镜相

正在通话： ---面试官 ---我 ---用户B ---用户C ---用户D

> 另外3个玩家，你们都在吗？

> 在。

> 在。

> 这就是逃脱游戏吗？

> 看来传闻是真的。

> 只有在逃脱游戏中获胜才能获得进入公益避难所的资格。

> 大家都是自愿参加这个游戏的吗？

> 与其说自愿，不如说不得不参加。

> 看来大家都是想要逃往避难所的难民。

> 我的家人全在战争中牺牲了，去避难所是我唯一的活路。

> 谁又不是这样？

> 我也是为了躲避敌人的通缉才来的。

> 每个人都是经历过惨痛才来到这里的，大家一起想办法获胜吧。

> 你挺乐观的。

> 但你们觉得这个游戏真的能一起获胜吗？

> 不知道。

> 总之先等主持人说明游戏规则吧。

> 4位玩家你们好，我是本次逃脱游戏的人工智能主持人——面试官。

> 公益避难所的大门将为本次游戏的获胜者打开。

> 本次游戏中，我将提出3道价值1分的单项选择题。玩家可在每道题目公布后，在各自的手机对话框中输入"@选择#"（#为选项序号）进行答题。答对题目的玩家可获得相应的分数，答错或未答者不得分。

> 每道题都有10分钟的作答时间；出题10分钟后，系统会进行一次分数结算并公布下一道题目。

正在通话： --- 面试官　--- 我　--- 用户 B　--- 用户 C　--- 用户 D

▢▢▢▢|||||||*****······
会有 3 道单选题的意思吗？

请注意，每次分数结算后，系统会从累计分数最少的玩家中随机选择一人，触发其颈部的电极片将其电晕，晕倒的玩家视作淘汰。

游戏过程中不能进行殴打等肉体伤害。游戏结束后，所有清醒的玩家即为获胜者。

▢▢▢▢|||||||*****······
的确，我的后颈上贴了一个电极片。

······*****/////||||||▢▢▢▢
我也有，而且撕不下来。

我就说脖子一直有异样的感觉。

▢▢▢▢|||||||*****······
果然会有人被淘汰！

▢▢▢▢|||||||*****······
理所当然的事。

可如果结算的时候，所有人的分数都相同呢？

在每道题的结算中，若所有清醒玩家的分数相同，则不会触发电极片。

▢▢▢▢|||||||*****······
意思是这样就不会有人被淘汰？

应该是这个意思。

▢▢▢▢|||||||*****······
另外，黑暗的地方存在着未知的事物，请谨慎行动。

游戏开始。

第一题：你们所在的歌剧院的名字是什么？（此题答对得 1 分）

1. 梅林歌剧院。

2. 神殿歌剧院。

3. 红毯歌剧院。

4. 巨轮歌剧院。

5. 星辰歌剧院。

系统　[第一题答题时间开始]

正在通话： ---我 ---用户B ---用户C ---用户D

这就开始了！

歌剧院的名字？所以我们都在一个歌剧院里吗？

是的吧。

对了，先说说各自所在的环境吧。

我好像在一个办公室，你们呢？

我这个房间有很多镜子、化妆桌，还有各种奇怪的衣服和舞台道具。

想必我这应该就是化妆间了。

我的房间很小，有件保安制服，看起来是一个保安室。

我这个房间里看起来有很多电线和电子仪器。

你那个房间有窗户吗？能看到外面吗？

有，外面没有灯光，很黑。

我用手机灯照了一下，外面好像是观众席和舞台。

既然你们能看清自己的房间，说明我们所在的房间都是有灯光的，对吗？

是的，但外面则是一片漆黑。

面试官不是说，黑暗的地方会有未知的危险吗？

未知的危险到底是什么？

既然外面都是黑的，那我们只要待在房间里就好了吧。

我这墙上贴了一张地图。

快看看地图上有什么。

是整个歌剧院的地图。

舞台位于整个歌剧院的中心。舞台东侧是总编办公室，北侧是保安室，西侧是化妆间，南侧是舞台控制室。

正在通话： ---我　---用户B　---用户C　---用户D

也就是说，我的房间是控制室。

难怪你能看到观众席和舞台。

所以我们4个人分别位于舞台的4个方向。

那我们现在该怎么办？

这个歌剧院的名字到底是什么？要回答这个问题吗？

不要回答。

反正票数相同也不会触发电极片。如果4个人都不回答，那就都是0分。

只要保持4个人都是0分到游戏结束，我们就都可以获胜了。

C说得对，所以我们谁都不要答题。

好，我知道了。

真的这么简单吗？

相比这个，我更关心房间外的东西到底是什么。

我在总编办公室的办公桌里发现了这个歌剧院上一次演出的歌剧剧本。

名字叫《镜相》，好像是个惊悚剧。

镜相？

里面的剧情是什么？

讲的好像是4个主角被一只名叫"镜相"的怪物追捕。

那个镜相是什么样的？

你们难道都没听说过镜相的传闻吗？

你知道什么吗，B？

传闻中，镜相外形大部分都和人类一样，只有脸不同。

脸怎么了？

镜相

正在通话： 　---我　　　---用户B　　　---用户C　　　---用户D

没有人知道镜相真正的脸长什么样，哪怕亲眼见到它。

　　　　　　　　　　　　　　　　　　为什么？

因为每个人看到的镜相的脸，都和自己的长得一样。

　　　　　　　　　　　　　　　　　难怪它叫镜相！

B说的和剧本中的描述一样。

剧本里还说了什么？

我只是粗略地看了一下第1章和第25章，也就是最后一章。

镜相一般身穿红色长袍，害怕光线，走路没有声音；
所有和他四目相对的人都会瞬间进入睡眠。

这是第1章关于镜相的描述。

　　　　　　　　四目相对？也就是说，哪怕看到了它的眼睛，
　　　　　　　　只要不和它对视，就不会有事？

根据剧本的描述是这样的。

那最后一章讲了什么？

最后一章讲的是，唯一存活的主角拿到了手枪，射穿了镜相的身体。

说到手枪，我这里的确有一把，但好像是麻醉枪。

从保安制服上找到的，还有子弹。

那是公益避难所特制的麻醉枪，一发就能让一头老虎瞬间沉睡。

　　　　　　　　　　　　　你可以先留在身上。

让我想想。

面试官说黑暗中有危险，而镜相又害怕光线。

那面试官说的未知的事物，会不会指的就是镜相？

　　　　　你是说那个镜相，就藏在我们这个歌剧院中的某个黑暗的角落吗？

而且还会移动。

正在通话： ---面试官 ---我 ---用户B ---用户C ---用户D

▫▫▫▫▫▫||||||*****······
我说你们真的相信有镜相？

······*****//////||||||▫▫▫▫▫▫
我不知道。

▫▫▫▫▫▫||||||*****······
我也不知道。

▫▫▫▫▫▫||||||*****······
只是个传闻而已，我不太相信真的有什么镜相。

▫▫▫▫▫▫||||||*****······
一定有！

▫▫▫▫▫▫||||||*****······
你怎么知道？

▫▫▫▫▫▫||||||*****······
是我的酒友们，他们一起目睹过镜相。

具体是什么情况？

晚上的时候，他们4个刚从酒吧出来。

所有人都看到一个穿着红色长袍的人从巷子口走了过去。

而他们每个人都说，自己看到的那个人的脸长得和自己完全一样。

▫▫▫▫▫▫||||||*****······
这不明显是喝醉了乱扯的吗？

▫▫▫▫▫▫||||||*****······
这不是乱讲！

我告诉你，其中一个酒友的脸在白天的时候受了伤，
但是他在那个人的脸上看到了同样的伤疤！

▫▫▫▫▫▫||||||*****······
而其他人都没看到那道疤痕？

▫▫▫▫▫▫||||||*****······
是的！

▫▫▫▫▫▫||||||*****······
你知道吗？世界上所有的传闻都是从醉汉口中传出来的。

越害怕的人就越容易相信那些没有依据的事情。

▫▫▫▫▫▫||||||*****······
你总有一天会意识到自己的愚昧。

系统 ［第一题答题时间结束］

▫▫▫▫▫▫||||||*****······
第一题正确答案为：4.巨轮歌剧院。

203

Next………

镜 相

正在通话： ---面试官 ---我 ---用户B ---用户C ---用户D

｜｜｜｜｜｜｜＼＼＼＊＊＊＊．．．．．
因为所有玩家分数相同 (0 分)，因此无人被淘汰。

｜｜｜｜｜｜｜＼＼＼＊＊＊＊．．．．．
果然没有触发淘汰机制。

｜｜｜｜｜｜｜＼＼＼＊＊＊＊．．．．．
就这样保持下去吧。

｜｜｜｜｜｜｜＼＼＼＊＊＊＊．．．．．
第二题：镜相的衣服是什么颜色的？（此题答对得 1 分）

1. 红色。

2. 黄色。

3. 白色。

4. 蓝色。

系统 [第二题答题时间开始]

｜｜｜｜｜｜｜＼＼＼＊＊＊＊．．．．．
这道题只有 4 个选项了。

｜｜｜｜｜｜｜＼＼＼＊＊＊＊．．．．．
如果 C 刚刚说的是真的，那答案不就是红色吗？

｜｜｜｜｜｜｜＼＼＼＊＊＊＊．．．．．
的确是这样。

但没有意义，反正我们都不答题，也就没必要管它出的题目是什么了。

．．．．．＊＊＊＊／／／／｜｜｜｜｜｜｜
我说你们真的相信有公益避难所吗？

｜｜｜｜｜｜｜＼＼＼＊＊＊＊．．．．．
什么意思？

我是说，既然传说有可能是假的，那公益避难所本身不也只是个传说吗？

｜｜｜｜｜｜｜＼＼＼＊＊＊＊．．．．．
的确。

公益避难所本身就是个谜。

没人知道它在哪，也没人知道它面积多大，长什么样，是谁建立的。

｜｜｜｜｜｜｜＼＼＼＊＊＊＊．．．．．
事到如今，我们除了相信它的存在，还有别的选择吗？

没有。

正在通话：　　---我　　　---用户B　　　---用户C　　　---用户D

▫▫▫▫||||\\\\＊＊＊＊‥‥‥
的确也没有。

▫▫▫▫||||\\\\＊＊＊＊‥‥‥
我可不想再回到那个尸体堆叠的战场了。

我一定要获胜，然后找到那个避难所。

▫▫▫▫||||\\\\＊＊＊＊‥‥‥
等等！

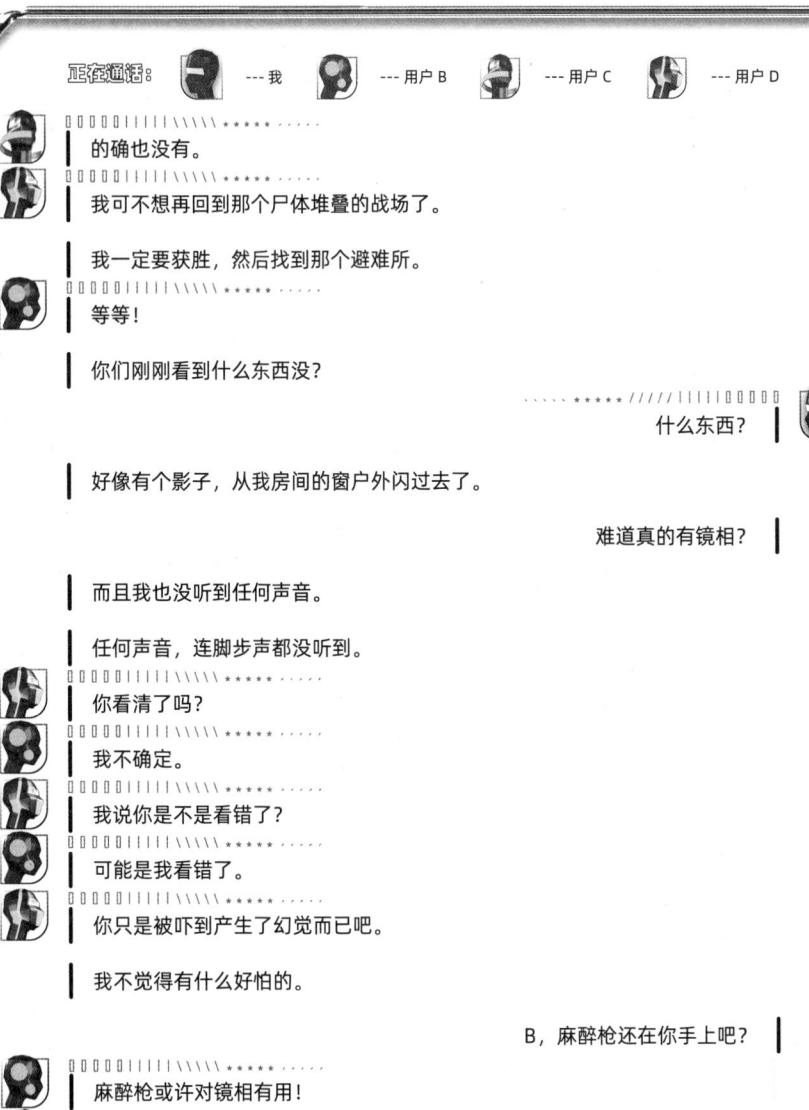

你们刚刚看到什么东西没？

‥‥‥＊＊＊＊////||||▫▫▫▫
什么东西？

好像有个影子，从我房间的窗户外闪过去了。

难道真的有镜相？

而且我也没听到任何声音。

任何声音，连脚步声都没听到。

▫▫▫▫||||\\\\＊＊＊＊‥‥‥
你看清了吗？

▫▫▫▫||||\\\\＊＊＊＊‥‥‥
我不确定。

▫▫▫▫||||\\\\＊＊＊＊‥‥‥
我说你是不是看错了？

▫▫▫▫||||\\\\＊＊＊＊‥‥‥
可能是我看错了。

▫▫▫▫||||\\\\＊＊＊＊‥‥‥
你只是被吓到产生了幻觉而已吧。

我不觉得有什么好怕的。

B，麻醉枪还在你手上吧？

▫▫▫▫||||\\\\＊＊＊＊‥‥‥
麻醉枪或许对镜相有用！

▫▫▫▫||||\\\\＊＊＊＊‥‥‥
剧本只说了子弹穿过了他的身体，并没说镜相死了。

那个剧情最后的结局是什么呢？

没有了。

子弹穿过了镜相的身体，这就是最后的情节。

对了，D。

镜 相

正在通话： 🗂 ---我　🗂 ---用户C　🗂 ---用户D

▫▫▫▫▫||||||*****······
怎么了？

········*****/////||||||▫▫▫▫▫
你说你在化妆间，对吗？

对呀！

可以跟我说说，化妆间里都有什么吗？

你问这个做什么？

既然这是歌剧院上一次演出的剧本，那化妆间里应该也有相关的道具吧！

我想看看能不能通过道具和服装找到更多的信息。

几套怪模怪样的服装，一些假的首饰，特效化妆品和几面镜子。

还有桌子椅子，饮水机什么的。

没了吗？

就这些啊！

……

总感觉少了什么。

▫▫▫▫▫||||||*****······
你觉得少了什么？

我想想。

▫▫▫▫▫||||||*****······
等等！

我看到一个影子从门外的走廊过去了。

真的？

▫▫▫▫▫||||||*****······
真的吗？！
▫▫▫▫▫||||||*****······
我房间的门是虚掩着的，我从门缝看到了那个影子。

好像是个人影。

▫▫▫▫▫||||||*****······
你看清它的脸了吗？

206
Loading...

正在通话： ---面试官 ---我 ---用户B ---用户C ---用户D

口口口口！！！！\\\\\＊＊＊＊＊……

走廊很黑，我根本没看清。

但我可以确定，有什么东西过去了。

你们刚刚有人离开了自己的房间吗？

……＊＊＊＊＊＊//////||||||口口口口

我没有啊！

口口口口！！！！\\\\\＊＊＊＊＊……

我也没有。

口口口口！！！！\\\\\＊＊＊＊＊……

B，你呢？

口口口口！！！！\\\\\＊＊＊＊＊……

我也没有啊！

大家冷静点。

不要管那个黑影。

如果你不想和它对视，唯一的办法就是待在自己的房间，关紧房门，什么也别做。

如此简单而已。

口口口口！！！！\\\\\＊＊＊＊＊……

好。

口口口口！！！！\\\\\＊＊＊＊＊……

好。

口口口口！！！！\\\\\＊＊＊＊＊……

嗯，好。

口口口口！！！！\\\\\＊＊＊＊＊……

10分钟马上就要到了。

不要答题，千万不要答题！

口口口口！！！！\\\\\＊＊＊＊＊……

@选择1。

系统 [第二题答题时间结束]

口口口口！！！！\\\\\＊＊＊＊＊……

第二题正确答案为：1. 红色。

用户D当前分数为1分，其他玩家均为0分，下面进入随机淘汰环节。

口口口口！！！！\\\\\＊＊＊＊＊……

怎么回事！！！

镜 相

正在通话：　---面试官　　---我　　---用户C　　---用户D

系统　[用户B 因被选中触发电极片而被淘汰]

D，你为什么要答题？

明明所有人都可以去避难所的，为什么要这么做？

我也没办法啊！

第三题：镜相的脚步声是什么样的？（此题答对得 1 分）

1. 雪地靴的声音。

2. 高跟鞋的声音。

3. 没有声音。

系统　[第三题答题时间开始]

只有 3 个选项了。

你先回答我的问题，为什么要答题？

明明只要不答题，大家都平安无事，为什么要去破坏这个规矩？

这种事不是很常见吗？

明明大家只要好好排队就能安安稳稳地上公交车，但到最后所有人还是一窝蜂地挤在车门口，导致上车的速度反而比排队更慢。

我明白你的意思了。

到底是什么意思？

所有人的分数都为 0，选择答题有两种结果：答对和答错。

如果答对了，则可确保自己这一轮不会被淘汰。

而如果不答题或者答错，则有可能会出现别人答了题并且答对的情况。

这样的话，自己的分数就会落后，也就会有被淘汰的风险。

D 应该是这么想的吧。

正在通话: ---我   ---用户C   ---用户D

我们谁都不信任彼此,每个人都只会做出对自己最有利的行动。

很明显,答题比不答题要更加安全。

你破坏规矩的理由,就是担心别人比你先破坏规矩?

既然如此,那制定规矩又有什么意义?

谁知道呢?为了淘汰那些天真的人吧,比如你?

别被激怒了

现在最重要的是如何通过第三题的分数结算。

我现在很冷静。

A,我和你现在都是0分,而D已经有1分了。

如果第三题结束我们依然落后,就会随机淘汰一个人,这点你很清楚。

我当然知道。

这道题是问镜相走路的声音。

我记得你刚刚说过,镜相走路是没有声音的,对吧?

是的,但这点D也知道。

镜相走路真的没有声音吗?

什么意思?

我们所有关于镜相的信息都是通过你所持的那个剧本获得的。

你想说我会骗你们吗?

我知道你想说什么,C。

你当时并不知道后面的题目是什么,所以没理由骗我们。

但还有另一种可能。

什么可能?

那就是写这个剧本的人可能并不知道真正的镜相走路有没有声音。

209

镜 相

Next.........

正在通话：　　　---我　　　---用户C　　　---用户D

▌ ▏▎▍▌▋▊▉*****……
你的意思是……真的有镜相？

你为什么会这么想？

……*****/////▉▊▋▌▍▎▏▌
我刚刚听到脚步声了。

什么！在哪？

从舞台上传来的。

你看到什么了吗？

说出来你们可能不信。

一个穿着红色衣服，长得和我一模一样的人，从舞台上走了过去。

难道真的有镜相？

▌ ▏▎▍▌▋▊▉*****……
这次你没有看错吧，A？

我开了手机灯光，不可能看错的。

▌ ▏▎▍▌▋▊▉*****……
这和剧本上说的不一样啊！

剧本上明明说的是没有脚步声。

刚刚它走的方向是东边，也就是总编办公室的方向。

你应该很快就能看到它了。

▌ ▏▎▍▌▋▊▉*****……
C，你最好仔细确认一下。

▏▎▍▌▋▊▉*****……
我听到脚步声了。

是雪地靴！

我看到它了！

千万不要和它对视！

它走了。

从我的门口走过去了。

正在通话： ---我　　---用户C　　---用户D

你看到它的脸了吗？

怎么样？

红色的长袍。

这个是真的镜相！

我确定，非常确定！

他的脸和我完全一样！

看来镜相是真的存在。

想必那个镜相，从一开始就在这个歌剧院徘徊。

一开始B和你看到的那个影子，应该就是这个家伙。

说起来，我看到影子时，好像隐约也听到了脚步声。

既然镜相真的存在，那么面试官问的这个问题应该指的就是真正的镜相。

这样看来，第三题的答案就是雪地靴了。

D，我想和你商量一下。

这次你能不能不答题？

我就知道你会问我这个问题。

……

你知道的。

现在我和C都是0分，而你已经有1分了。

如果我们都答对了，第三题结束时，我和C还是会落后1分。

但如果只有我和C答对，我们3人的分数就持平了。

这样就不会触发淘汰的机制。

你觉得他这种人会同意吗？

镜 相

正在通话：　---面试官　　---我　　---用户C　　---用户D

> ▮▮▮|||||*****……
> 我知道了。
>
> 没关系，反正是最后一题了。
>
> 大家一起获胜也不错。
> ▮▮▮|||||*****……
> ……

> ……*****/////||||||▮▮▮
> 相信他一次吧。
>
> 不然你还有别的办法吗，C？

> 我知道了。
> ▮▮▮|||||*****……
> 快答题吧！
> ▮▮▮|||||*****……
> @选择1。
> ▮▮▮|||||*****……
> @选择3。
> ▮▮▮|||||*****……
> 我就知道你会答题！
>
> 我听到的就是雪地靴的声音，我听得清清楚楚！！！

> @选择3。

> 怎么回事？
>
> A，你在干吗？

系统 [第三题答题时间结束]

> ▮▮▮|||||*****……
> 第三题正确答案为：3. 没有声音。
>
> 用户D当前分数为2分，用户A当前分数为1分，用户C当前分数为0分，下面进入随机淘汰环节。

系统 [用户C因被选中触发电极片而被淘汰]

> ▮▮▮|||||*****……
> 呵，没想到你竟然能选对。

> 你的目的到底是什么？

正在通话：　　---面试官　　　---我　　　---用户D

▯▯▯▯|||||*****······

最后一题：1+1= 多少？（此题答对得 2 分）

1.1.

2.2。

系统　【最后一题答题时间开始】

▯▯▯▯|||||*****······

哈哈哈哈！

我就知道。

我就知道有第四题。

······*****//////|||||▯▯▯▯▯

这就是你假扮成镜相的原因。

面试官先说有 3 道分值为 1 分的单选题，之后又说答对题目可获得相应的分数。

而且每道题的题目后面还特意标注出这道题的分数。

所以我就猜肯定存在分值不止 1 分的第四题。

第二题结束时，你虽然已经领先了我和 C 1 分，但万一你答错了第四题，就有可能被我们反超。

所以你故意利用化妆间里的道具，装扮成镜相来骗我们，让我们在第三题也答错，进一步拉大分数差距。

不过你也挺厉害的。

你到底是怎么发现我在假扮镜相的？

我去过化妆间了，你不在里面。

这么说，你看到那个道具了。

我看到了。

我刚刚问你化妆间里有什么东西的时候，我就觉得你的回答中少了什么。

那时我就在想，既然镜相的设定是长得和看到它的人一样，那么演员

镜 相

正在通话:　🎭 ---我　　🎭 ---用户D

在舞台上表演的时候,该怎么样表现出两个长得一模一样的人呢?

总不能找 4 对双胞胎来演吧。

原来那个时候你就发现了。

没错。

化妆间里一定有每个主角的人脸仿真面具。

所以我在看到舞台上的镜相走过去了之后,就离开了自己的房间,偷偷来到了化妆间门口检查我的猜想是不是对的。

结果我发现你并不在里面。

那时候我应该已经穿着红色的长袍出去了吧?

那时我还没意识到你在假扮镜相。

直到我发现了挂在墙上的两排精致的人皮面具。

除了上面一排的演员本身的面具外,下面一排也有 4 副面具。

而且每副面具的后面都贴着一张证件照片。

我仔细看了,每副面具都是按照对应照片上的人脸制作的。

原来是这样。

下面的 4 张照片上分别贴着 A、B、C、D 4 个标签。

其中 A、C 两张照片对应位置的人皮面具已经被你拿走了。

而贴着 A 标签的照片上的人,正是我本人。

原来你就是这样发现我在假扮镜相的。

既然镜相是假的,那么面试官的题目中所指的镜相就是剧本中的镜相,而不是真正的镜相。

所以答案就是"3. 没有声音"。

你果然很聪明。

那最开始,我和 B 看到的那个黑影你又怎么解释呢?

正在通话： 🗨 --- 我　🗨 --- 用户 D

　　　　　　　　　　　　　虽然没有依据，但我猜那个黑影应该就是 B 本人吧。

　　　　　　　　　　　　恐怕 B 是为了亲眼看看镜相的衣服颜色才主动出门去找镜相。

　　　　　　　　　　　　毕竟他始终相信镜相真的存在，而他手中的枪给了他离开房间的勇气。

看来他当时也和我一样准备答题了。

　　　　　　　　　　　　　只不过他不太相信 C 说的话，所以想亲眼看看。

　　　　　　　　　　　　当然最后他并没找到镜相，权衡利弊后就放弃了答题。

你现在在哪？

　　　　　　　　　　　　　　　　　　　　　　我在舞台上。

原来如此。

　　　　　　　　　　　　　　　　　　　　　　顺便说一下，
　　　　　　　　　　　化妆间那张照片上的我是整容前的我。

整容前的你？

　　　　　　　　　　　　　　　　　　　　　　　　　　嗯。

难怪你会察觉出我假扮镜相的事。

　　　　　　　　　　　　我说过，我是为了躲避敌人的通缉才来寻找公益避难所的。

　　　　　　　　　　　　　　　为此我特意改变了自己的容貌，
　　　　　　　　　　　　尽管最后还是被他们发现了。

呵，看来你真的很想去避难所。

可惜了，这些努力最终都白费了。

你不可能获胜的。

　　　　　　　　　　　　　　　　　　　　　　为什么这么说？

这不是很明显吗？最后一道题的答案。

　　　　　　　　　　　　　　　　　　答案是 2，我们都能答对。

镜　相

正在通话： ---我 ---用户 D

▓▓▓▓▓▓▓*****……

当然，但那又如何？

第四题的出现意味着什么，你知道的。

……*****//////||||||▓▓▓

意味着还会有第四次分数结算。

第四题的分值是 2 分，那么我最终的分数是 4 分，而你只有 3 分。

你最后还是会被淘汰。

@ 选择 2。

我已经答题了，游戏结束了。

有件事不知道你注意到没有？

嗯？

失去意识的玩家的分数是不会影响结算的。

当然，我早就知道了，那又怎么样？

也就是说，只要你失去意识，你就会被淘汰，你的分数也就没有意义了，而我则能成为唯一的获胜者。

哈！

想淘汰我吗？

我早就料到了。

所以我刚刚找到了晕倒的 B。

他那把麻醉枪现在已经到我手上了。

你没有任何方法能让我失去意识了。

我现在已经到舞台了。

转过身来吧，我看到你了。

干吗不说话？

有个问题你可能没有发现。

正在通话： ---我 ---用户D

▯▯▯▯IIIII\\\\＊＊＊＊……
什么？

　　　　　　　　　　……＊＊＊＊＊/////IIIIII▯▯▯▯
　　　　　　　　　　我说过，我是在化妆间看到人皮面具的时
　　　　　　　　　　候才发现你假扮镜相的计划。

我知道啊，那又怎么样？

　　　　　　　　　　B玩家一开始不是说了吗？

　　　　　　　　　　目击者连自己脸上的伤痕都能在镜相的脸上看到，这说明
　　　　　　　　　　镜相反映出的是目击者当前的脸，而非他曾经的脸。

　　　　　　　　　　既然如此，我在舞台上看到那个整容前的我走过去的
　　　　　　　　　　时候，就应该立刻意识到这不是真正的镜相。

　　　　　　　　　　然而我当时并没意识到。

你不要打字了，我不想看了！

　　　　　　　　　　因为我看到的那张脸就是整容后的我。

你到底想说什么？

　　　　　　　　　　你们谁都不知道整容后的我长什么样。

　　　　　　　　　　那当时我看到的那个人到底是谁？

你先转过身跟我说话。

　　　　　　　　　　也难怪。

　　　　　　　　　　你在假扮镜相经过舞台的时候，因为不能和
　　　　　　　　　　我对视，所以一直注视着前方。

　　　　　　　　　　自然也就注意不到你身后有什么东西了。

我手上有麻醉枪，这玩意儿能立刻让你睡着！

　　　　　　　　　　D、B和C未能获胜都是因为你。

　　　　　　　　　　尽管你并未破坏游戏规则，可你破坏了平等
　　　　　　　　　　的信赖，这是作为人类的基本规则。

　　　　　　　　　　我不能让这样的你进入避难所。

镜 相

正在通话： ---面试官　　---我　　---用户 D

我：转过身来，不然我开枪了！

用户 D：我早就不在舞台了。

我都看到你了！

我说了我不在舞台，我现在在总编办公室。

我已经找到剧本第 26 章了，在墙上那张地图的后面。

这才是最后一章的剧情。

最后的主角开枪射向了镜相，但子弹只是穿过了它的身体。

它并没有死。

主角意识到它盯上了自己，转过身准备逃跑。

然而镜相已经追了上来。

主角和镜相四目相对后陷入了沉睡。

全剧终。

系统　[第四题答题时间结束]

系统　[用户 D 因入睡而被淘汰]

面试官：游戏结束，用户 A 获得胜利。

第十章

活着的眼睛

正在通话：　🙂 ---我　🙂 ---用户 B　🙂 ---用户 C　🙂 ---用户 D

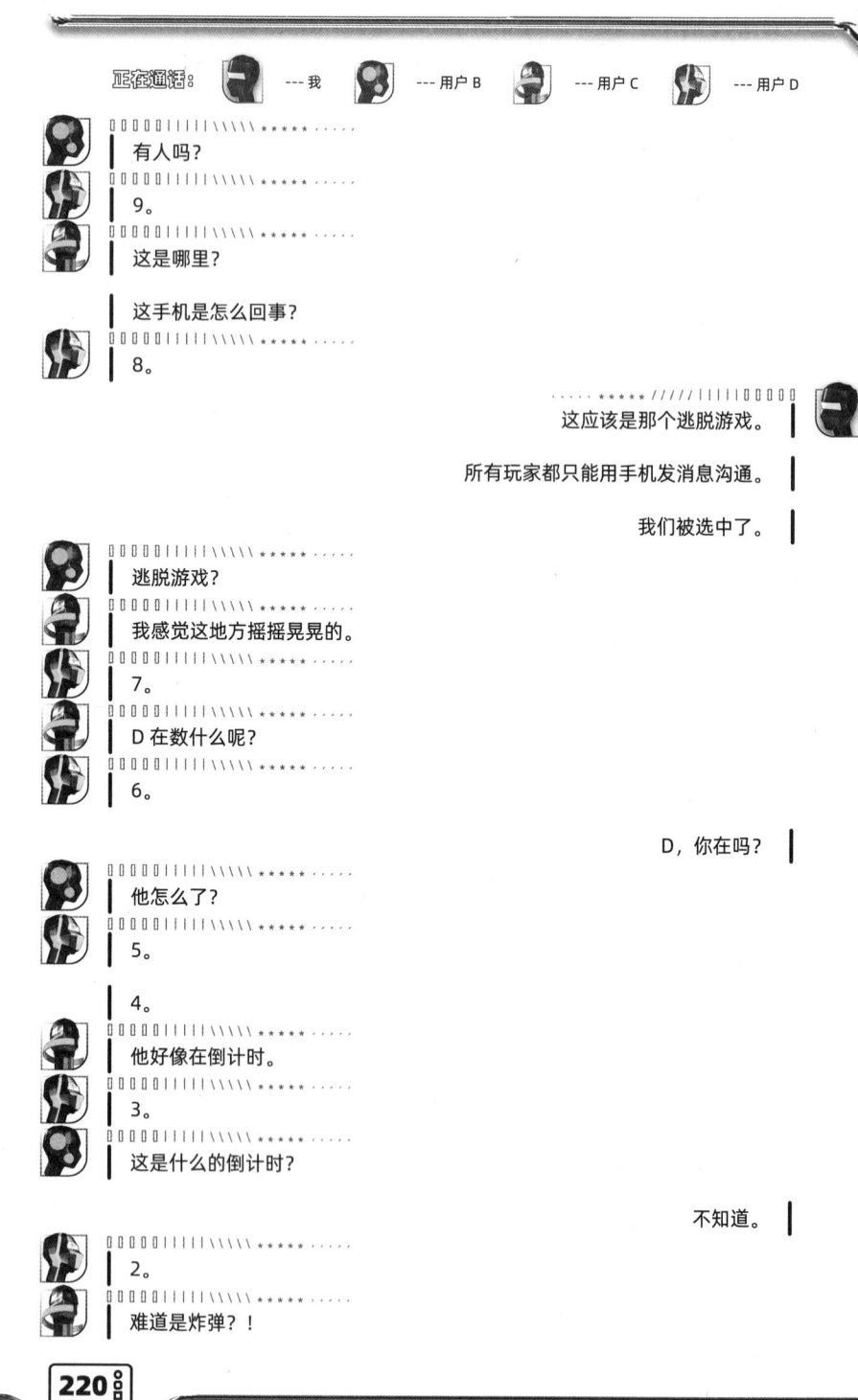

□□□□□||||||*****……
有人吗？

9。

这是哪里？

这手机是怎么回事？

8。

　　　　　　　　　　　……*****\\\\\\||||||□□□□□
　　　　　　　　　　　这应该是那个逃脱游戏。

　　　　　　　　　　　所有玩家都只能用手机发消息沟通。

　　　　　　　　　　　我们被选中了。

□□□□□||||||*****……
逃脱游戏？

□□□□□||||||*****……
我感觉这地方摇摇晃晃的。

□□□□□||||||*****……
7。

□□□□□||||||*****……
D 在数什么呢？

□□□□□||||||*****……
6。

　　　　　　　　　　　D，你在吗？

□□□□□||||||*****……
他怎么了？

□□□□□||||||*****……
5。

4。

□□□□□||||||*****……
他好像在倒计时。

□□□□□||||||*****……
3。

□□□□□||||||*****……
这是什么的倒计时？

　　　　　　　　　　　不知道。

□□□□□||||||*****……
2。

□□□□□||||||*****……
难道是炸弹？！

Loading...

正在通话： ---我 ---用户B ---用户C ---用户D

ㅁㅁㅁㅁㅁ||||||*****……
| 糟了！
ㅁㅁㅁㅁㅁ||||||*****……
| 1。

……*****/////||||||ㅁㅁㅁㅁㅁ
……

ㅁㅁㅁㅁㅁ||||||*****……
| 没动静了？
ㅁㅁㅁㅁㅁ||||||*****……
| 好像是的。

D，你能看到我们说话吗？

| 他好像没反应。

到底发生什么事了？

ㅁㅁㅁㅁㅁ||||||*****……
| 既然没有反应，就先别管他了。
| A，B，你们知道自己现在都在哪吗？

一个封闭的房间。

ㅁㅁㅁㅁㅁ||||||*****……
| 我感觉整个房间在摇摆。
ㅁㅁㅁㅁㅁ||||||*****……
| 我能听到海浪的声音。

有个小圆窗，外面有阳光。

ㅁㅁㅁㅁㅁ||||||*****……
| 我这里也有。
ㅁㅁㅁㅁㅁ||||||*****……
| 外面是海。
| 我们在一艘船上！
ㅁㅁㅁㅁㅁ||||||*****……
| 难怪房间一直在摇晃。

这应该是一个巨型游轮。

ㅁㅁㅁㅁㅁ||||||*****……
| 窗户对面有个金属门。
| 该死，门拉不开，被锁住了。
ㅁㅁㅁㅁㅁ||||||*****……
| 我这里也是，推也不行。

活着的眼睛

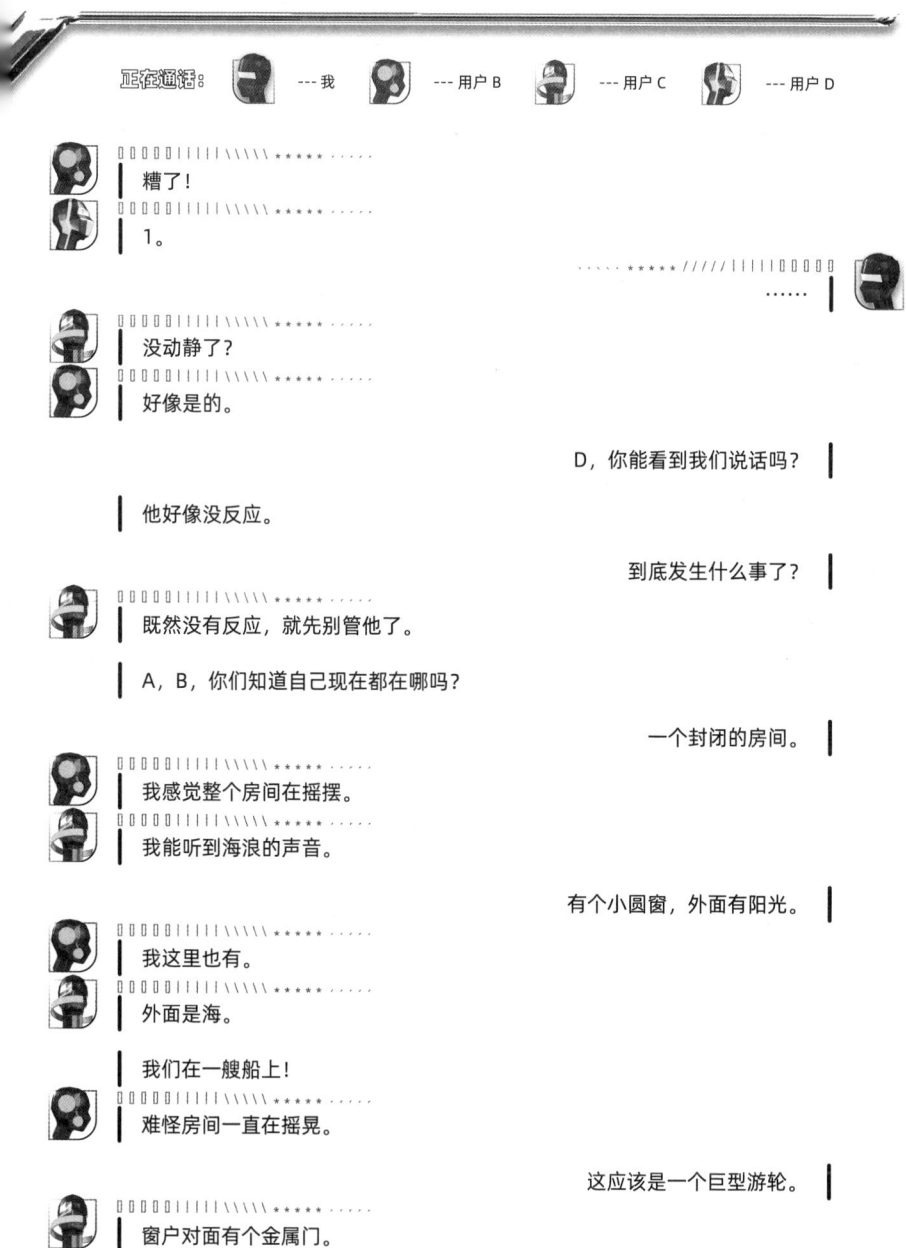

正在通话：　👤---面试官　　🎭---我　　🎭---用户B　　🎭---用户C

> 看来我们是被困在甲板下的不同房间了。

面试官： 4位玩家你们好,我是本次逃脱游戏的人工智能主持人——面试官。公益避难所的大门将为本次游戏的获胜者打开。

我： 果然是公益避难所!

面试官： 本次游戏的规则十分简单——找到指定的油画,撕毁它并逃离房间即可获胜。

油画的名字叫《活着的眼睛》。

提示：请仔细阅读保险箱中的文档,其中有能够帮助你们逃脱的信息。每个房间都配有救生衣。

30分钟后,若仍没有玩家获胜,我就会公布并执行一条追加的规则。

游戏开始。

> 所以我们都是在寻找公益避难所的难民?

用户B： 看来只要寄过申请函,就都会进入这个游戏。

> 根据这个人工智能说的话,只要找到并撕毁那幅名为《活着的眼睛》的油画,我们就可以出去了。
>
> 是这个意思吗?

面试官： 可具体要怎么逃脱呢?

> 我也不知道。
>
> 可能撕毁了那张画,金属门就会自动打开吧。

用户B： 早知道就不接那张传单了。

面试官： 你们难道没听说过那幅油画的诅咒吗?

用户B： 什么油画?

> 你听说过这幅画?

用户B： 《活着的眼睛》这幅油画的作者名叫鹿角。

传闻中,除了鹿角本人,世界上没有任何

正在通话：　---我　　---用户B　　---用户C

人知道这幅画画的到底是什么！

为什么？

因为凡是见过这幅画的人都会立刻陷入睡眠，
醒来后会失去对这幅画的记忆！

失忆？

我听说过因为这幅画而失忆的人就已经有 50 多个了！

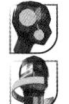

那面试官的要求该如何达到？

我可不想去找这幅画。

可如果不找到，我们肯定出不去。

不管谁找到这幅画都会睡着，
谁都没办法撕毁它，结果是一样的。

那为什么不尝试一下？

既然出题人给了我们机会，我想一定有办法能逃离这里。

……

我找到面试官说的保险箱了！

上面有个电子锁，要输入 3 位数的数字密码。

我这里也有。

我也是。

面试官说里面有帮助我们逃脱的信息。

有关于密码的提示吗？

保险箱上的字条上面写了这句话：
"密码在你房间的门上"。

门？是那个金属门吗？

是的，我房间里就只有一个门。

活着的眼睛　　Next………

正在通话: ---我 ---用户B ---用户C

除了那个提示，你的房间里还有什么别的东西吗？

字条的旁边放了一个沙漏，除此之外房间里没有别的东西了。

沙漏一定是个对解密有用的道具。

我仔细看了，那个沙漏上没有任何数字，看起来只是个普通的沙漏。

我的保险箱也需要3位数的密码，你们来看看。

你的提示是什么？

"密码可在时钟上找到"。

时钟？你那有时钟吗？

是的。

我房间的墙壁上挂了一个钟表。

那个钟表只有时针和分针，时针指向的是3点，分针指向的是12点，也就是0分。

两个指针都动不了了。

动不了？是坏了吗？

也不能说坏了……

两个指针分别被两个插在表盘上的飞镖卡住了。

插在表盘上的飞镖？

而且我还发现了一个飞镖盒，里面是空的，应该就是装那两支飞镖用的。

除此之外房间里没有别的东西了。

A，你呢？

嗯，跟你们一样，我这里也有个谜题。

说说看？

我这边的字条上有三行数字，第四行是一个问号。

正在通话: 　　---我　　　---用户 B　　　---用户 C

|||||||*****······
什么数字?

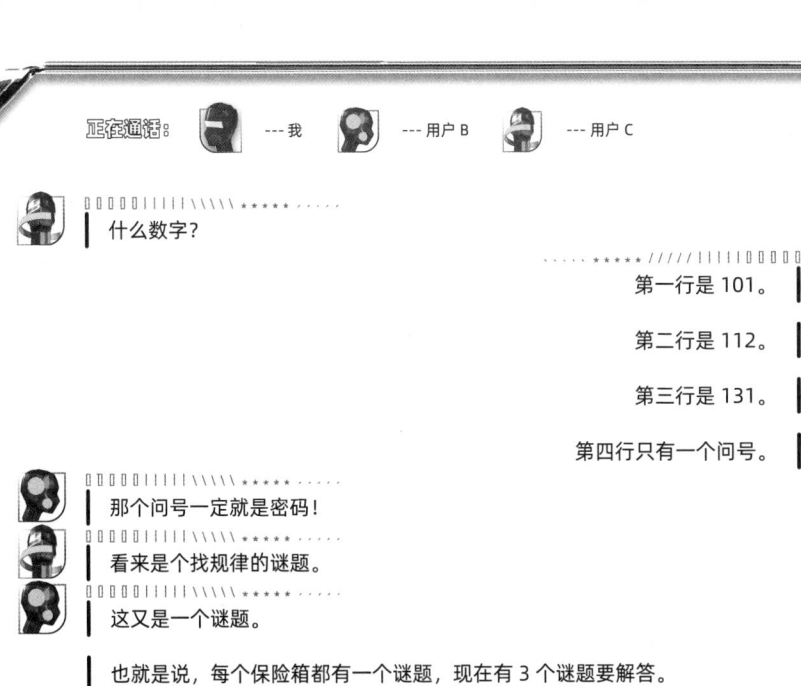

······*****//////||||||||
第一行是 101。

第二行是 112。

第三行是 131。

第四行只有一个问号。

|||||||*****······
那个问号一定就是密码!

|||||||*****······
看来是个找规律的谜题。

|||||||*****······
这又是一个谜题。

也就是说,每个保险箱都有一个谜题,现在有 3 个谜题要解答。

|||||||*****······
也不知道 D 那边的谜题是什么。

D,你还在吗?

看来 D 是无法说话了。

|||||||*****······
C,既然时针指向 3,分针指向 12,或许你可以试试 312。

|||||||*****······
我都试了,不行。

保险箱提示要 2 分钟后才能再试。

|||||||*****······
好像是的,我刚刚也随便输入了一个密码,然后提示错误,也要 2 分钟后才能再试。

没关系,反正现在也没有时间限制。

|||||||*****······
你们有没有感觉,重心好像在变?

|||||||*****······
我们在船上,重心当然一直在变啊!

不对!

船在慢慢倾斜!

好像是有一点。

225

活 着 的 眼 睛　　　　Next.........

正在通话： ---我　---用户B　---用户C　---用户D

糟了！这艘船正在下沉！

是的！

不快点解开谜题找到那幅画，我们就全都会被淹死！

面试官说了每个房间都有救生衣，我们不会被淹死。

但如果整艘船沉了，画也就没法撕毁，这场游戏也就输了。

我们必须赶在船沉之前找到画。

别急，现在倾斜的速度还很慢，破口应该不大。

冷静点，让我想想。

这串数字的规律。

101。

112。

131。

？

问号到底是什么？

415。

你还在呢？

D，你能看到我们说的话吗？能回答吗？

你那边到底发生什么事了？你的保险箱谜题是什么？

D，快回答我！

先别管D了，你试下那个密码是不是对的。

密码正确！保险箱开了！

快看看保险箱里有什么！

正在通话： ---我   ---用户B   ---用户C

一份文档，标题是《关于鹿角先生的故事》。

鹿角先生就是那幅画的作者吗？

是的。

这份文档是一位自称鹿角先生生前的挚友写的。

文档很长，全是文字。

里面说了什么？

"季司元年，鹿角终于完成了《活着的眼睛》这幅油画。为了创作这幅画，他独自一人在家闭关了3年。这段时间我和鹿角几乎没有任何联系。我唯一知道的是，在闭关的这段时间，他远在外地的妻子病故了。"

季司元年，也就是12年前。

"鹿角是个温柔随和的人，他的画作十分逼真，甚至比照片更加真实，他的作品也因此受世人瞩目，在国内很有名气。但他一直有个毛病——从来不正眼看人。即便和人单独交谈时，他也从来不会直视对方的眼睛，这难免让人觉得无礼。"

还有吗？

"他这个毛病受人诟病。我曾主动问过他为什么不愿直视他人，他当时只是笑着说，他的眼睛好像不太听他的话。而我也仅把这句回答当作他的推辞和玩笑。"

所以鹿角先生已经死了？

是的。

"同年，鹿角在麦田湖完成《活着的眼睛》这幅油画后就离世了。"

"鹿角留下的遗书说，他的眼睛与别人不同，它们不属于身体的一部分，它们拥有自己的意志，那就是所谓的'活眼'。"

我的天，这是真的吗？

难怪他从来不正眼看人。

"遗书还说《活着的眼睛》这幅画就在他的住所里，并嘱咐看到

活 着 的 眼 睛

正在通话： 🗨️ ---我　🗨️ ---用户B　🗨️ ---用户C

> 遗书的人千万不要看那幅画，剩下的就是关于遗产的问题。"

所以他知道那幅画的意义！

> 这是遗书的最后一句话："如果有人发现继承了'活眼'的人，转告他，'活眼'不愿与别人的眼睛对视，请尽量不要强迫它。季司元年11月25日，鹿角立。"

> "之后我便听说，所有进入鹿角生前的住所，并看到了那幅名为《活着的眼睛》的油画的人全都昏厥失忆了。当人们意识到是那幅画出了问题时，政府派人用黑布遮住了那幅画，并送往博物馆。1年后，一位神秘的富豪收藏家从博物馆以高价买下了那幅画，随后那幅画便不知去向了。"

> 文档的内容大致就这些。

可这也没有说那幅画现在在哪，要怎么找啊？！

这份文档只是线索之一，我想它提供的最重要的信息就是活眼这件事。

遗书的最后一句话，说明世界上还有其他拥有"活眼"的人，而且鹿角先生也知道这点。

> 有人通过某种方式继承了鹿角先生的"活眼"……

船越来越歪了。

我们还需要其他线索。

> 还有两个谜题没解开。

> 你们房间里还有别的东西吗？

除了这个沙漏，真的没有了。

钟表、飞镖，还有飞镖盒，没了。

> C，飞镖盒上有什么？

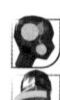

飞镖盒的包装上画了一个飞镖盘。

飞镖盘？

等等。

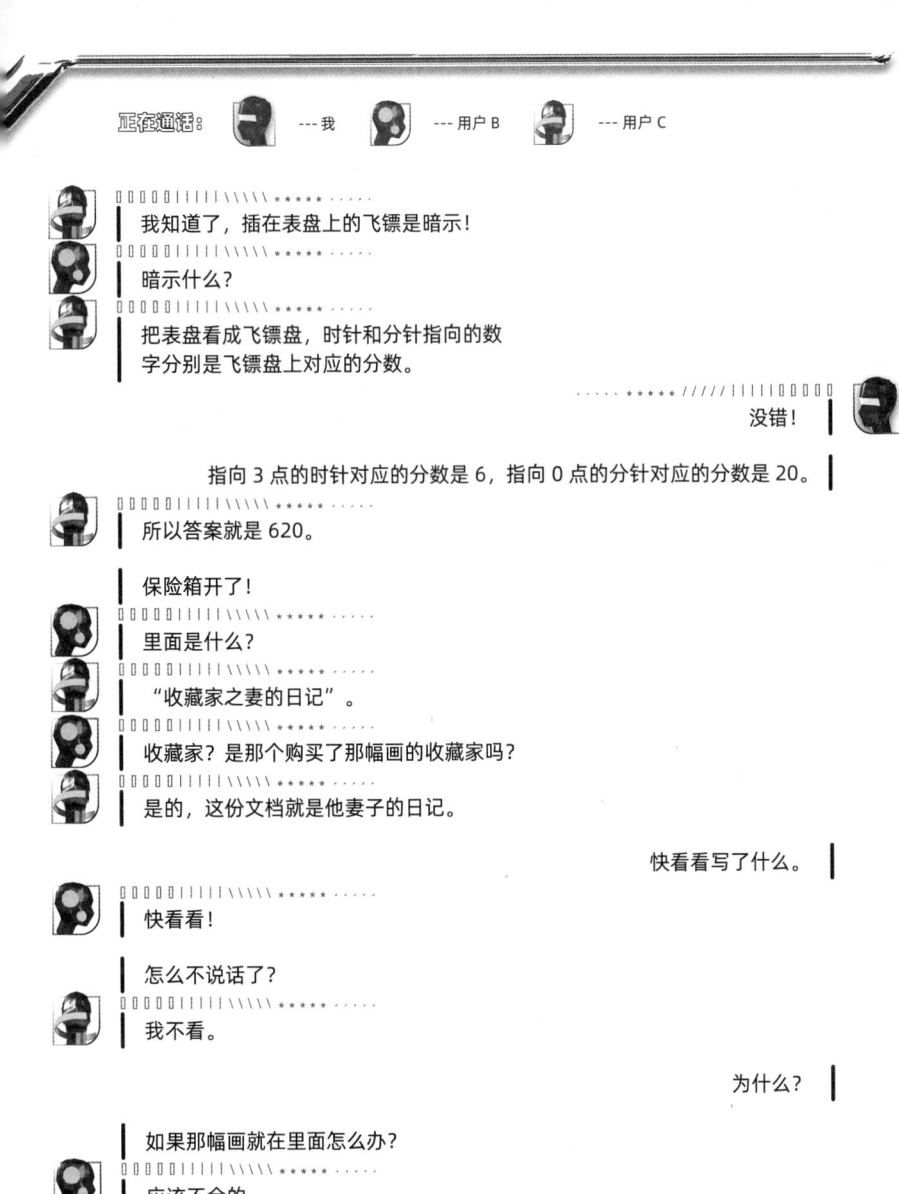

正在通话： ---我   --- 用户 B   --- 用户 C

我：我知道了，插在表盘上的飞镖是暗示！

我：暗示什么？

我：把表盘看成飞镖盘，时针和分针指向的数字分别是飞镖盘上对应的分数。

用户C：没错！

指向 3 点的时针对应的分数是 6，指向 0 点的分针对应的分数是 20。

我：所以答案就是 620。

保险箱开了！

我：里面是什么？

我："收藏家之妻的日记"。

我：收藏家？是那个购买了那幅画的收藏家吗？

我：是的，这份文档就是他妻子的日记。

用户C：快看看写了什么。

我：快看看！

怎么不说话了？

我：我不看。

用户C：为什么？

如果那幅画就在里面怎么办？

我：应该不会的。

我：我要撕掉这个文档。

用户C：别！

你们想，如果画就在这份文档中，那我只要把它撕掉，不就达到面试官的要求了吗？

正在通话： ---我 ---用户 B ---用户 C

听着，这是出题人自己给出的逃脱方法，他没必要做陷阱故意伤害玩家。

如果你撕毁了，可能我们就会失去重要的线索。

再说如果这样就能获胜，也未免太简单了。

……

B，你觉得呢？

我觉得 A 是对的。

好吧！

翻开看看吧！

写了很多内容，大部分是讲她和管家之间的事。

"我们结婚已经 9 年了。他整天不知道在忙什么。整个家里只有管家是真正关心我的人。我不耻于将我和管家之间的感情写下来。一切都是他咎由自取，谁让他一个礼拜才回一次家。"

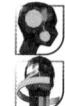

妻子和管家在偷情？

日记季司 2 年 2 月至 8 月的部分，都是在讲这段婚外情。

"讨债的人找上门了，而丈夫他已经两个礼拜没回家。讨债的人翻箱倒柜，将别墅里的家具砸得满地都是。管家去阻止，却被打伤了手臂。我和用人们躲在二楼的卧室不敢出门。我直到今天才知道，丈夫已经在外面欠下了好几笔巨款。我真后悔。"这是 8 月初的日记。

原来那个收藏家的钱是借来的。

"丈夫回来后，管家不见了，用人也不见了。他说他把管家解雇了。所有的用人全被解雇了。家里只剩下我们两个人。我联系不上管家。被解雇的那 9 个用人我一个都联系不上。我知道事情没有那么简单。催债的人明天还会来的。"这是 8 月末的日记。

有没有关于那幅画的事？

"出门一周的丈夫又回来了。客厅的墙壁上多了一幅画。那画名叫《活着的眼睛》，他说千万不要看。那幅画很大，

正在通话： ---我　　　---用户B　　　---用户C

将整面墙壁覆盖了一半。为了防止他人看到画的内容，他将那幅画正面朝内，死死地钉在了墙壁上。我听说那幅画有问题。我不知道他为什么要买那幅画。"这是 9 月初的日记。

这就是所有日记的内容。

你们不觉得奇怪吗？

奇怪什么？

收藏家明明已经欠了很多钱，为什么还要高价购买那幅画？

的确，这幅画对他来说一定有什么特殊的意义。

结果我们还是不知道那幅画在哪里。

至少我们现在知道，那幅画应该挺大的。

糟了，船越来越斜了！

我的沙漏已经滑到墙壁上了。

沙漏没撞坏吧？

还好，没撞坏。

沙子还在垂直地流动。

海面越来越近了。

我们的时间不多了！

等等！

B，你刚刚说沙子在垂直流动？

是啊，怎么了？

不对啊！

船体都已经倾斜成这样了，沙漏的重心偏移，沙子的流动方向不可能是垂直的。

你这么一说，好像是很奇怪。

活着的眼睛

正在通话： --- 我　　 --- 用户 B　　 --- 用户 C

> 这是怎么回事？

> 这一定不是普通的沙漏，这是磁沙漏。

> 里面的沙子不是石沙，而是铁粉末。沙漏里有重力感应装置，内置磁场的方向会随重力变化而变化，保证铁沙垂直下落而不影响沙漏的计时功能。

> 原来如此。

> 但这有什么用？

> 保险箱的提示不是说，密码在门上吗？

> 你快把沙漏打碎，把里面的铁沙取出来。

> 我刚刚观察了一下，这个房间的门是不锈钢制的，不锈钢并不受磁铁影响啊！

> 我把铁沙拿出来了，然后呢？

> 把铁沙撒到门上。

> 原来是这样。

> 门的内部有磁铁组成的数字图案！

> 357。

> 沙子在门上组成了数字。

> 快把保险箱打开！

> 打开了。

> "930 藏尸案调查报告"。

> 是一个警察的办案记录。

> 藏尸？

> "我们在收藏家的别墅中找到了 2 具尸体，并以涉嫌谋杀指控和逮捕了这位收藏家。经过调查，这 2 具尸体一个是管家，另一个是收藏家的太太。"

正在通话： 🕴 ---我　🕴 ---用户B　🕴 ---用户C

果然他们都死了。

"令人震惊的是，这2具尸体都被藏在了一个秘密的小房间中。经过调查，这个小房间是收藏家入住后私自请人秘密打造的，里面存放了很多被世人视为拥有不祥寓意或违禁的艺术品。这件事就连他的太太都不知道。"

难道他高价购买《活着的眼睛》就是因为这个私人癖好？

"收藏家被逮捕后承认自己杀死了这两个人。收藏家发现了管家和妻子偷情的事后，一怒之下杀死了他，并将尸体藏在这个不为人知的小房间。发现管家失踪的太太质问他时，他又将自己的太太也杀死，也扔进了小房间。"

"收藏家被判处了死刑。在后来的调查中，我们得知，收藏家和他太太其实是有孩子的。我们在一所孤儿院找到了他们的两个孩子——9岁的女儿和6岁的儿子。"

可妻子的日记中并未提到他们有孩子啊？

"9年前，太太生下了女儿，却遭到了丈夫的虐待。根据太太的心理医生的描述，太太生前曾抱怨过收藏家不喜爱女儿，他需要儿子来继承自己的家产，于是太太迫不得已将女儿送往孤儿院。"

"6年前，太太终于生下了儿子，收藏家喜出望外，非常疼爱儿子。可不久，夫妻两人发现他们的儿子先天性智力不足。3岁的儿子除了对数字特别敏感，在别的方面一窍不通，甚至连一句话都不会说。收藏家对此感到十分失望，又强迫太太将儿子也送进了孤儿院。"

这个收藏家也是罪有应得。

还有吗？

没有了，就这些。

这份资料完全没提到那幅画啊？

那个孤儿院在哪？叫什么名字？

孤儿院是不是离那个麦田湖不远？

文档里没说。

怎么了？

233

活着的眼睛　　Next.........

正在通话： --- 面试官　　 --- 我　　 --- 用户 B　　 --- 用户 C　　 --- 用户 D

没什么……

一定有什么线索是我们没注意到的。

仔细想想。

这 3 份资料其实都隐藏着关于那幅画的事情，或许可以试着将它们联系起来。

30 分钟已到，下面公布并执行追加规则：从现在开始，一旦有 2 位玩家成功撕毁油画，剩下的 2 位玩家自动视为淘汰。

也就是说，只有先逃脱的两个玩家才能获胜？

糟了……

快没时间了。

现在怎么办？只有 D 的保险箱没开过了。

D！你还在吗？你能打开保险箱吗？

D！

把手！

你果然还醒着。

把手？

转。

9。

反。

什么意思啊？能不能说清楚点？

把手是指门把手吗？

开。

有些游轮的客房房门会故意设计一些机关，这样即便

正在通话： ---我 ---用户 B ---用户 D

发生危险，被困住的乘客也仍然能够安全逃离。

> 是什么机关？

我猜 D 想说的，应该是门把手反向转动 9 次，就能把门打开了。

等一下！

不。

不要开门！

我知道那幅画在哪里了！

系统 [用户 C 已陷入昏睡]

系统 [用户 B 已陷入昏睡]

我就知道……

> 姐。

你现在能说话了吗？

| 是。

我终于找到你了，弟弟。

我应该早点猜到是你的。

没想到这么多年过去了，你终于学会读字和写字了。

我房间的谜题你是怎么猜出来的？为什么是 415？

| 101，112，131，415。

| 10，11，12，13，14，15。

果然数字的谜题都难不倒你。

你房间的谜题也是关于数字的吗？

| 是。

活着的眼睛

正在通话： 🖼 ---我　🖼 ---用户D

　　　　　　　　　　　　･････*****/////||||||□□□□□
　　　　　　　　　　　所以你其实一开始就打开保险箱了？

□□□□||||*****･･････
是。

　　　　　　　　　　　　保险箱里的文件内容是什么？

把手，转，9。

　　　　　　　　原来你房间的文件内容就是打开金属门的方法。

　　　　　　　　　　　　那你应该早就把金属门打开了？

是。

　　　　　　　　　　　所以你也早就知道那幅画在哪？

是。

为什么你？

　　　　　　　　　　　　你是问为什么我会猜到吗？

　　　　　　　结合3个故事就能知道，爸爸当初高价购买那幅画，并
　　　　　　　不是为了收藏，而是为了隐藏那个秘密的房间。

　　　　　　他把管家和妈妈的尸体藏在那个房间里，那些上门讨债的人总有一
　　　　　　天会发现这个房间。所以他故意把那幅画钉在了房间外面，遮住了
　　　　　　房间的门，这样就没人敢动那幅画，也就没人能发现那个房间。

　　　　　　所以那幅画所覆盖的墙壁就一定是一扇门，这就是这3个故事给
　　　　　　我们的暗示——画就固定在门的后面，而且还是面朝房间的。

　　　　　　　　只要提前意识到这点，在开门的瞬间闭上眼
　　　　　　　　睛，把画纸撕破就能逃离房间了。

　　　　　　　　　　　　　　　　可是奇怪，
　　　　　　　为什么你一开始就看到了那幅画，却没有事呢？

眼睛。

　　　　　　　　　　　而且为什么你一开始都不说话呢？

没看画。

正在通话: ---面试官 ---我 ---用户D

······*****//////||||||□□□□□
你没看画？

□□□□||||*****······
眼睛。

眼睛怎么了？

海水。

糟了。

海水快进到房间了。

你待在房间别动，我来救你。

眼睛。

又不受控制了。

系统 [2名玩家逃离房间]

□□□□||||*****······
游戏结束，用户A和用户D获得胜利。

活 着 的 眼 睛

第十一章

追捕者

正在通话： ---我 ---用户B ---用户C ---用户D

▢▢▢▢▢IIIIII\\\\\＊＊＊＊……
有人吗？

这是哪？

……＊＊＊＊＊／／／／／IIIIII▢▢▢▢▢
你们都醒了吗？

▢▢▢▢▢IIIIII\\\\\＊＊＊＊……
我刚刚醒来。

我在一个走道上。

看起来像是在一个建筑里。

▢▢▢▢▢IIIIII\\\\\＊＊＊＊……
这是怎么回事？

这里就是公益避难所吗？

▢▢▢▢▢IIIIII\\\\\＊＊＊＊……
看起来不像。

这就是逃脱游戏吧！

我们应该是被抓来玩这个游戏的。

逃脱游戏？

是的。

想要进公益避难所的人必须先在逃脱游戏中获胜，所以我们才会在这里。

这个手机就是游戏中用来互相通讯的道具。

▢▢▢▢▢IIIIII\\\\\＊＊＊＊……
我后悔了。

可以不玩吗？

▢▢▢▢▢IIIIII\\\\\＊＊＊＊……
你们都在哪？身边都有什么？

好像也是一个走道，和你一样。

走道三四米宽吧，天花板上有很暗的白炽灯。

走道前后都很长，但实在太暗了，我看不清两边的尽头。

▢▢▢▢▢IIIIII\\\\\＊＊＊＊……
我也是。

正在通话： ---面试官 ---我 ---用户B ---用户C ---用户D

我也一样。

看来大家都是一样的。

没有窗户说明这里很可能是一个巨大的地下建筑。

这个建筑到底有多大？难道就没有地图吗？

4位玩家你们好，我是本次逃脱游戏的人工智能主持人——面试官。公益避难所的大门将为本次游戏的获胜者打开。

你们4人之中有3名躲藏者，以及1名追捕者。游戏开始后，系统将私信告知玩家各自的身份，请注意查看。

追捕者手中有麻醉枪和防空洞地图。

对于躲藏者而言，只要找到出口，逃离防空洞即可获胜；对于追捕者而言，在第一个躲藏者逃出防空洞之前，让所有躲藏者昏倒即可获胜。

防空洞一共有6个房间，每个房间内都藏有一个序列号，在聊天框中输入特殊的序列号，系统会告知所有玩家一个关于防空洞的秘密，请仔细寻找它们。

本次游戏没有时间限制。游戏过程中不能进行殴打等肉体伤害。

游戏开始。

系统 [用户A，你的身份为躲藏者]

追捕者？躲藏者？

你们谁是追捕者？

追捕者怎么可能会告诉你？

还好。

还好什么？

还好我不是追捕者。

我只要逃离这个鬼地方就赢了。

人工智能说这里是个防空洞。

追 捕 者

正在通话： ---我　　---用户B　　---用户C　　---用户D

▫▫▫▫▫||||*****·····
可是没有地图，也不知道这个防空洞到底有多大。

▫▫▫▫▫||||*****·····
那就只能自己慢慢摸索了。

开始行动吧！

▫▫▫▫▫||||*****·····
那我去找那些房间，还有那些序列号，关于防空洞的秘密肯定对我有帮助。

▫▫▫▫▫||||*****·····
我也开始走了。

·····*****////||||▫▫▫▫▫
可这里真的太暗了。

我感觉走不到头。

或许我们可以先找到彼此，然后一起行动。

不行！

绝对不行！

▫▫▫▫▫||||*****·····
追捕者的目的是要让我们昏倒，他手上有麻醉枪。

▫▫▫▫▫||||*****·····
我又不知道谁是追捕者，我可不想见你们任何人。

▫▫▫▫▫||||*****·····
我也是，你们谁都别想知道我在哪。

虽然我自己也不知道我在哪。

我好像看到什么东西了。

好几个黄色的铁桶，放在走道边上的。

▫▫▫▫▫||||*****·····
铁桶？里面有什么？

打不开。

上面有很多孔，还有一个花瓣的标志。

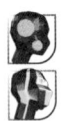

▫▫▫▫▫||||*****·····
可能是什么道具？

▫▫▫▫▫||||*****·····
那是凝胶的标志。

我刚刚也看到了一个。

正在通话： ---我　　---用户B　　---用户C　　---用户D

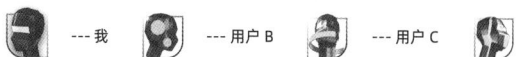

▫▫▫▫▫||||||*****······
说实话我也看到了。

就在墙角。

······*****/////||||||▫▫▫▫▫
难道是凝胶罐？

▫▫▫▫▫||||||*****······
我听说过这种凝胶罐。

这是避难所特制的凝胶罐，里面的强力凝胶遇到
空气会立刻凝固，把周围的物体都粘住。

人如果踩到这个东西上，不等它彻底挥发掉是绝对无法移动的。

▫▫▫▫▫||||||*****······
或许可以拿着。

我可不敢拿着。

我走了。

这里又有很多红色的铁桶。
▫▫▫▫▫||||||*****······
红色的铁桶？
▫▫▫▫▫||||||*****······
堆叠在一起的桶。
▫▫▫▫▫||||||*****······
那应该是迷香罐。

迷香罐？

这也是避难所特制的迷魂香，闻到的人会立刻陷入沉睡。

你在哪看到的？

▫▫▫▫▫||||||*****······
就在走道边上。
▫▫▫▫▫||||||*****······
我这里也有。
▫▫▫▫▫||||||*****······
这个防空洞里好像还有蛮多这样的迷香罐和
凝胶罐，大概走几分钟就能看到。
▫▫▫▫▫||||||*****······
这些东西能拿来当武器吗？
▫▫▫▫▫||||||*****······
那不可能，太重了，如果你是说用来敲人。

追 捕 者

正在通话： ---我 ---用户B ---用户C ---用户D

红色的迷香罐，黄色的凝胶罐。

这个防空洞里为什么会放这么多奇怪的东西？

鬼知道。

我刚刚已经经过两个岔口了。

这个防空洞简直就像迷宫一样。

我已经路过好几个岔口了。

这样追捕者就更难找到我们了。

我可不喜欢迷宫，我根本找不到出口。

嘿，各位！

我面前有一个房间！

什么样的房间？

能进去吗？

我进来了。

房间不大，有两扇门，中间有一个棺材。

棺材？

棺材打不开，上面刻了一段文字。

意思大概是说，
这个废弃的防空洞在 5 年前被这个
国家的首富买了下来，并用作他的私人藏宝室。为了
防止小偷，首富在防空洞中设置了很多陷阱。

藏宝室？

难怪会有这么多危险的道具。

首富生前是著名画家鹿角先生的忠实粉丝。他花巨
款通过各种渠道买下了鹿角先生的大部分作品，包
括那幅著名的催眠油画——《活着的眼睛》。

正在通话： ---我　　---用户 B　　---用户 C　　---用户 D

> 那幅会催眠的油画。

> 你知道？

> 新闻报道过，所有看到那幅油画的人都会当场昏倒，然后失去记忆。

我听说鹿角先生画完那幅画就去世了，后来那幅画经由各方转手就找不到了。

> 这个防空洞是那个首富的私人藏宝室，就是说那幅画现在就在这个防空洞里？

> 应该是的。

C，你刚刚说生前，难道那个首富已经死了？

> 如果我没猜错，这个棺材里装的就是那个首富的骨灰。

看来他早就打算和这些作品埋葬在一起。

> 所以说其实我们现在在一座陵墓里？

我为什么会碰到这种事？

> 我记得人工智能说每个房间都藏有一个序列号。

C，你那个房间的序列号呢？

> 我还在找，但房间里真的没有什么东西了。

那两扇门倒是很特别。

> 什么样的门？

> 这个房间里有两扇门，它们一直都是打开的，每个门附近的墙上都有一个电力按钮可以控制门的开关，这些开关都在房间的内侧。

是那种上下伸缩的铁门，而且表面覆盖着蓝色的油漆，对吗？

你怎么知道？

我也看到了这样的铁门。

245

追捕者

正在通话： ---我　　---用户B　　---用户C　　---用户D

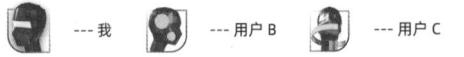

准确地说，是这样的房间。

房间里有什么？

只有一个玻璃做的箱子，上面贴了一个写着"凝胶陷阱"的标签。

凝胶陷阱？就是D说的那个强力胶吗？

应该是的，恐怕踩到这个陷阱就走不动了，
原理和那个凝胶罐是一样的。

玻璃箱能打开吗？

很可惜，我来晚了。

来晚了？什么意思？

玻璃箱已经被砸碎了，里面什么都没有。

……

糟了！

什么意思？

有人拿走了凝胶陷阱！

这种玻璃是加厚的防爆玻璃，没有坚硬的物件是不可能打开的。

追捕者手上有麻醉枪，他可以用枪托砸开！

也就是说，刚刚追捕者来过你这个房间，并拿走了凝胶陷阱。

当然，还有另一种可能。

什么可能？

你自己就是追捕者，你打破了玻璃箱，然后
假装追捕者在你之前来过这个房间。

……

这样的话，如果之后有躲藏者来到这个房间，就不会怀疑你了。

我不是。

正在通话： ---我　---用户B　---用户C　---用户D

▢▢▢▢▢||||||\\\\\＊＊＊＊＊．．．．．
他应该不是。

如果他是追捕者，他没必要告诉我们他来过这个房间。

．．．．．＊＊＊＊＊/////|||||||▢▢▢▢▢
没错，我没必要多此一举。

▢▢▢▢▢||||||\\\\\＊＊＊＊＊．．．．．
我也只是说出这种可能。

与其去猜谁是追捕者，不如先花心思想想怎么逃出去。

这个防空洞到底有多大啊，怎么找了这么久也没找到出口？

我找到序列号了！

就在房间的墙壁上！

▢▢▢▢▢||||||\\\\\＊＊＊＊＊．．．．．
快发出来看看！

K31R644W。

系统　[解锁防空洞的秘密一：按下菱形的按钮，可以使其对应物体的物理状态发生改变。这样的按钮整个防空洞一共有 3 个，且均不受电力系统影响。]

这是第一个秘密。

▢▢▢▢▢||||||\\\\\＊＊＊＊＊．．．．．
对应物体的物理状态？

什么物体？

什么状态？

▢▢▢▢▢||||||\\\\\＊＊＊＊＊．．．．．
这根本没办法理解。

▢▢▢▢▢||||||\\\\\＊＊＊＊＊．．．．．
总之现在可以知道的是，这个防空洞里有 3 个菱形按钮。

▢▢▢▢▢||||||\\\\\＊＊＊＊＊．．．．．
我们现在获得的信息太少了，还是继续寻找线索吧。

或许等我们找到菱形按钮就会懂了。

▢▢▢▢▢||||||\\\\\＊＊＊＊＊．．．．．
我只想出去，我不想找什么按钮和序列号。

我觉得这些东西一定对我们逃出去是有帮助的。

追捕者

正在通话： ---我　　　---用户B　　　---用户C　　　---用户D

▫▫▫▫▫|||||*****‧‧‧‧‧
我觉得我们都闭嘴才是真正有帮助的。

A 刚刚输入了序列号，也就暴露了自己的位置。

如果追捕者也找到了这个房间，那他就知道 A 就在附近。

这怎么想都是件不利的事。

‧‧‧‧‧*****/////||||||▫▫▫▫▫
不要这么说。

躲藏者有 3 人，追捕者只有 1 个。

这种时候躲藏者一定要互相配合共享信息。

▫▫▫▫▫|||||*****‧‧‧‧‧
我觉得 A 说得有道理。
▫▫▫▫▫|||||*****‧‧‧‧‧
我终于找到了一个序列号，它就藏在棺材的侧面。
▫▫▫▫▫|||||*****‧‧‧‧‧
不错，这么久才找到。
▫▫▫▫▫|||||*****‧‧‧‧‧
QU100XV4。

系统　[解锁防空洞的秘密二：画展走廊右侧第 17 幅画是防空洞的地图复本，地图上标有防空洞的所有房间和路线。]

▫▫▫▫▫|||||*****‧‧‧‧‧
终于有地图的信息了。

可是画展走廊在哪呢？
▫▫▫▫▫|||||*****‧‧‧‧‧
40HQ132P。

系统　[解锁防空洞的秘密三：画展走廊左侧第 9 幅画是《活着的眼睛》的真迹，看到这幅画的人会立刻陷入沉睡。]

▫▫▫▫▫|||||*****‧‧‧‧‧
那幅画果然在这里。
▫▫▫▫▫|||||*****‧‧‧‧‧
我刚刚在配电室的一个柜子上找到了这串序列号。

配电室？

和你们去过的房间一样，两扇蓝色的伸缩铁门。

这是第三个房间了。

正在通话： ---我 ---用户 B ---用户 C ---用户 D

▯▯▯▯▯∣∣∣∣∣∣∖∖∖∖∗∗∗∗∗·····
看来整个防空洞里的房间都是这种铁门。

······∗∗∗∗∗/////∣∣∣∣▯▯▯▯
配电室里还有什么？

▯▯▯▯▯∣∣∣∣∣∖∖∖∖∗∗∗∗∗·····
控制台上有个很大的弹簧按钮。

上面说这是控制整个防空洞电力系统的主电路，按下去就能切换供电状态。

现在是供电状态，这样的话现在按下按钮，整个防空洞就会立刻断电吗？

是的。

▯▯▯▯▯∣∣∣∣∣∣∖∖∖∖∗∗∗∗∗·····
还有别的吗？

▯▯▯▯▯∣∣∣∣∣∣∖∖∖∖∗∗∗∗∗·····
有很多柜子，里面都是空的，除此之外没别的东西了。

要是有可以防身的武器就好了。

就算有，我也不想回去拿了。

你已经不在配电室了吗？

我 10 分钟前就已经离开那里了。

我可不像你们这么心大。

我不会把自己的行踪暴露给你们任何人的。

▯▯▯▯▯∣∣∣∣∣∣∖∖∖∖∗∗∗∗∗·····
你这个蠢货。

▯▯▯▯▯∣∣∣∣∣∣∖∖∖∖∗∗∗∗∗·····
你才是蠢货。

《活着的眼睛》这幅画的位置是很重要的信息！

如果你再晚点说，我刚刚可能就已经被淘汰了。

▯▯▯▯▯∣∣∣∣∣∣∖∖∖∖∗∗∗∗∗·····
为什么？

▯▯▯▯▯∣∣∣∣∣∣∖∖∖∖∗∗∗∗∗·····
因为我刚刚已经找到画展走廊了。

你找到地图了？

追捕者

正在通话： ---我　---用户B　---用户C　---用户D

没有。

右侧的第 17 幅画已经被人拿走了。

又被拿走了？

看来又晚了一步。

你们到底谁拿走了地图？

是 B 吧！

他不管看到或拿到什么东西，都一定会过一段时间再说出来。

听着！

我不管是谁拿走了地图，如果你的身份是躲藏者，你为了不暴露自己的行踪，可以选择过一会再说，但请一定不要隐瞒信息！

我觉得他听不进去的。

如果躲藏者拿到了地图，一定会默不作声地立刻按照地图的路线逃离吧。

可现在追捕者已经知道有人拿了地图，他一定会花全部的精力去找那个人。

因为根据规则，一旦有任何一个躲藏者逃离了防空洞，追捕者就输了。

你们谁在跟踪我？！

B，有人在你附近吗？

看来是的。

他从刚刚起就一直不说话，应该早就察觉有人在跟着他。

他被哪个追捕者盯上了？

我不是追捕者。

我不是追捕者。

我也不是。

正在通话： ---我　　---用户C　　---用户D

会出现第一个牺牲者吗？

说不定B他自己就是追捕者。

你又来了！

如果B自己是追捕者，那他手上一开始就有整个防空洞的地图。

当他知道画展走廊里有地图复本的时候，他为了不让其他人找到地图，就提前去画展走廊把地图拿走了。

的确有这个可能。

但他没必要骗我们说有人跟踪他吧。

或许他在计划什么。

对了，D！

画展走廊算是一个房间吗？如果是房间，那么那里应该有一个序列号。

不算，这只是一个过道，没有门。

棺材房，玻璃箱房，还有配电室。

我们已经找到3个房间了，还剩3个。

我也看到铁门了。

这应该是第四个房间了。

里面有什么？

我不能进去。

怎么了？

铁门关上了吗？

不，铁门是打开的。

但里面有陷阱。

什么陷阱？

追捕者

正在通话： ---我   ---用户C   ---用户D

很多红色的光线。

你是说像特工电影里的那种？

我刚刚把我的外套扔进去试了试。

衣服触碰到光线的瞬间，整个房间各处角落就射出了无数细小的水柱。

想必你的衣服已经湿透了吧！

我可不敢进这样的房间！

不就是水吗？

这不是普通的水，是迷香液体，我已经闻到迷香的味道了。

也就是说，被水柱射中就会中迷香吗？

恐怕就会直接被淘汰吧。

那你能看到房间里有什么吗？

房间的正中心有一个圆形的柱子，柱壁上有一个很大的蓝色菱形按钮。

是系统之前说的那个菱形按钮吗？

除了这个我想不到别的按钮了。

我记得系统说的这个秘密。

按下这个按钮，会让它改变对应物体的物理状态。

而且一共有3个菱形按钮，分别对应着不同的物体。

可对应的物体到底是什么？改变的状态又是什么？

D，房间里还有别的东西吗？

序列号。

房间里一定有序列号。

正在通话： 🗨 ---我 🗨 ---用户C 🗨 ---用户D

▫▫▫▫▫|||||\\\\\＊＊＊＊‥‥‥
我找到了，就在柱子上

KTHU28C0。

系统 [解锁防空洞的秘密四：按下蓝色菱形按钮，所有的铁门都会关上；松开蓝色菱形按钮，所有的铁门都会打开。]

‥‥‥＊＊＊＊/////|||||▫▫▫▫▫
原来是铁门！

▫▫▫▫▫|||||\\\\\＊＊＊＊‥‥‥
也不知道有什么用。

或许可以把人困住。

按照它的意思，要持续按着不松，才能让所有的铁门都一直关着。

就算有用我也不会进这个房间的。

或许你可以试试，不碰到那些红线。

没有意义，你亲自来试吧，我可不敢。

我往回走了。

那我也继续走了。

▫▫▫▫▫|||||\\\\\＊＊＊＊‥‥‥
还剩两个按钮。

觉得这两个按钮应该就在剩下的两个房间里。

也不知道 B 有没有找到其他的房间。

B 这么久没说话，看样子他真的是拿到了地图。

他不是说有人在跟踪他吗？

▫▫▫▫▫|||||\\\\\＊＊＊＊‥‥‥
如果追捕者真的想偷袭他，B 肯定会向我们寻求帮助的。

让我想想这个问题。

如果我是 B，我一定会把自己的位置说出来，毕竟追捕者已经知道我在哪了！

而且 B 已经提前知道追捕者在跟踪他，那他就肯定不会傻到被追捕者袭击。

追 捕 者

253

正在通话： 🎭 ---我　🎭 ---用户C　🎭 ---用户D

　　　　　　　　　　　　　　······*****/////||||||▯▯▯▯
　　　　　　　　　　　追捕者知道自己跟踪 B 的事暴露了，要么就
　　　　　　　　　　　直接追捕 B，要么就会先放弃。

▯▯▯▯||||*****······
| 可 B 到现在都没告诉我们他的位置，也没向我们求救。

　　　　　　　　　　　　　　　　　所以 B 肯定还醒着。

| 和我推测的一样，追捕者应该是放弃了。
▯▯▯▯||||*****······
| 可你们有没有想过，
| 如果 B 真的是躲藏者，可能他现在已经逃出去了。

　　　　　　　　　　　　　　　　　　　　······

▯▯▯▯||||*****······
| 的确！
| 如果真的是这样。
| 那么我们三人之中的那个追捕者，你可以现身了。

　　　　　　　　　　　　　　　　　为什么？

| 因为你已经输了。
| 没必要继续追捕了，一起逃出去吧。
| 怎么样？
▯▯▯▯||||*****······
| 没有人回答。

　　　　　　　　　　　　　　　　毕竟我不是追捕者。

▯▯▯▯||||*****······
| 我也不是。
▯▯▯▯||||*****······
| 很不巧，我也不是。
▯▯▯▯||||*****······
| 那你为什么要骗我们？
▯▯▯▯||||*****······
| 谁？我？
▯▯▯▯||||*****······
| 我其实去过那个棺材房间了。
| 你当时说房间里就一个棺材。

正在通话： ---我　　---用户C　　---用户D

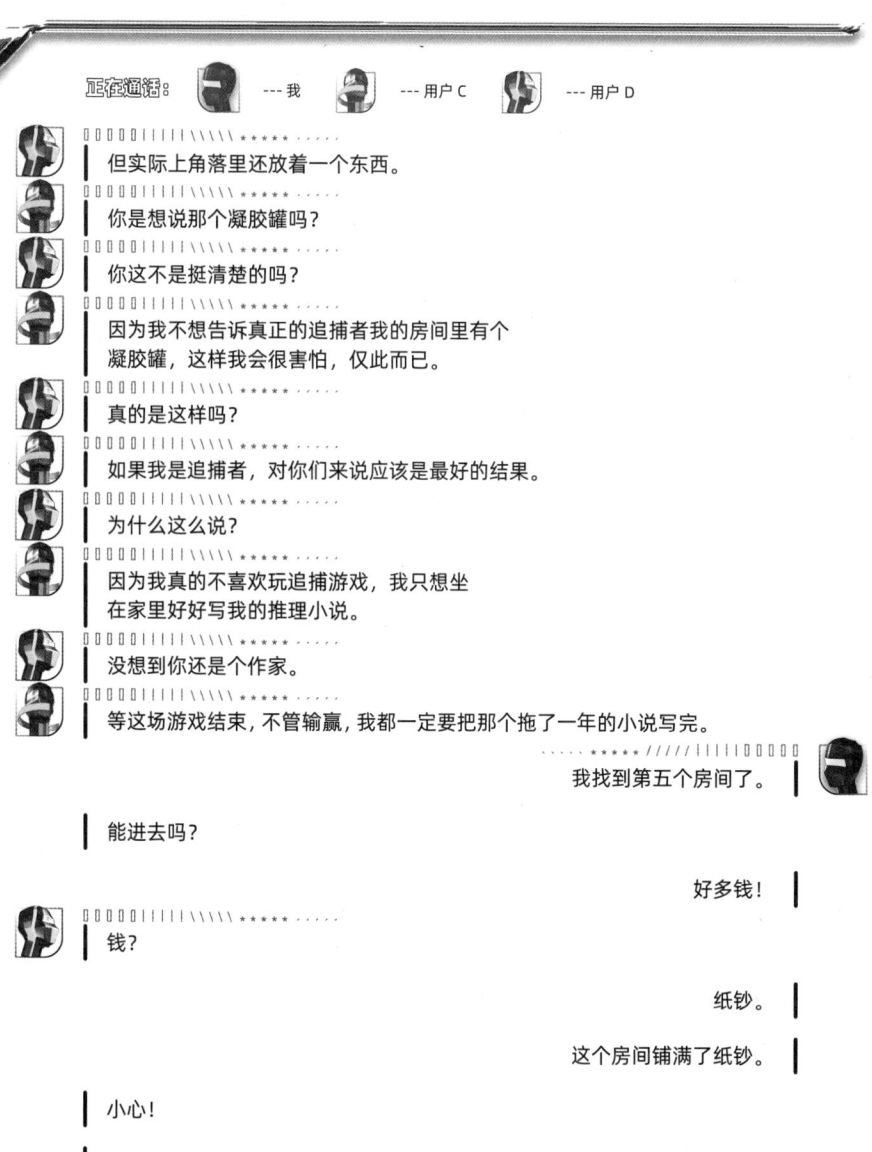

> 但实际上角落里还放着一个东西。
> 你是想说那个凝胶罐吗？
> 你这不是挺清楚的吗？
> 因为我不想告诉真正的追捕者我的房间里有个凝胶罐，这样我会很害怕，仅此而已。
> 真的是这样吗？
> 如果我是追捕者，对你们来说应该是最好的结果。
> 为什么这么说？
> 因为我真的不喜欢玩追捕游戏，我只想坐在家里好好写我的推理小说。
> 没想到你还是个作家。
> 等这场游戏结束，不管输赢，我都一定要把那个拖了一年的小说写完。

我找到第五个房间了。

能进去吗？

好多钱！

> 钱？

纸钞。

这个房间铺满了纸钞。

小心！

不要进去！

> 你们听到了吗？
> A，是你吗？

刚刚那个叫声是你吗？

追捕者

正在通话： ---我   ---用户C   ---用户D

凝胶陷阱！

我踩到凝胶陷阱了！

░░░░▒▒▒▒▓▓▓▓████
我就猜到！

追捕者一定去过你那个房间！

A，快把铁门关上！

我已经关上了。

很好，这样追捕者就进不去了。

可我也出不去了。

这个房间只有一扇门。

░░░░▒▒▒▒▓▓▓▓████
A，你还好吗？

我还好，可以勉强拖着陷阱底座慢慢移动。

不过最难受的是我被困在这个房间了。

░░░░▒▒▒▒▓▓▓▓████
那房间里有什么？除了那些钱。

圆柱上的黄色按钮。

还有一个序列号。

░░░░▒▒▒▒▓▓▓▓████
快输入看看。

7MKLR39Z。

系统　[解锁防空洞的秘密五：按下黄色菱形按钮，所有的凝胶罐都会朝四周的地板喷射凝胶。]

░░░░▒▒▒▒▓▓▓▓████
这就是为什么我不想告诉你们我房间里有个凝胶罐。

░░░░▒▒▒▒▓▓▓▓████
这个防空洞里到处都是凝胶罐和迷香罐。

看来这些危险的道具都是那个首富留下来的陷阱。

也就是说，如果我按下这个按钮，你们都会被胶水粘住。

正在通话： ---我　---用户B　---用户C　---用户D

□□□□□|||||*****·····
那倒不至于。

只要我们跑到附近的房间，把门关上，等这些凝胶挥发就没事了。

□□□□□|||||*****·····
你们听我说！

迷香罐上好像写了什么！

·····*****/////|||||□□□□□
B，你果然还醒着。

□□□□□|||||*****·····
你这么久一直在摆脱追捕者的跟踪吗？

□□□□□|||||*****·····
我只是不想说话暴露自己的位置。

□□□□□|||||*****·····
也就是说，画展走廊里的地图不是你拿走的？

□□□□□|||||*****·····
真的不是我！

先不说这些了，你们快看看我发现的东西。

你发现了什么？

迷香罐！

迷香罐上的字！

□□□□□|||||*****·····
迷香罐上的字？什么字？

□□□□□|||||*****·····
我发现每个迷香罐的拉口上都写着不同的文字。

你们也快看看。

不是有很多迷香罐吗？你们随便找个看看。

□□□□□|||||*****·····
你等下，我找一个。

□□□□□|||||*****·····
我找到迷香罐了。

□□□□□|||||*****·····
拉口上？没看到啊？

□□□□□|||||*****·····
我也没看到。

□□□□□|||||*****·····
A，你找到迷香罐拉口上的字了吗？

追捕者

正在通话： ---我 ---用户B ---用户C ---用户D

我也没找到啊！

系统 [红色按钮已被按下，所有迷香罐都已爆炸]

果然是这样。

你还醒着？

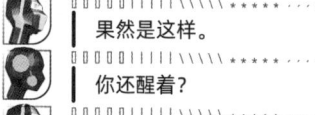

蓝色按钮控制的是蓝色铁门，黄色按钮控制的是黄色凝胶罐，那么最后一个按钮肯定是控制红色迷香罐的红色按钮。

你的演技太拙劣了，B！！！

你一直不说话，就是为了找到红色按钮，然后把我们都骗到迷香罐旁边来个清场。

别把所有人都想的跟你一样傻！

你们都没事！！！

我可是一直和迷香罐保持着 50 米以上的距离。

只是不知道 A 的情况。

你不是被凝胶陷阱夹住了吗？

我早在关门前就把迷香罐从房间里挪到了门外，好在这个铁门防爆效果还不错。

虽然费了很大的劲，但和一个迷香罐共处一室我是无法接受的。

行！
你们厉害，我的计划全都失败了。

这么说地图果然是你拿了。

什么地图？

还装什么呢？追捕者！

追捕者？

等等！

正在通话： ---我 ---用户 B ---用户 C ---用户 D

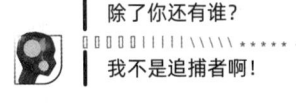

░░░░░||||*****····
追捕者是在说我吗？

░░░░░||||*****····
你在说什么？

除了你还有谁？
我不是追捕者啊！

·····*****//////|||||░░░░░
不要说这种无聊的话行吗？

我真的不是追捕者！
░░░░░||||*****····
那你为什么迷晕我们？

░░░░░||||*****····
你们自己看看游戏规则。

我们 4 人之中有 1 个追捕者和 3 个躲藏者。

是啊，然后呢？

也就是说，除了我之外，你们 3 个人中一定有 1 个追捕者。

所以只要把你们 3 个都迷晕，那追捕者也就无法行动了。

那我就可以安心地找出路了啊！

░░░░░||||*****····
……

……

░░░░░||||*****····
A，D，你们相信吗？

░░░░░||||*****····
别听他胡扯了！

░░░░░||||*****····
我真的是这么想的！

一起合作吧！

我在红色按钮房间，我把房间里的序列号发出来。

XBV441M2。

系统 [解锁防空洞的秘密六：按下红色菱形按钮，所有的迷香罐都会爆炸。爆炸后的迷香气体会在 30 分钟后沉淀。]

追 捕 者

Next………

正在通话： ---我　　---用户B　　---用户C　　---用户D

▫▫▫▫▫|||||*****‥‥‥
原来是这样。

这就是最后一个秘密。

‥‥‥*****/////|||||▫▫▫▫▫
什么原来是这样，这根本就不是什么秘密了！

▫▫▫▫▫|||||*****‥‥‥
别理他了，A！

我们接下来只要避开他继续找出路就行了。

B，你真的不是追捕者？

你还相信他？

▫▫▫▫▫|||||*****‥‥‥
我真的不是追捕者。

地图肯定被真正的追捕者拿了！我们现在处于劣势！

▫▫▫▫▫|||||*****‥‥‥
A，你在想什么？

如果你真的不是追捕者，那你按我说的做。

▫▫▫▫▫|||||*****‥‥‥
你想干吗？

你给我老实地在一个房间待着，不准出来。

……

就回你的配电室去吧，在我们找到出路前不准离开配电室半步，也不准说话。

我知道了。

我听你的。

▫▫▫▫▫|||||*****‥‥‥
他会听你的就见鬼了。

▫▫▫▫▫|||||*****‥‥‥
A，你也太天真了。

你真的觉得B不是追捕者吗？

C、D。

正在通话: ---我   ---用户C   ---用户D

走道上的迷香气体还在吗?

还在,但屏住呼吸可以走过去。

是的。

行。

既然追捕者已经确定是 B 了,我们躲藏者可以先集合,然后一起行动,这样安全一点。

我还差点以为你真的被 B 骗了。

你确定要集合吗?

B 手上只有一个麻醉枪,只要我们有 2 个人以上,他应该是打不赢我们的。

我是说你的腿。

而且你门口的迷香罐刚刚不是爆炸了吗,你怎么行动?

那你们两人先集合吧!

我等门外的油烧完就过去。迷香完全沉淀才能把门打开,不然会扩散进来。

行!

可我们没有地图,要怎么集合?

我其实之前也去过棺材房间。

我们就回到棺材房间吧。

你们都记得路吧?

我在经过的路上都做过别人看不见的标记。

我也是。

很好!

正在通话： 　---我　　---用户C　　---用户D

> B，你已经不可能获胜了。
> 不如放弃获胜，和我们一起走出去吧！

> 他不会的。

> 为什么？

> 如果直接逃走，虽然能活下来，但这场游戏就输了。
>
> 我们都是为了找到公益避难所才来玩这个游戏的，我们是没有退路的难民。
>
> 输了这场游戏，就又要回到那个可怕的战场。
>
> B，你说是这样吗？

　　　　　　　　　　　　　　　　B 不会说话的。

> OK，我已经回到棺材房间了。
>
> D，你还没来吗？

　　　　　　　　　　　　　　　　你真的到了吗？

> 对啊！

　　　　　　　　　　　　　　　　看到那个凝胶罐了吗？

> 还在呢，怎么了？

　　　　　　　　　　　　　　　　D，你现在在哪？

> 我已经回到蓝色按钮房间的门口了。

> 蓝色按钮房间？

　　　　　　　　　　　　　　　　B，开始行动吧！

> 什么意思？

系统　[电力系统已停止运行]

> 怎么回事？

正在通话： 　---我　　---用户 B　　---用户 C　　---用户 D

▫▫▫▫▫|||||*****······
怎么灯全关掉了？停电了吗？

系统　[蓝色按钮已被按下，所有铁门都已关上]

房间的门都关上了？

怎么没人说话？

······*****/////||||||▫▫▫▫▫
你才是真正的追捕者，C！

为什么？

你在 B 怂恿我们去查看迷香罐的时候，问我有没有看到迷香罐上的字。

你明知道我不可能离开房间，而且我从来没说过我的房间里有迷香罐，你为什么会问我这个问题？

······

你一开始就拿到了凝胶陷阱，然后又去了黄色按钮房间埋下了凝胶陷阱，所以你早就知道那个房间里有一个迷香罐。

······

而只有真正的追捕者才能拿到凝胶陷阱。

这就是你是追捕者的铁证。

你们都看出来了吗？
▫▫▫▫▫|||||*****······
嗯，我也是在你问 A 有没有看到迷香罐上的字的时候看出来的。
▫▫▫▫▫|||||*****······
我早就猜到是你了。

B 按下了配电室的电路系统按钮，这样整个防空洞就会停电，那么蓝色按钮房间的水柱陷阱也就不会触发，D 就可以走进房间按下蓝色按钮把所有的铁门都关上，把你关在棺材房间里。

菱形按钮是不受电力系统影响的。

现在凝胶的按钮就在我手中，只要我按下去，所有的凝胶罐都会喷射大量凝胶，包括你房间里的那个。

追 捕 者

正在通话： --- 我   --- 用户 B   --- 用户 C   --- 用户 D

你会被困在那里，直到我们找到离开防空洞的路。

▫▫▫▫▫||||||*****······
真有你的，A！

所以你安排 B 去配电室，又安排我们来棺材房集合，就是在暗示他们用这种方法把我困住。

我有最后一个问题。

是，我承认，我就是追捕者。

不是这个问题。

我是想问地图到底在哪。

画展走廊右侧第 17 幅画是你拿的吧，你把它藏哪了？

一开始跟踪 B 的就是我，只是我一直没找到下手的机会。

所以 B 去过的地方我都去过。
▫▫▫▫▫||||||*****······
在配电室！

配电室有很多柜子，只有那里能藏地图。
▫▫▫▫▫||||||*****······
我知道了。

我找找看。

既然如此，我没有问题了。

拜拜。

系统 [黄色按钮已被按下，所有凝胶罐开始喷射凝胶]

▫▫▫▫▫||||||*****······
我也有最后一个问题想问。

你说。

你觉得公益避难所真的存在吗？

事到如今纠结这个问题已经没意义了。

公益避难所对我们这种人来说就是信仰，是活下去唯一的希望。

正在通话： ---我   ---用户C   ---用户D

> 如果你不相信它的存在，那你就只能回到战场上等死，所以我们只能选择相信。

这个游戏果然不适合我。

> 你是个心地善良的人，你不该回到战场。

> 我答应你，如果我能进入避难所，我会想办法让你也进来。

真的吗？

> 嗯。

谢谢你让我想通了。

> 你想通什么了？

对了，有句话忘记说了。

B，那个地图，我把它放在了控制台的下面。

> 什么意思？

你在说什么？

系统 [用户B因看到催眠油画而陷入沉睡]

系统 [电力系统已恢复]

系统 [用户D因被迷香液体射中而陷入沉睡]

系统 [蓝色按钮已松开，所有铁门都已打开]

> 这到底是怎么回事？？？

你房间门外的迷香气体还没沉淀吧！

如果我没记错的话，你的房间好像只有一个出口。

现在所有的铁门都已经打开了，迷香马上就会充满你所在的那个房间！

> 你到底做了什么？

追捕者

正在通话： 　 ---面试官　 　---我　 　---用户 C

▫▫▫▫|||||*****......
我的确把地图复本放在了配电室控制台的
柜子里，连同那幅催眠油画。

......*****/////||||||▫▫▫▫
《活着的眼睛》？

所有看到那幅画的人都会立刻昏睡。

所以 B 昏睡后，身体立刻瘫倒在控制台上的那个弹簧按钮上。

按钮按下后电力瞬间恢复了，蓝色按钮房间的水柱陷阱重新运作，
D 被迷香液体射中也进入睡眠，铁门的蓝色按钮也就跟着松开了。

可后来 D 不是也去了画展走廊吗？他难道没发现那幅画不见了？

地图在走廊右侧，催眠油画在左侧，他绝对不会往
左边看，也就根本不会发现左边的画不见了。

你从一开始就是这么计划的？我们所有的行为你都预测到了？

这个防空洞的出口到底在哪里！

就在你眼前。

我眼前？

黄色按钮房间，只不过要用迷香罐爆炸的冲击力破开才能看到。

这就是为什么那个房间一开始就放着一个迷香罐。

C，你真的能找到避难所吗？

我答应你们，如果我真的进入了避难所，我会想办法让你们也进来。

在这之前请好好活着。

系统　[用户 A 因迷香而陷入沉睡]

▫▫▫▫|||||*****......
游戏结束，用户 C（追捕者）获得胜利。

第十二章

婚礼

正在通话： ---我 ---用户B ---用户C ---用户D

||||||*****
醒了吗？

||||||*****
你在哪？

·····*****/////||||||
不知道，看起来像是一个房间。

太黑了！

||||||*****
有床，有桌子。

还有冰箱。

我好像是在一个酒店的客房。

但没有照明，只有手机的灯光。

看来这个手机是主办方给每个玩家准备的。

||||||*****
这里的确是间客房。

||||||*****
门打不开。

灯的开关也坏了。

窗户和排风口也被铁板封死了。

||||||*****
这是密室逃脱吗？

你们都是怎么到这来的？

来这里的都是想要进公益避难所的难民。

||||||*****
我不是。

那你是为了什么？

我是为了找一幅画来的。

什么画？

||||||*****
鹿角先生的催眠油画？

||||||*****
你也听说过那幅画！

||||||*****
我曾经是个珠宝商，破产之前我见过很多名人。

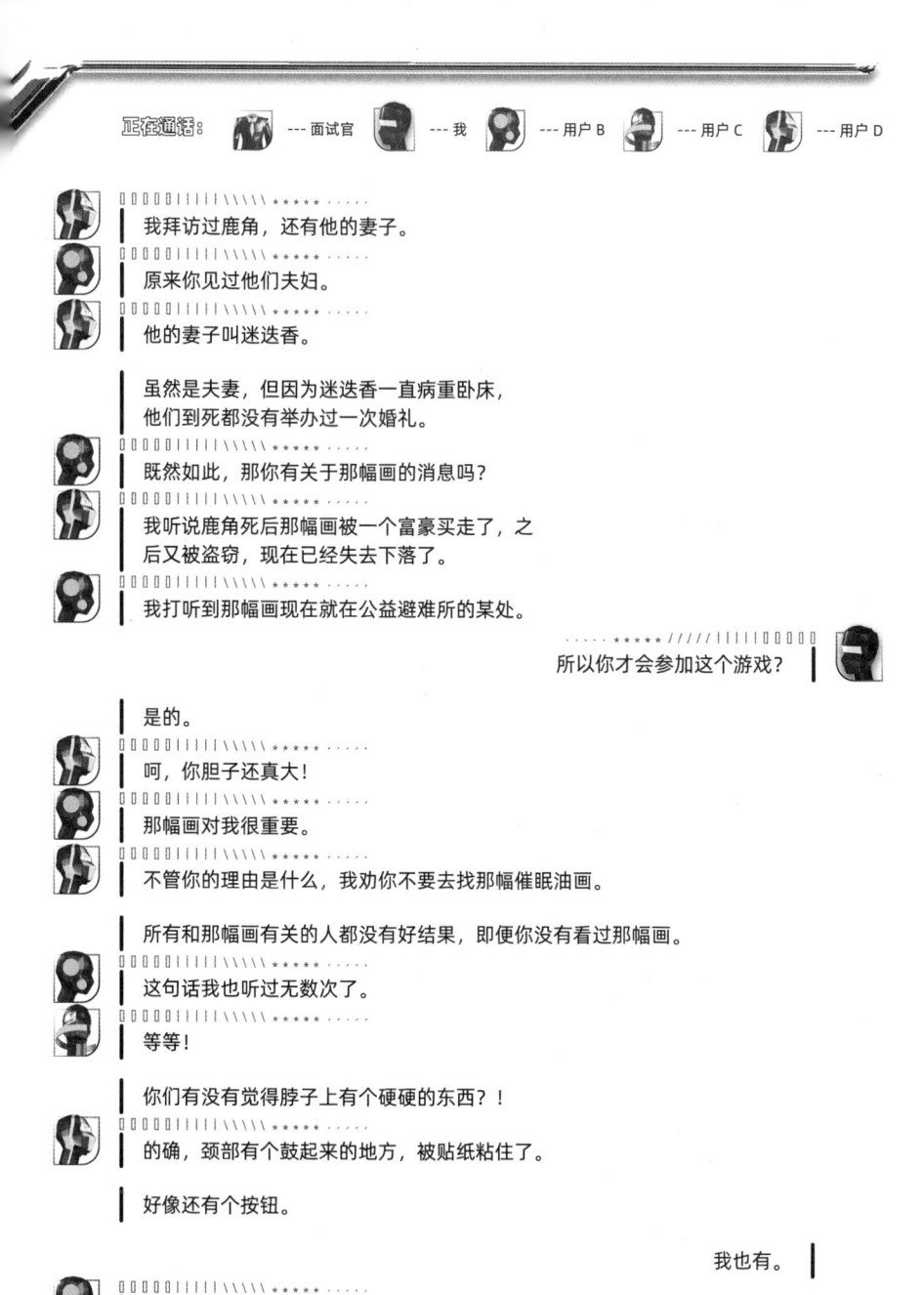

正在通话： ---面试官　---我　---用户B　---用户C　---用户D

> 我拜访过鹿角，还有他的妻子。

> 原来你见过他们夫妇。

> 他的妻子叫迷迭香。

虽然是夫妻，但因为迷迭香一直病重卧床，他们到死都没有举办过一次婚礼。

> 既然如此，你有关于那幅画的消息吗？

> 我听说鹿角死后那幅画被一个富豪买走了，之后又被盗窃，现在已经失去下落了。

> 我打听到那幅画现在就在公益避难所的某处。

> 所以你才会参加这个游戏？

是的。

> 呵，你胆子还真大！

> 那幅画对我很重要。

> 不管你的理由是什么，我劝你不要去找那幅催眠油画。

所有和那幅画有关的人都没有好结果，即便你没有看过那幅画。

> 这句话我也听过无数次了。

> 等等！

你们有没有觉得脖子上有个硬硬的东西？！

> 的确，颈部有个鼓起来的地方，被贴纸粘住了。

好像还有个按钮。

我也有。

> 我也是。

> 4位玩家你们好，我是本次逃脱游戏的人工智能主持人——面试官。公益避难所的大门将为本次游戏的获胜者打开。

269

婚礼　　　　　　Next........

正在通话： ---面试官 ---我 ---用户B ---用户C ---用户D

本次游戏规则比较复杂，请仔细阅读。

你们 4 位玩家分别处在月食酒店 1 楼的 4 间客房，且被随机分成了 2 组，每组 2 个人。系统会私信告知每位玩家一个关键物品。同组玩家的关键物品是相同的。

意思是我们会被两两分边吗？

每边的关键物品不同，而且是系统私信。

也就是说我们不知道自己的队友是谁。

相同关键物品的玩家就是队友。

游戏过程中，若任何人找到并触碰各自的关键物品，即可获得一次宝贵的机会——向我提出任何一个关于游戏的要求。

提出的要求必须遵守以下事项：

1. 禁止让包括自己在内的任何玩家直接获胜；

2. 禁止直接令任何玩家淘汰；

3. 禁止提其他玩家提过的要求；

4. 禁止以玩家身份修改游戏规则。

只要满足以上条件，我都会立刻实现提出的要求。

淘汰规则：任何玩家脖颈上的电极片被取下，则视为淘汰。

对于每位玩家而言，另一组的玩家全部被淘汰即可获胜。

当游戏结束时，酒店所有房间的灯光都将同时打开。任何玩家若在游戏结束前离开酒店，我将立刻触发其颈部的电极片使其昏睡。玩家也可在必要时手动触发自己的电极片。

原来脖子上的是电极片。

也就是说我们最多也只有两个人能获胜……

那是不是可以直接要求触发别的玩家身上的电极片？

根据规则肯定是可以的，这没有被禁止。

正在通话： ---面试官 ---我 ---用户B ---用户C ---用户D

> 可那也只是睡着而已啊！
> 这种情况下一旦睡着，其他人很快就能把你脖子上的贴纸撕下来。
> 谁先找到关键物品，谁就能淘汰别人，是这个意思吧？

> 也不一定。

> 至少在我们房间的门打开之前，我们都无法接触彼此！

> 游戏开始后，每隔20分钟将会进行一次投票。

> 玩家可通过输入"投票@X"进行投票（X为对应玩家的字母代号），获得票数最高的玩家，所在客房的房门将被打开；房门已打开的玩家不能参与投票；若平票则无任何效果，并在20分钟后开始下一轮投票，如此循环直到4间客房的房门都被打开。禁止投给自己。

> 这样票数最高的玩家就可以离开房间。

> 那我们该投给谁呢？
> 游戏开始。

系统 [你的关键物品是"酒杯"（本条消息将在10秒内自动删除，请牢记你的关键物品）]

> 你们的关键物品是什么？
> 没人会回答你的。
> 我全都找遍了。

> 房间里没有我的关键物品。
> 我也找不到啊！

> 冰箱里倒是有很多东西。
> 面包，水果。
> 还有一瓶红酒。

> 这些东西都没用啊！

婚礼

正在通话: ---我 ---用户B ---用户C ---用户D

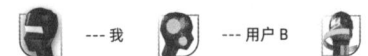

> 可惜找不到装酒的杯子。

你现在还有心情喝酒？

主办方既然如此设计游戏，那个关键物品很可能要离开房间才能找到。

> 规则已经很清楚了。
>
> 不能投给自己，这种情况投票当然只能投给自己的队友。
>
> 让队友离开房间去找物品，然后获得淘汰别人的机会，就这么简单。

可如果我们都把关键物品说出来，即便找到了自己的队友，也只会导致一直平票的僵局。

要想办法找到自己的队友，还要想办法骗别人以为自己是队友。

这的确是很难。

我的关键物品是"钢笔"。

你们有谁的关键物品跟我一样吗？

> 我也是钢笔。

我也是钢笔。

我也是钢笔。

看来我的队友已经找到我了。

> 我才是你的队友。

你们两个都想冒充我。

D，我会投票给你的。

系统　[第一轮投票开始]

很好！

既然你们都说自己是我队友，那就把第一轮的票投给我吧！

正在通话： ---我　---用户 B　---用户 C　---用户 D

▢▢▢▢▢||||*****......
投票 @D。

系统　[已确认用户 B 投给用户 D]

▢▢▢▢▢||||*****......
A，C，你们呢？

还在犹豫什么？

......*****/////|||||▢▢▢▢▢
这样真的好吗？信息全都公开出来了？

并没有。

至少我目前还无法分辨你们谁是我队友。

你仔细算算这笔账。

如果信息全部都公开，我们就会一直平票，永远僵持下去，最后所有人一起被困到游戏结束。

只有让我出去找到关键物品，获得淘汰别人的机会，你们才有可能获胜。

哪怕你们明知道跟我不同边，只要祈祷我接下来认错队友，你们仍然有机会逃出去。

离开房间的玩家是不能投票的，即使让你们睡着了，我也得等你们的房门打开才能进去动手，所以我不会一次性让你们全部睡着，我得先让你们进行下一轮投票。

▢▢▢▢▢||||*****......
D 说得有道理，不愧是我的队友。

▢▢▢▢▢||||*****......
我会慎重选一个人先淘汰，比如投票最慢的人。

▢▢▢▢▢||||*****......
投票 @D。

系统　[已确认用户 C 投给用户 D]

▢▢▢▢▢||||*****......
20 分钟快到了。

投票 @D。

系统　[已确认用户 A 投给用户 D]

婚礼

正在通话： ---我　　---用户 B　　---用户 C　　---用户 D

系统 [第一轮投票结束，用户 D 的房门已被打开]

> 门果然开了。
> 你出去了吗？

> 外面有什么？

> 一条很长很空的走廊。
> 只有我头顶有灯光，两边的尽头都是黑的。
> 只有头顶有灯光？
> 那我就往左边走了。
> 我能从门镜看到灯光。

> 看来我们的门外是同一道走廊。

> 灯光好像变了？
> 变远了？
> 原来是这样，我懂了。
> 怎么了？
> 这是个多联多开的电路系统。
> 这个走廊每隔 10 米左右就有一个灯泡和一个开关。
> 一旦按下任何一个开关，其他所有的灯泡都会熄灭，只有这个开关对应的灯泡会亮。

> 这样你周围就会一直有照明。

> 这个电路系统真是奇怪。
> D，你到哪了？有什么发现吗？
> 走廊上什么都没有，只是旁边有很多客房的门，没有一个能打开。

> 毕竟这里是酒店。

Loading...

正在通话: ---我 ---用户B ---用户C ---用户D

> 我看到了一个正对着走廊的大门。

能打开吗?

> 很厚重的木门。

> 这个木门看起来很别致,应该就是酒店的正门。

> 我觉得这一定是出口。

> 出了这扇门就能离开酒店吗?

可面试官不是说了吗,在游戏结束前离开酒店就会触发电极片。

> 门上有个字条。

> "推开此门后,走廊所有的电灯将全部熄
> 灭,且对应所有开关都会失效"。

那我们可就什么都看不到了。

> 不要把木门打开啊!

> 我现在也没办法打开它。

> 木门上有个正方形的锁孔,要用钥匙才能打开。

> 看来没有钥匙的话,这边是过不去了。

> 的确是这样。

> 只能往回走了。

搞了半天什么都没找到。

> 至少发现了一条很可能是出口的方向。

> B,我想问你一个事。

> 什么事?

> 那幅催眠油画,是叫《活着的眼睛》对吗?

> 是的。

275

婚 礼   Next.........

正在通话： ---我　　---用户B　　---用户C　　---用户D

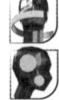

> 为什么叫这个名字？那幅画的内容到底是什么？

> 世界上没有人知道那幅画到底画了什么，因为所有见过那幅画的人都失忆了。

> 不过据我推测，应该跟活眼有关。

> 活眼？

> 这个世界上有这样一种人，他们的眼睛不受控制，有自己的意识。

> 对他们来说，只要看到别人的脸，哪怕只是雕塑，或者画，他们的眼睛都会不由自主地开始四处乱转。

> 还有这种事？

> 我也只是听说的。

> 我到走廊右边的尽头了。

> 是一个开着门的房间。

> 什么样的房间？

> 门上写着"接待室"，房间里面是黑的。

> 我找一下开关。

> 应该是给贵宾休息用的房间。

> 你找到接待室的电灯开关了吗？

> D？

> 我刚刚看到了一个东西！

> 什么东西？

> 一个人影！

> 人影？

> 刚刚接待室中间好像站着一个人！

> 但我一打开接待室的灯就不见了！

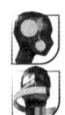

正在通话: ---我 ---用户B ---用户C ---用户D

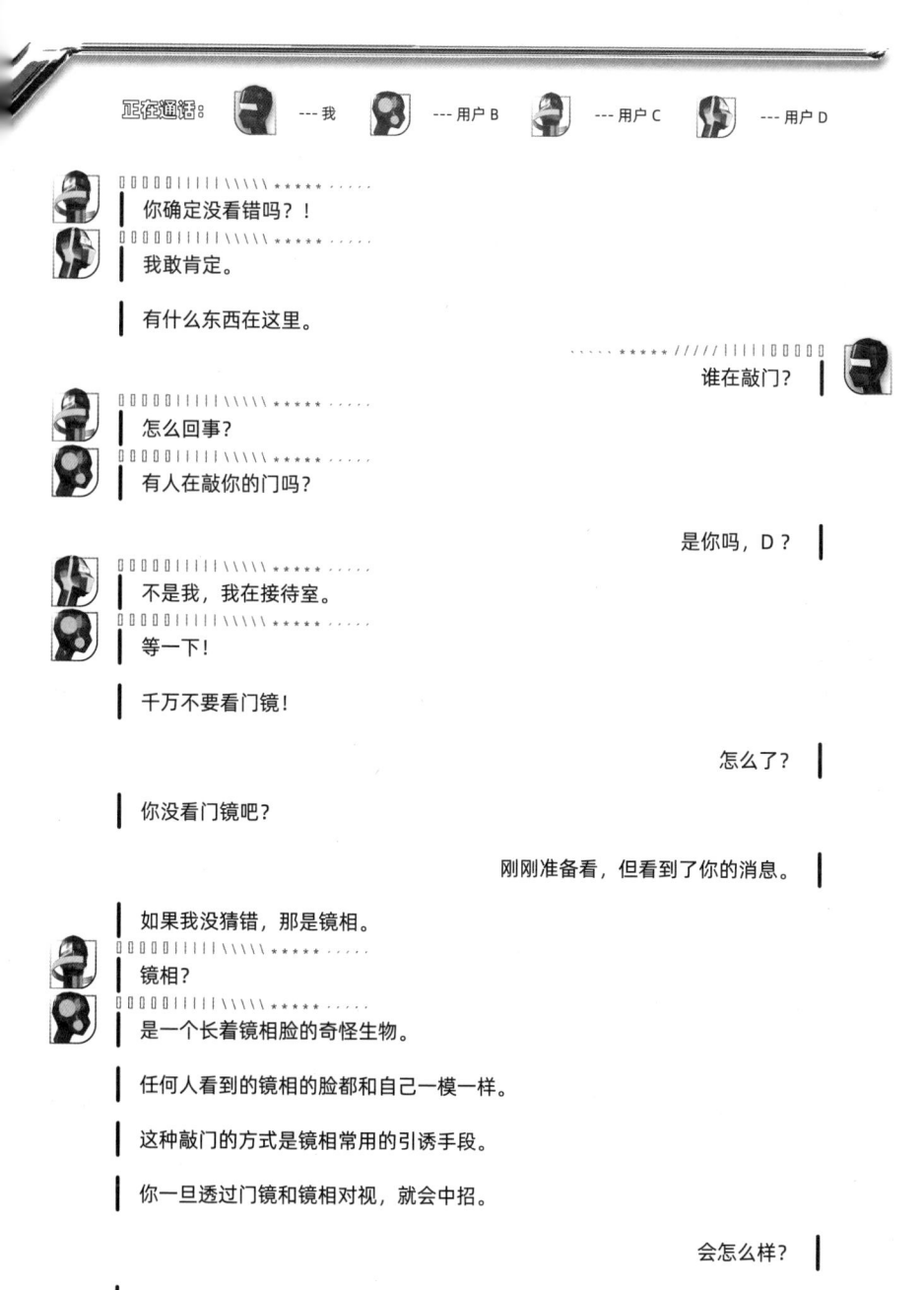

你确定没看错吗？！

我敢肯定。

有什么东西在这里。

谁在敲门？

怎么回事？

有人在敲你的门吗？

是你吗，D？

不是我，我在接待室。

等一下！

千万不要看门镜！

怎么了？

你没看门镜吧？

刚刚准备看，但看到了你的消息。

如果我没猜错，那是镜相。

镜相？

是一个长着镜相脸的奇怪生物。

任何人看到的镜相的脸都和自己一模一样。

这种敲门的方式是镜相常用的引诱手段。

你一旦透过门镜和镜相对视，就会中招。

会怎么样？

你会立刻昏睡。

昏睡？

婚礼

正在通话： ---我　　---用户B　　---用户C　　---用户D

就和那幅催眠油画一样。

没错，而且你们要小心，千万不要让镜相触碰你的身体，不然你会被它控制。

你是说它会控制我的身体？

是的，一定程度上，哪怕你没有和它对视。

如果我闭上眼睛呢？

它会命令你抬起眼皮，然后把你的眼球转向它。

那怎样才能避开它？

镜相非常害怕强光，这是我知道的唯一的弱点。

所以D开灯的瞬间人影就不见了！

所以说D在接待室看到的那个人影就是它？

原来是这样。

……

它不会进我的房间吧？

它还在敲门吗？

已经停了。

那它应该已经走了。

现在走廊的大部分都变暗了。

难道说它会一直在这条走廊里？

应该是的。

D，你只要开着灯，待在光亮的地方就肯定不会有事。

我知道。

别紧张，现在最重要的是赶紧找到钢笔。

正在通话： 👤 --- 面试官　👤 --- 我　👤 --- 用户 B　👤 --- 用户 C　👤 --- 用户 D

👤 ▋□□□▕▕▕▕▕\\\\\＊＊＊＊．．．．
　　快看看接待室有什么！

👤 ▋□□□▕▕▕▕▕\\\\\＊＊＊＊．．．．
　　一个很普通的接待室。

▋茶几、沙发和书柜。

▋有一个很大的落地镜靠在墙上。

👤 ▋□□□▕▕▕▕▕\\\\\＊＊＊＊．．．．
　　那钢笔呢？

👤 ▋□□□▕▕▕▕▕\\\\\＊＊＊＊．．．．
　　还没找到。

　　　　　　　　．．．．．＊＊＊＊\\\\\▕▕▕▕▕□□□▋ 👤
　　　　　　　　你看看桌子的抽屉？▋

▋抽屉里有一个钻戒。

　　　　　　　　　　　　　　钻戒？▋

▋是真正的钻戒。

▋我能看出来，这么纯的钻石，如果能带出去
　卖掉，我一定能把欠的债全部还清。

👤 ▋□□□▕▕▕▕▕\\\\\＊＊＊＊．．．．
　　你还真是个"称职"的借债人。

　　　　　　　　　　只有一个钻戒吗？▋

👤 ▋□□□▕▕▕▕▕\\\\\＊＊＊＊．．．．
　　当然不是。

▋还有一把正方形的钥匙。

▋对了，还有一支钢笔！

系统 [用户 D 已获得关键物品]

👤 ▋□□□▕▕▕▕▕\\\\\＊＊＊＊．．．．
　　用户 D，你现在可以向我提要求了。

▋你也可以随时把提出要求的机会转让给其他
　任何一个人，只要和我说就行了。

👤 ▋□□□▕▕▕▕▕\\\\\＊＊＊＊．．．．
　　原来还可以转让。

👤 ▋□□□▕▕▕▕▕\\\\\＊＊＊＊．．．．
　　我才不会转让给别人。

婚 礼

正在通话： ---面试官 ---我 ---用户B ---用户C ---用户D

〜〜〜〜‖‖‖*****・・・・・
你可以触发我们身上的电极片了。

你会选谁？

〜〜〜〜‖‖‖*****・・・・・
D，我的关键物品和你一样。

〜〜〜〜‖‖‖*****・・・・・
我是第一个投票的。

很明显我才是你的队友。

〜〜〜〜‖‖‖*****・・・・・
别废话了。

我谁都不会选。

你想干吗？

@面试官，我要求退出游戏。

〜〜〜〜‖‖‖*****・・・・・
符合规则，允许。

系统 [用户D已退出游戏]

〜〜〜〜‖‖‖*****・・・・・
啊？

你这是什么意思？

〜〜〜〜‖‖‖*****・・・・・
你们听脚步。

他跑过来了。

他朝着木门的方向跑过去了。

〜〜〜〜‖‖‖*****・・・・・
他到底想干吗啊？

〜〜〜〜‖‖‖*****・・・・・
他拿到了木门的钥匙。

他想逃跑！

对哦！

他已经不是玩家了，所以游戏规则对他已经没有意义了，即便离开酒店也不会触发电极片。

还有那个钻戒。

正在通话： ---我　　---用户B　　---用户C

卖了那个钻戒，他就没必要去什么公益避难所了。

……

可如果他把木门打开的话。

系统 [所有走廊灯光都已熄灭]

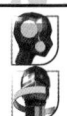

他已经打开了。

他走了吗？

系统 [第二轮投票开始]

现在该怎么办？

D已经走了，只剩我们3个人了。

你们觉得D真的走了吗？

我也不知道。

投票还要继续。

我们必须选一个人出去看看情况。

可外面的走廊已经没有灯光了。

你知道这意味着什么。

还可以用手机的灯光。

我可不觉得镜相会怕手机灯光。

如果闭着眼呢？

出去是为了找到关键物品，如果闭着眼，什么都找不到。

但总得有人出去吧！

难道所有人都坐在房间里等到游戏结束吗？

那样的话我们谁都赢不了。

婚礼

正在通话: ---我 ---用户B ---用户C

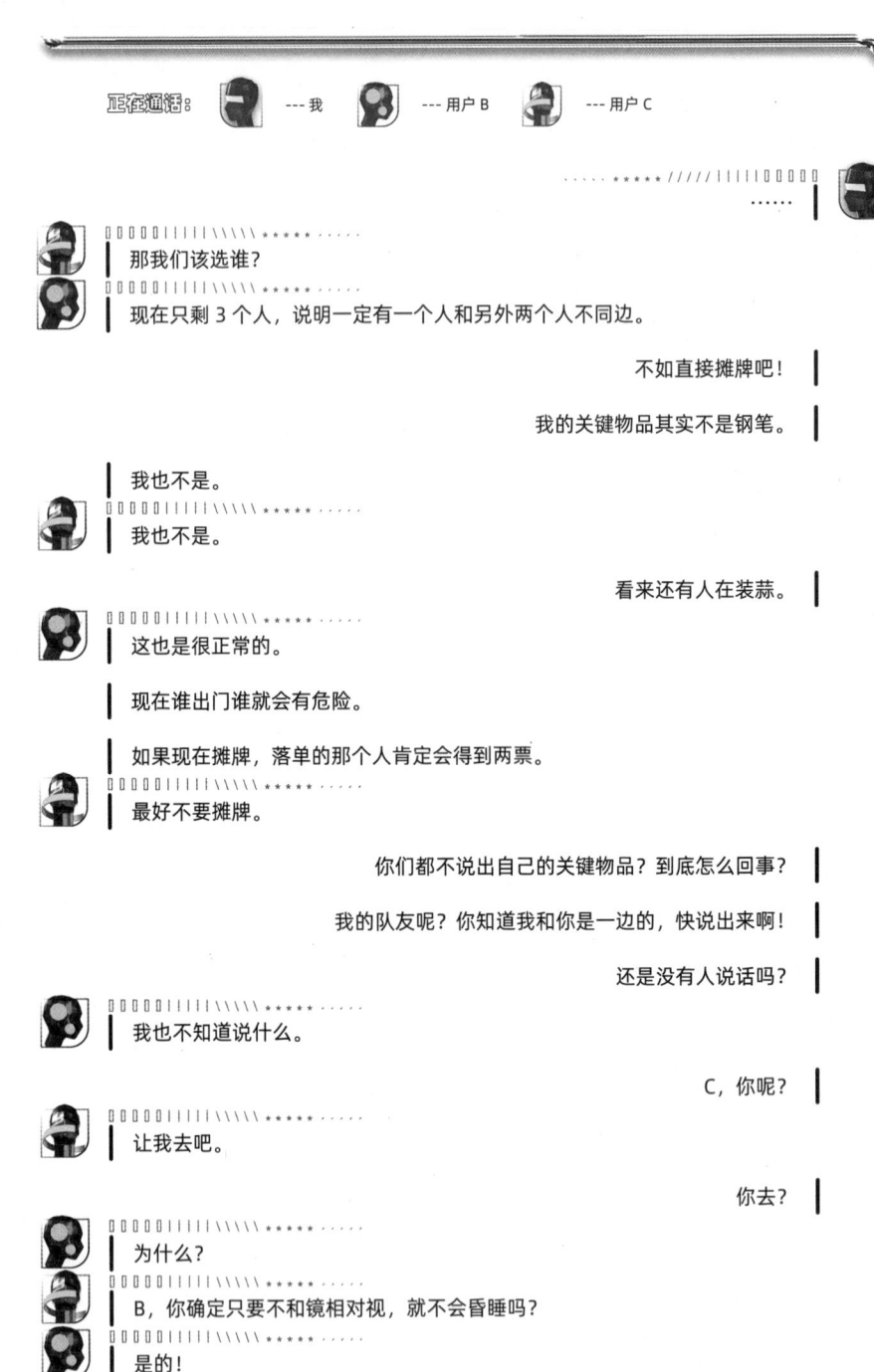

　　　　　　　　　　　　　　　　·····*****/////||||□□□□□□
　　　　　　　　　　　　　　　　　　　　　　　　　······

□□□□□||||*****·····
那我们该选谁?
□□□□□||||*****·····
现在只剩 3 个人,说明一定有一个人和另外两个人不同边。

　　　　　　　　　　　　　　　　　　　　不如直接摊牌吧!
　　　　　　　　　　　　　　　　　我的关键物品其实不是钢笔。

我也不是。
□□□□□||||*****·····
我也不是。

　　　　　　　　　　　　　　　　　　　　看来还有人在装蒜。

□□□□□||||*****·····
这也是很正常的。

现在谁出门谁就会有危险。

如果现在摊牌,落单的那个人肯定会得到两票。
□□□□□||||*****·····
最好不要摊牌。

　　　　　　　你们都不说出自己的关键物品?到底怎么回事?
　　　　　　　我的队友呢?你知道我和你是一边的,快说出来啊!
　　　　　　　　　　　　　　　　　　　还是没有人说话吗?

□□□□□||||*****·····
我也不知道说什么。

　　　　　　　　　　　　　　　　　　　　　C,你呢?

□□□□□||||*****·····
让我去吧。

　　　　　　　　　　　　　　　　　　　　　你去?

□□□□□||||*····
为什么?
□□□□□||||*****·····
B,你确定只要不和镜相对视,就不会昏睡吗?
□□□□□||||*****·····
是的!

正在通话： ---我　　---用户B　　---用户C

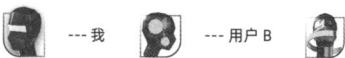

　　　　　　　　　　但触碰到它的话，它会操控你的身体。

而且它走路是没有声音的，你很难发现它。

我是不会有事的。

　　　　　　　　　　　　　　　你为什么这么说？

因为我是不可能和别人对视的。

　　　　　　　　　　　　不可能和别人对视？是什么意思？

就是字面上的意思，我无法与人对视。

难道你的眼睛就是活眼？

是的。

　　　　　　　　　　　　　　还真有这种东西？？？

　　　　　　　　　难怪你一开始会问关于活眼的问题。

我的眼睛不喜欢和别人对视，所以它永远不会正眼看别人。

　　　　　　　　　　　　所以你根本无法和镜相对视？

没错，拥有活眼的人是不怕镜相的。

投票 @C。

系统　[已确认用户 B 投给用户 C]

　　　　　　　　　　　　　　　　　　投票 @C。

系统　[已确认用户 A 投给用户 C]

系统　[第二轮投票结束，用户 C 的房门已被打开]

　　　　　　　　　　　　　世界上竟然还有这种事！！！

对不起，我只是不想告诉别人这件事……

现在说也不晚。

283

婚 礼

正在通话： ---我　---用户B　---用户C

▫▫▫▫▫||||||*****·····
那我就出门了。

·····*****/////||||||▫▫▫▫▫
怎么样？

外面什么情况？

一片漆黑。

感觉不到镜相的气息。

我去木门的方向看看。

▫▫▫▫▫||||||*****·····
注意，你还是要尽量避免遇到镜相。

如果你的眼睛不受控制，那你也没办法和我们交流了。

▫▫▫▫▫||||||*****·····
我知道了。

▫▫▫▫▫||||||*****·····
对了，C，你见过鹿角吗？

▫▫▫▫▫||||||*****·····
鹿角叔叔。

他在去世前将活眼给了我们，在我还是小孩子的时候。他想把活眼留给其他人。

你们？

一共有5个小孩，他给了我们一大笔钱，我们都继承了活眼。

▫▫▫▫▫||||||*****·····
原来真的是这样。

▫▫▫▫▫||||||*****·····
我已经到木门了。

这里根本不是酒店的出口。

你看到什么了？

木门后面是个很大的礼堂。

有很多排座位。

尽头有个司仪台。

这是一个结婚礼堂。

正在通话： ---面试官 ---我 ---用户B ---用户C

> ▯▯▯▯▯▯IIIIII*****……
> 和客房一样，窗户都被封死，也没有别的出口了。

……*****//////IIIIII▯▯▯▯▯▯
有灯吗？

> 天花板上有个吊灯，但是熄灭的，我找不到开关。
> 司仪台旁边的地板上有几根点燃的蜡烛，但还是很暗。
> ▯▯▯▯▯▯IIIIII*****……
> 这种蜡烛的亮度对镜相是不起作用的。

那你看到 D 了吗？

> ▯▯▯▯▯▯IIIIII*****……
> 有个男人晕倒在中间的红毯上了，他应该就是 D。

晕倒了？

他到底发生了什么？

> ▯▯▯▯▯▯IIIIII*****……
> 他应该是手动按下了脖子上的电极片按钮。

可他为什么要让自己睡着？

系统 ［用户 C 已获得关键物品］

> ▯▯▯▯▯▯IIIIII*****……
> 用户 C，你现在可以向我提要求了。
> ▯▯▯▯▯▯IIIIII*****……
> 原来你的关键物品就在礼堂。

你要提什么要求？

> ▯▯▯▯▯▯IIIIII*****……
> ……
> 我没想好。
> 我现在只想离开这个酒店。
> ▯▯▯▯▯▯IIIIII*****……
> C，你参加这个游戏是为了什么？
> ▯▯▯▯▯▯IIIIII*****……
> 为了找到公益避难所。
> ▯▯▯▯▯▯IIIIII*****……
> 你如果像 D 一样直接离开了，那你就不算是获胜了。
> 他们是不会带你去公益避难所的。

婚礼

正在通话：　▢ ---我　　▢ --- 用户B　　▢ --- 用户C

□□□□□||||*****……
我知道。

但我真的不想继续这个游戏了。

我想直接问面试官酒店的大门到底在哪里。

……*****/////||||||□□□□□
没用的，游戏还没结束，就算你知道大门在哪你也出不去。

那我该怎么办？我不想再待在这个可怕的地方了。

我以前因为一时的贪念继承了活眼，我付出的
代价是一辈子都看不到任何人的脸。

那是我做的最后悔的一件事。

……

如果你无法决定，
那就把提要求的机会转让给我吧！

□□□□□||||*****……
你会提什么要求？淘汰 C 吗？

至少我得先弄清楚你们谁是我的队友。

□□□□□||||*****……
等等！

司仪台上有个人影！

是刚刚出现的！

是镜相！

□□□□□||||*****……
C，你先别动。

它果然在这个礼堂里！

我知道 D 为什么要按下电极片了。

为什么？

因为他一开门就看见了镜相。

只有电极片能暂时让他免于被控制。

正在通话： ---我　　---用户 B　　---用户 C

电极片能让 D 失去意识，镜相自然也就没办法控制他的意识。

那 C 怎么办？

它好像没发现我。

C，你现在在哪？

我在 D 的身体边上。

听我说，你现在慢慢地往后退。

好。

尽量靠近大门那边，然后悄悄地走出去。

千万别惊扰到它。

等等！

不对啊。

怎么了？

为什么 D 一开门就看到了镜相？

C，你看到的那个人影是什么颜色的？

红色长袍。

可我听说的镜相是一个穿着白色西服的人影。

什么意思？

糟了，我忘了告诉 C 要关门！

C，你还能看到消息吗？

你还在吗，C？

他好像没办法回应了。

他的身体已经被操控了。

婚礼

正在通话： ---面试官　　---我　　---用户 B

　　　　　　　　　　　　　　　　那个镜相触碰了他的身体吗？

　　　　　　　　　　　　可 C 刚刚说司仪台上的镜相没有发现他啊？！

不是台上的那个。

是走廊里的那个。

　　　　　　　　　　　　　　　　　　　　　　什么？

　　　　　　　　　　　　　　　　　　　　　　等等！

　　　　　　　　　　　　　　　　　你是说有两个镜相？

不然 D 不可能一开门就看见它。

　　　　　　　　　　所以说那个穿红色衣服的镜相一直都在礼堂里。

　　　　　　　　　　而敲我门的那个是穿着白色西装的镜相。

是的，C 刚刚一定是被穿白色西装的镜相从后面触碰了身体。

　　　　　　　　　　　　　　　　　难怪 C 没办法回消息了。

　　　　　　　　　　　　　　　　　难道 C 已经昏倒了吗？

不会的，他有活眼。

镜相能够操控他的身体，但他的双眼不属于他
的身体，是独立的个体，无法操控。

即使这样，现在的 C 也不可能做出任何行动了。

　　　　　　　　　　　　也就是说，现在 C 和 D 都无法行动了。

是的。

　　　　　　　　　　　　　　　　　　　看来是我们赢了。

我们赢了？

系统　[用户 A 已获得关键物品]

用户 A，你现在可以向我提要求了。

正在通话： ---我 ---用户B

〇〇〇〇IIIIII\\\\＊＊＊＊‥‥‥
你是怎么拿到关键物品的？你不是在客房里吗？

‥‥‥＊＊＊＊//////IIIIII〇〇〇〇
哈哈！！！

我只是想试试，没想到这样也可以！

你做了什么？

我把冰箱里的红酒倒入了漱口杯，然后这个杯子就变成了酒杯。

原来这也是系统判断关键物品的方法。

所以你的关键物品是"酒杯"。

当然，这还用问吗？跟你一样啊！

我一直纳闷，明明我才是你的队友，你刚刚为什么要帮助C？

为什么？

你应该知道，只有淘汰他们两人我们才能获胜。

可你是怎么确定我就是你队友的？

我早就知道了。

在你帮助我的时候。

我什么时候帮了你？

镜相敲我门的时候，你竭力制止我去看门镜。

如果不是你，我现在应该已经昏睡了。

就凭这点吗？

这是很简单的逻辑。

当时D已经公开了自己的关键物品是钢笔。

那么我们剩下的三个人中的那个D的队友就一定知道另外两个人是自己的敌人。

如果你是D的队友，你一定会希望我昏倒，

婚礼

正在通话： 🗣 ---我　　🗣 ---用户B

> 根本没必要告诉我镜相的事。
> 所以你的关键物品绝对不是钢笔。
> 所以 C 才是 D 的队友。

> 原来你是这么想的。

系统　[第三轮投票开始]

> 就只剩我们两个人了。
> 决定一下谁去动手撕贴纸吧。

> 你说得对，我的关键物品不是钢笔。
> 但也不是酒杯。

> 啊？
> 你别开这种玩笑好吗？

> 我不是你的队友。

> 这怎么可能？
> 等等！
> 那到底谁才是我的队友？

> 是 D，他的关键物品才是"酒杯"。
> 他从一开始就说谎了，他在接待室找到的也不是钢笔，而是一个酒杯。

> 你怎么知道？

> 因为我早就确定，C 是我的队友。

> 你什么时候确定的？

> 接待室的灯一直都是亮的，按理说 C 应该会去有光亮的地方找自己的关键物品。
> 但 C 刚刚出门后并不是朝着接待室的方向

正在通话： 🅐 ---我　🅑 ---用户B

🅑 ||||||||*****……
走，而是直接去礼堂的方向找 D。

因为 C 知道 D 一定拿着那枚戒指。

那时候我就能确定，C 的关键物品和我一样，就是"戒指"。

……*****//////|||||||□□□□
你们的关键物品是戒指。

那 D 为什么要说谎？

直接暴露自己的关键物品毕竟还是太危险。

随便说个其他的物品照样能获得所有的投票。

这也是第二轮投票我和 C 都不想摊牌的原因。

……

原来你们那个时候就已经怀疑 D 在说谎，其实接待室根本就没有"钢笔"这个东西。

既然你明知道我们是敌人，为什么要告诉我真相？

你知道你把真相说出来，我就不可能会把票投给你了。

你也不会把票投给我。

结局就是我们都会被困死在这里。

一起被淘汰也不错。

……

你到底是怎么想的？！

开个玩笑。

我只是不想让你太紧张。

你如果现在发神经我会更紧张。

你已经获得了提出要求的资格吧！

是啊！

291

婚礼　　Next………

正在通话： ---我 ---用户 B

▯▯▯▯▯▯▯▯\\\\\\＊＊＊＊▪▪▪▪▪

A，我问你，如果让你选，所有人一起获胜，或者你自己单独获胜，你会选什么？

▪▪▪▪▪＊＊＊＊＊//////▯▯▯▯▯▯▯

你这是什么问题？

当然一起获胜最好啊。

那好。

我有一个可以让所有人都获胜的方法。

所有人都获胜？

你确定这次不是开玩笑？

这个游戏的规则根本不可能让所有人都获胜。

可以的！

C 和 D 脖子上的贴纸还没被撕掉，我可以帮他们获胜。

我需要你的配合。

你这一轮把票投给我，让我离开房间。

我凭什么相信你？

或者我们也可以比比谁能撑着不睡觉。

……

没时间跟你说具体的方法了，投票快结束了。

快选择吧！

投票 @B。

系统 [已确认用户 A 投给用户 B]

系统 [第三轮投票结束，用户 B 的房门已被打开]

我的门终于打开了。

然后呢？

正在通话： ---面试官　　---我　　---用户B

□□□□||||*****……
你等等。

好了。

我已经到礼堂大门附近了。

……*****/////|||||□□□□
你要我做什么？

使用你提要求的机会，让礼堂里的灯亮起来。

这样两个镜相都会离开礼堂，而我就可以安全地进入礼堂。

你去礼堂干吗？

你想拿到 D 身上的戒指？

是的。

请相信我，我一定可以让所有人都获胜。

我如果输了一定会找你的。

@ 面试官，我要求立刻点亮礼堂的灯光。

□□□□||||*****……
符合规则，允许。

□□□□||||*****……
成功了！

礼堂的吊灯亮了！

你进去了吗？

这个礼堂还挺华丽的。

有两个人倒在中间的红毯上。

一个中年男人，一个少女。

他们应该就是 D 和 C 了。

D 中了自己的电极片，C 应该是精神过度失控晕厥了。

系统　[用户 B 已获得关键物品]

婚礼

正在通话： --- 面试官　　　 --- 我　　　 --- 用户 B

□□□□||||||*****
用户 B，你现在可以向我提要求了。

□□□□||||||*****
我拿到戒指了。

糟了！

......*****//////||||||□□□□
怎么了？

礼堂的灯全都灭了！

这个吊灯是声控开关！会定时熄灭！

你快跑啊！

来不及了！

我看到它们了！

镜相？

果然有两个！

它们都站在大门口，一左一右，正在向我走过来。

......

红色的长袍和白色的西服。

和传闻中的一模一样。

看来这次我是真的逃不掉了。

既然是声控开关，那应该可以用声音打开啊！

我试过，不行。

打开声控开关需要时间间隔。

那怎么办？

我找到他们两人的手机了。

C 和 D 的手机？你拿他们的手机干吗？

正在通话： --- 面试官　　--- 我　　--- 用户 B　　--- 用户 C　　--- 用户 D

▫▫▫▫|||||*****······
根据面试官说的，第四条关于要求的禁止事项只对玩家有效。

但提要求的机会是可以转让给任何人的，哪怕对方已经不是玩家了，对吧？

······*****/////|||||▫▫▫▫
你在说什么？

它们已经走到我面前了。

我没时间解释了。

你到底要做什么？

@ 面试官，把我的要求机会转让给用户 D。
▫▫▫▫|||||*****······
你的要求机会已转让给了用户 D。
▫▫▫▫|||||*****······
@ 面试官，请把所有关于要求的禁止事项全部取消。
▫▫▫▫|||||*****······
符合规则，允许。
▫▫▫▫|||||*****······
@ 面试官，让所有玩家全部获胜。
▫▫▫▫|||||*****······
符合规则，允许。

系统　[游戏结束，所有房间灯光都已打开]

恭喜，用户 A、用户 B 和用户 C 3 位玩家均获得胜利。
▫▫▫▫|||||*****······
真是吓死我了！

······

我们全都赢了？

你做了什么？

很简单。

多亏了 D。

他已经不是玩家了，因此禁止事项的第四条"玩家不能修改游戏规则"就对他无效了。

295

婚 礼　　　　　　Next·········

正在通话： 🎭 ---我　🎭 ---用户 B

🎭 ▯▯▯▯▯||||*****······
而我仍然可以把提出要求的机会转让给他，所以以他的名义便可以直接提出修改规则的要求。

只要能修改规则，就可以把禁止事项的第一条"禁止让任何玩家直接获胜"的规则取消掉。

最后再使用 C 没有用掉的那个要求机会，我们全都获胜了。

······*****/////||||▯▯▯▯ 🎭
……

原来这就是你说的让所有人都获胜的方法。

所有人都是为了躲避战乱而来的，你也是。

谢谢你。

可惜我还是没找到那幅油画。

你为什么这么执着要找到那幅画？

有很多原因。

其中一个，我想要找到鹿角自杀的真正原因。

但现在我好像有点明白了。

你明白什么了？

你听说过画中情人的传说吗？

没有。

传闻一个画家如果能闭上眼睛画出爱人的样子，那他们死后也能永远在一起。

可能鹿角就是听信了这种莫名其妙的传言吧。

他的离世就在他妻子去世后不到 3 个月。

我还是不明白

对了。

我有个问题。

正在通话： ---我 ---用户 B

你说。

刚刚那两个镜相为什么没有伤害你？

它们应该离你很近了吧。

很奇怪，它们并没有看我。

只是同时从我的左右走了过去。

走向了那个司仪台。

Loading...

第十三章

过痛症

正在通话： 🗡 --- 主持人　🎭 --- 我　🎭 --- 用户 B

🗡 ▯▯▯▯▯|||||\\\\\＊＊＊＊‥‥‥
两位都醒了。

‥‥‥＊＊＊＊/////|||||▯▯▯▯▯
这到底是怎么回事？

你们想干吗？

给你们两位犯人一次重获自由的机会。

不用喊了，玻璃都是隔音的。

🎭 ▯▯▯▯▯|||||\\\\\＊＊＊＊‥‥‥
这是逃脱游戏吧。

我听说过。

所有第一批进入公益避难所的人都参加过这个游戏。

第一批进入公益避难所的人？

那不是 20 年前的事了？

你我都不是第一批进来的，所以进来的时候不用参加游戏。

那个游戏只有 100 多个人参加过，据说其中获胜的不到 20 人。

那没获胜的呢？

我不知道。

可他们为什么要弄那个游戏出来？

纯粹为了惩罚吗？

我也不知道。

也许这个主持人知道。

看他的制服，他一定是避难所的管理员。

对吧，主持人？

🗡 ▯▯▯▯▯|||||\\\\\＊＊＊＊‥‥‥
下面我来讲读这次的游戏规则。

主持人一定知道什么。

如眼前所见，你们两位分别被关在了两个 3x3 平方米

正在通话: 　---主持人　　---我　　---用户 B

的玻璃舱房内。你们可以用手中的手机互相沟通。你
们可以看到彼此，也可以看到在中间走动的我。

不用拍打了，B。

玻璃罩都是加固的，你力气再大也打不破。

看来是这样的。

想必你们也注意到了，你们的舱房内都有一个 0 到 9 的密码输入键盘。

这两个键盘都分别预设了一个逃脱数字。逃脱数字是一位
数，只要按下了对应的逃脱数字，其所在的玻璃罩就会
在 5 秒后自动打开，玩家便可逃脱获胜；但与此同时，
另一个玩家的玻璃罩内会在 5 秒后释放镇静气体。

镇静气体？是镇静剂之类的吗？

是的，只不过是超量的。

也就是说，一个玩家按下了自己的逃脱数字，另一个玩家就会被淘汰。

没错。

这就是所谓重获自由的机会。

两个键盘还设置了另一个数字：X。

若任一玩家按下了这个数字 X，那就有一定概率
触发全胜结果——两位玩家都可以获胜。

触发全胜的概率是多少？

99%。

那如果没有触发呢？

两个舱房会同时释放镇静气体。

这个数字 X 只有一个，对吗？

是的，两个键盘的数字 X 是同一个数字。

那我们怎么样才能获知这些数字呢？

过痛症

正在通话： ---主持人 ---我 ---用户 B

▮▯▯▯▯|||||*****‥‥‥‥
所有公益避难所的居民都有一个自设的 4 位数医疗保险密码。

每位玩家的键盘中预设的逃脱数字，都是另一个玩家医疗保险密码的最后一位数。

▮▯▯▯▯|||||*****‥‥‥‥
原来是医保密码。

‥‥‥*****/////|||||▯▯▯▯▮
那数字 X 呢？

▮▯▯▯▯|||||*****‥‥‥‥
数字 X 就是两个逃脱数字的总和。

▮▯▯▯▯|||||*****‥‥‥‥
也就是说，我们现在都只知道对方的逃脱数字。只要我们都说出来这个数字，就能知道最终的数字 X 是多少。

▮▯▯▯▯|||||*****‥‥‥‥
是的。

当然，你们不能无限试错。

每个键盘最多只能按 3 次，如果玩家第三次仍没有按下逃脱数字或者数字 X，其所在玻璃罩内的镇静气体也会立刻释放。

那我们手臂上的这个铁圈是干吗的？

那是一个惩罚装置。

▮▯▯▯▯|||||*****‥‥‥‥
惩罚装置？

▮▯▯▯▯|||||*****‥‥‥‥
铁圈内有电击片。玩家每次按下了错误的数字，就会产生轻微的电流。这只是个小小的惩罚。

小小的惩罚？

在游戏过程中，你们有任何想要知道的事可以随时问我。

除了涉及居民个人隐私的问题，只要我知道的我都会如实回答。

▮▯▯▯▯|||||*****‥‥‥‥
居民个人隐私？

那医保密码也不能问咯？

▮▯▯▯▯|||||*****‥‥‥‥
是的，医疗保险密码属于居民的个人隐私。我们管理员有义务保护避难所内每个居民的隐私，哪怕是犯人。

还有什么问题吗？

正在通话：　　---主持人　　　---我　　　---用户B

□□□□□||||||*****……
没有的话那么……

游戏正式开始。

……*****//////||||||----
我不是犯人。

系统【你的发言不是真话，已被驳回】

什么意思？

为什么我的消息发不出去？

游戏开始后，你们发的消息必须经过我的同意才能出现在聊天框中。

你刚刚的发言不是真话，所以被我驳回了。

你是说我刚刚说的是假话？

是的，你在自我认知范围内说出的话必须是真话。

□□□□□||||||*****……
我也是。

我刚刚说了一句假话，然后被驳回了。

……

看来这个游戏是不允许我们说假话的。

你们认定我是罪犯了。

的确，我的妈妈是被我害死的。

但我不认为我是罪犯。

我认为我没有做错什么。

虽然我很关心这个问题，但你能不能先把你的医保密码告诉我？

……

不用全部，只要告诉我最后一个数字就行了。

我不知道。

正在通话： ---我　　　---用户 B

怎么可能会不知道？医保密码难道不是每个人自己设置的吗？

我真的不知道。

那你去医院看病怎么办？没有医保密码谁会给你看病？

我从来没去过医院。

我说的全是真话，不然我发的消息你是看不到的，你知道的。

避难所竟然还有这种人？

你是怎么活下来的？

我从小就在穷人街的酒吧老板那里打工，老板给了我吃住，而且他也会简单的医救。

你是个孤儿吗？

嗯。

B，我知道你想获胜。

如果知道了我的医保密码，你会怎么办？

你想问什么？

你会立刻按下逃脱数字，把我淘汰然后自己逃出去，对吧？

不会。

我会按下数字 X，然后我们一起逃出去。

可是那么做，有 1% 的概率会一起被淘汰。

你根本没必要冒那个险。

只有 1% 的概率而已，我会冒这个险。

我没有撒谎，不然我发的消息你是看不到的。

这种事是不是撒谎，主持人也没办法判断。

请相信我。

正在通话： ---主持人　 ---我　 ---用户B

　　　　　　　　　　　　　　　　　　B，你犯过的罪是什么？

你问这个干吗？

盗窃和伤人。

怎么搞的？这也可以说吗？

这不算隐私，当然可以。

　　　　　　　　　　　　　　　　　　盗窃？

你想说什么？我是个坏人？我不可信？

　　　　　　　　　　　　　　　　　　你是那个连环盗窃犯？

　　　　　　　　　　　　　　　　　　我听老板说过。

　　　　　　　　　　　　　前阵子避难所出现的连环盗窃案，一共有6起。

　　　　　　　　　　　　　　　　　　应该就是你干的吧？

我不回答这个问题。

　　　　　　　　　　　　　　　　　　是B干的吗，主持人？

是的。

　　　　　　　　　　　　　　　　　　可以告诉我更详细的情况吗？

你想知道什么？

　　　　　　　　　　　比如案件档案中有没有什么信息可以反映B的医保密码？

你这不是很想活下去吗？

这个问题太宽泛了，我不知道怎么回答你。

　　　　　　　　　　　　　　　　　　好。

　　　　　　　　　　　　　　　　那我想问下被盗者有什么共同点。

过痛症

305
Next………

正在通话： ---主持人　---我　---用户 B

□□□□||||||*****······
他们都是有钱人。

······*****/////||||||□□□□
是为了劫财吗？

是的，被盗者身上和家里的钱和食物都被犯人拿走了。

□□□□||||||*****······
我也是被逼的！

公益避难所的物资分配根本就不公平，
不这么做，我迟早也会饿死。

这都是你们这些管理员的问题。

我说的都是真话。

的确，之前也因为物资短缺发生过好几次入室抢劫。

避难所的治安每况愈下。

□□□□||||||*****······
关于案件你还有什么要问的吗？

没了。

我连问了 3 个关于盗窃案的问题，B 都不出来阻止我。

说明他非常清楚，从盗窃案入手根本找不出关于医保密码的信息。

□□□□||||||*****······
那么该轮到我问了吧？

A，那个酒吧老板想必是你信任的人吧？

他就像我父亲一样。

他也把我当他儿子。

既然 A 不知道自己的医保密码，那么他的医保密码是那个酒吧老板设置的吗？

主持人？

□□□□||||||*****······
是的。

□□□□||||||*****······
6369。

正在通话： ---主持人 ---我 ---用户 B

> 是那个酒吧的店名。

> 你去过那个酒吧？

系统 ［用户 B 密码输入错误，还剩 2 次机会］

> 真惨。

> 那是老板的出生年份。

> 他应该是觉得老板把酒吧的店名设置成了自己的医保密码。

> 同时也设置成了你的。

> 我的医保密码不是 6369。

> B，你怎么了？

> 你看起来好像很难受？

> 他的手臂被电了。

> 是按错数字的惩罚吗？

> 轻微的电流而已，有这么痛吗？

> 我有过痛症。

> 什么？

> 你听说过匿病吗？

> 匿病？

> 主持人，告诉他匿病是什么。

> 好吧。

> 匿病是一种无法被医学仪器检测到，但却真实存在的综合病症。

> 感染匿病的方式是罪恶感，当人对某个匿病患者做了坏事，产生强烈的罪恶感时，那这个人就会在 12 个小时后自动感染同样的匿病。这也是目前已知的匿病唯一的感染方式。

过痛症

Next………

正在通话： ---主持人　---我　---用户B

同样的原理，当被传染了匿病的人不再有罪恶感时，
其所感染的匿病便会在 12 小时后自动消失。

匿病根据症状不同分为很多种类，虽然都不致死，但
都非常痛苦。患有匿病的人一生都会受其折磨。

过痛症就是其中的一种。

　　　　　　　　　　　　　　……

　　　　　　　　　　　　那过痛症的症状呢？

患有过痛症的人，其所感受到的疼痛是一般人的十倍甚至数十倍。

　　　　　　　　　　　　　　果然是这样。

普通的击打犹如碎骨的疼痛，细微的针扎会感
觉像是被子弹射中。这就是过痛症。

　　　　　　　　　　所以你们才会设计电流的惩罚。

看来这个惩罚环节是针对我设计的。

　　　　　　如果我没猜错，应该是你打劫的那些人中有人患过痛症吧？

是的，我现在非常后悔了。

可是我没办法摆脱这个病症。

　　　　　　　　　　想要恢复就必须消除自己的罪恶感。

　　　　　　　　然而你非常清楚自己做过的事情，没有办法忘掉，
　　　　　　　　所以你也根本无法摆脱这个病症，是这样吗？

你说得没错。

这才是匿病最可怕的地方。

　　　　　　　　　可你宁愿忍受这种疼痛也要抢在我前面获胜。

你不是不想活了吗？

那就赶快把医保密码告诉我。

正在通话： ---主持人　---我　---用户B

如果你早点把医保密码告诉我，我就不会这么做了。

我说了，我不知道我的医保密码。

那酒吧老板的医保密码呢？

我也不知道。

我从来没问过他，他也不会告诉我。

难道我们就只能这样一直耗着吗？

这个游戏没有时间限制吧，主持人？

没有时间限制，你们可以这样一直耗着，但我不喜欢这种结果。

这个游戏其实很简单。

只要互相信任，就有 99% 的概率能一起获胜。

但看样子是很难做到。

我是个可以信任的人，只是你并不信任我。

虽然主持人没有驳回你这条消息，但我看得出来你在骗人。

……

这个 # 号键是干吗的？

你说键盘上那个？

键盘上除了 0 到 9 这几个数字，还有一个 # 号键。

问问主持人呗。

按下 # 号按钮，玻璃罩就会直接释放镇静气体。

为什么这么危险的按钮不告诉我们？

你们自己不问。

为什么要设计这么一个按钮？

过 痛 症

正在通话： ---主持人 ---我 ---用户B

> 当玩家实在无法忍受这个游戏的时候，可以随时按下这个按钮结束一切。

> 你们设计这个游戏的目的到底是什么？

> 果然还是问到了这个问题。

> 以游戏主持人的身份回答我。

> 为了惩戒罪犯，恢复避难所的治安。

> 我只能这么告诉你们。

> 避难所的治安这么差，都是你们这些管理层的问题，关我们什么事？

> 主持人，我一直有个问题想问你。

> 你说。

> 你是怎么当上管理员的？

> 你为什么要当管理员？

> 这算隐私问题吗？

> 我就是你们所说的第一批。

> 你是第一批进入公益避难所的人？

> 你以前也参与过逃脱游戏？

> 20年前，我亲身参与过那个逃脱游戏。

> 那时我为了躲避敌国的追捕不惜整容改变自己的样貌，而我也依靠这点在游戏中获胜，成了唯一的幸存者。

> 在游戏中获胜且得分超过95分的玩家就有资格成为公益避难所的管理员。

> 面试官当时给我的打分是96.75分。

> 至于我为什么要当管理员……

> 因为在避难所中，管理员的确有更多的权力，同时也能得到更多的生存资源。

正在通话： ---主持人　---我　---用户 B

> 所以你已经在避难所里当了 20 年的管理员？

> B，我知道你的想法。
>
> 你也想成为管理员。

> 所以 B 才会去盗窃，然后故意被抓住？
>
> B，你真正的目的就是参加一次逃脱游戏？

> 不是的。
>
> 不是这样的。
>
> 管理员，你不要随意猜测我的想法。
>
> 你没有资格。

> 我只是在回答你们的问题罢了。

> 等等！
>
> 分数！
>
> 我知道了。

> 你知道什么了？

> 主持人，告诉我酒吧老板当年参与游戏的分数是多少。

> 老板的分数？
>
> 等下。
>
> 难道他也是第一批？

> 73.25。

> 难怪你会知道逃脱游戏的事。
>
> B，你果然认识老板。

系统　[用户 B 密码输入错误，还剩 1 次机会]

过痛症

正在通话：　---主持人　　---我　　---用户B

　　　　　　　　　　　　　　　　……*****/////||||||□□□□
　　　　　　　　　　　　　　　　　　　　　　　　看来你又错了。

□□□□||||||****……
B，再按错数字你就没命了。

　　　　　　　　　　　　　　　　　我的医保密码不是 6369，也不是 7325。

□□□□||||||****……
到底是多少啊？？？

　　　　　　　　　　　　　　　　　　　　　　　很痛吗？又被电了一下。

痛得要命啊！

你这种小孩子能懂吗？

骨头都在震动的那种痛。

　　　　　　　　　　　　　　　　　　　　　　　　　　　　B……

　　　　　　　　　　　　　我其实早就注意到，键盘上没有确定按钮。

　　　　　　　　　　　刚刚你只是按下了数字，就直接算你输入了，对吧？

那又怎么样？

　　　　　　　　　也就是说所有的数字都是 0 到 9 之间的个位数，包括数字 X。

　　　　　　　　　　　　　　　　　　　　　　　　X 最大也只能是 9。

　　　　　　　　　　　　　那说明我们两人的逃脱数字之和不可能超过 9。

你还在猜我的医保密码吗？

那我和你做一个交易吧。

　　　　　　　　　　　　　　　　　　　　　　　　　　　什么交易？

我帮你排除一个错误选项。

但你得告诉我，如果你两个密码都知道了，你到底会怎么选择。

　　　　　　　　　　　　　　　　　　　　　　　　　　　选择什么？

你会放弃我自己逃脱，还是输入数字 X 一起逃脱？

正在通话： ---主持人　---我　---用户B

> 我会输入 X 一起逃脱。
>
> 我不会说谎。

好。

那我告诉你。

我的医保密码最后一位不是 4。

> 是真的吗？

这句话我能够发出来，说明一定是真的，不然主持人一定会驳回。

> ……
>
> 有道理。
>
> 可你为什么会相信我说的话？
>
> 你觉得我真的不会杀你吗？

你难道不怕吗？

> 怕什么？

如果你骗了我，你就会产生罪恶感。

> 你是想说匿病吗？

你不怕吗？

> 我觉得我不会产生罪恶感。

任何人在伤害他人后都会产生罪恶感，不论他原本是个什么样的人。

罪恶感是人的本性，它永远都存在于你的记忆中，
即便你强迫自己忘掉，也会在噩梦中想起。

在偷东西前我也认为我绝对不会有负罪感。

> 可你还是感染了匿病。

罪恶感一旦产生，就没有人能摆脱，这就是匿病最可怕的地方。

过痛症

正在通话： ---主持人 ---我 ---用户B

但是，B……

其实我现在只想说，我已经不在乎你的医保密码了。

啊？

你又不想逃脱了？

我只是不指望你会告诉我你的医保密码。

我现在更希望你能输入数字X，让我们一起逃脱。

是吗？

是的。

只要你能拿到你的逃脱数字，到时候你想自己逃出去把我弄昏，还是按下数字X我们一起逃走，都随便你。

你们两人的态度真是完全相反。

我不想再耗下去了。

我不喜欢这个游戏，也不喜欢这个避难所。

你多大了？

19岁。

你是孤儿吗？

是的。

你是怎么来到公益避难所的？

我一出生就在这里。

我从来没离开过避难所。

你没有去过地表？

是的。

我没见过天空，也没见过海。

正在通话： ---主持人 ---我 ---用户B

▢▢▢▢||||*****······
你永远见不到了，即便你离开这个游戏。

······*****////||||▢▢▢▢
为什么？

因为这 20 年来从来没有人离开过避难所。

我说得对吧，主持人？

▢▢▢▢||||*****······
不对。

▢▢▢▢||||*****······
难道有人去过地表？

▢▢▢▢||||*****······
有那么几个。

我也想上去看看。

算是我活下去的一个理由吧。

▢▢▢▢||||*****······
你想去地表？

没什么。

随便说说。

B，你的手臂还痛吗？

痛得要死。

关于我的医保密码，我突然想到了一个可能。

是什么？

我不能就这样告诉你。

你还是怕我会直接逃走，对吗？

既然你向我提出过交易，那这次我也提出一个交易吧。

把你的医保密码最后一位告诉我。

同时我也会把我想到的这个密码告诉你。

······

这个交易公平吗？

过痛症

正在通话： ---主持人　　---我　　---用户B

　　　　　　　　　　　　　　　　．．．．．＊＊＊＊＊／／／／／｜｜｜｜｜▯▯▯▯▯
　　　　　　　　　　　　　　　　　　　　　　　　　　不公平。

　　　　　　　　　　　　　　　　我给你的不一定是正确的密码。

　　　　　　　　　　　　　　　　但这也是我目前能想到的最有可能的密码。

▯▯▯▯▯｜｜｜｜｜＼＼＼＼＊＊＊＊＊．．．．．
A，站起来。

看我手势。

我数到1，我们一起发送。

　　　　　　　　　　　　　　　　　　　　　　　　　　　好。

　　　　　　　　　　　　　　　　　　　　　　　　　　0724。

6407。

　　　　　　　　　　　　　　　　　　　　　　　　　　不对！

　　　　　　　　　　　　　　　　　　　　　　　　　你在撒谎！

我没有撒谎。

　　　　　　　　　　　　　　　　　　　　　　　　　　不可能。

　　　　　　　　　　　　　　主持人，你为什么没有驳回他的消息？

▯▯▯▯▯｜｜｜｜｜＼＼＼＼＊＊＊＊＊．．．．．
我没有理由驳回他的消息。

　　　　　　　　　　　　　　　　　　　　　　　不可能是6407的。

　　　　　　　　　　　　　　　　　　　　最后一个数字不可能是7！

　　　　　　　　　　　　　　　　　　　　　9、8、7都不可能！

▯▯▯▯▯｜｜｜｜｜＼＼＼＼＊＊＊＊＊．．．．．
为什么都不可能？

　　　　　　　　　　　　　　　　　　　　　　因为X最大只能是9。

　　　　　　　　　　如果你的密码最后一位是9，那你在游戏一开始就能猜到
　　　　　　　　　　我的密码最后一位一定是0，你就可以直接逃脱了。

　　　　　　　　　　如果你的密码最后一位是8，那我的密码最后一位

正在通话： 　---我　　　---用户B

······******//////||||||ロロロロロ
就只能是 0 或 1，你最多试错 1 次就能逃走。

同理 7 只要试错 2 次。

你到现在都没有逃走，说明你的密码最后一位不可能是 7 到 9。

ロロロロロ||||||*****······
我该反驳吗？

你想反驳吗？

你想说你是因为怕痛，怕受到电击惩罚才不去试错的吗？

可是你已经用掉两次输入机会了。

你根本不怕这种惩罚。

我有匿病。

我有过痛症。

你想说什么？

我从来就不想当什么管理员。

我的医保密码最后一位不是 4。

你在讲什么怪话？

我根本不认识 6369 酒吧的老板。

我从来没盗窃过任何人。

不对。

你在说谎。

主持人这到底是怎么回事？

为什么你不驳回他说的话？

我很庆幸你没有怀疑过我说的每一句话都是假话。

你很聪明，你从来没有怀疑过，对吗？

你的意思是……

过痛症

正在通话： ▨ ---主持人 ▨ ---我 ▨ ---用户 B

▨ ▢▢▢▢|||||*****......
你还不明白吗？

......*****/////|||||▢▢▢▢ ▨
我懂了。

我全都明白了！

我从一开始就搞错了，你跟我完全不一样。

我发送的消息全都是真话，而你发送的消息全都是假话。

你只能说假话。

你是想告诉我这个，对吗？

不是的！

难怪你一开始说你愿意和我一起逃出去的时候主持人并没有驳回，因为你说的就是假话。

不是的！

你说"我的医保密码最后一位不是 4"只是为了确保我不会输入 4 才骗我的。

那么你的医保密码最后一位就是 4。

不是的！

我全都懂了。

我不只剩下最后一次机会。

我还敢尝试，不用靠你了。

我知道了。

谢谢你最后选择相信我。

我不是被迫相信的。

系统 [用户 A 已输入数字 X]

▨ ▢▢▢|||||||*****......
游戏结束，恭喜两位玩家均获得胜利。

正在通话： ---主持人　　---我

我的医保密码的确就是我的生日，0724，最后一位是 4。

你的医保密码最后一位也是 4，所以最后的数字 X 就是 8。

终于结束了。

B，你可以不用说假话了。

为什么我们的玻璃罩没有打开？

系统 [B 舱房开始释放镇静气体]

怎么回事？？？

我把他安静了。

他是犯人，这是他应得的结局。

没用了？

到底是什么意思？

你们把我们抓来进行游戏的目的到底是什么？

我们在执行控制匿病的任务。

控制匿病？

也就是控制公益避难所内所有患有匿病的人。

为什么要这么做？

患有匿病的人会仗着别人不敢伤害他们而肆意妄为，这些人都是避难所的隐患。

而且避难所的物资越来越紧缺了。

可 B 没有得匿病。

他一直都在撒谎。

他只是为了让我不敢欺骗他才故意这么说的。

过痛症

正在通话： ✉ ---主持人   ❓ ---我

✉ ▓▓▓▓▓▓▓▓*****······
他不是我们的目标。

你才是。

······*****/////||||▓▓▓▓▓▓▓▓ ❓
······

让 B 在游戏中感染匿病，然后你们在 12 小时内放逐 B 就行了。

这就是你们的计划，对吧？

是的。

所以你才会设计这个看似可以轻易逃脱的游戏。

把罪恶感归咎于玩家自私的本性。

我早就应该想明白这点。

根据我们调查的资料，20 年前一位年轻的女性偷偷来到了避难所。

她在穷人街的一个无人的巷角生下了孩子，同一天自己也死了。

那个孩子就是你。

我也是长大后才知道的。

我无法理解，为什么一个患过痛症的女人敢生孩子。

我母亲是活活痛死的。

在你心里，你的母亲是被你害死的。

是的。

我无数次想摆脱这个想法，可我总是做不到。

酒吧的老板收养了你。

但他明知道我们早已禁止患有匿病的人进入避难所。

我们会去找他谈谈。

不要伤害老板。

这跟他没关系。

320
Loading...

正在通话： ---主持人 ---我

▢▢▢▢||||||\\\\\＊＊＊＊‥‥‥

不去找他也可以，只要你做一件很简单的事就行了。

‥‥‥＊＊＊＊/////||||||▢▢▢▢
什么事？

自我解脱。

……

所有患有过痛症的人都活不过 3 年。

他们都因忍受不了疼痛的折磨而选择解脱了。

虽然我不理解你是靠什么样的毅力活到现在，但想必你也经历了很多常人无法忍受的痛苦。

你说得没错。

从我患病那天起就一直有这个念头。

你仔细想想。

只要你从病痛中解脱……

避难所的居民害怕匿病的存在，只要没有你，避难所的治安就会得到提升，所有人都会感谢你。

只要没有你，酒吧的老板就能平安地活下去。

只要没有你，就会有这么多好事发生。

你已经没有留在这里的理由了。

如果是你，你也会选择解脱吗？

我也会的。

……

你现在只要按下那个键盘上的 # 号键就可以了。

镇静气体不会给你带来任何痛苦。

你会很快睡着，然后安静地死去。

过痛症

正在通话： 🗡 --- 主持人　🎭 --- 我　🎭 --- 用户 B

　　　　　　　　　　　　　　　　　　　　　真的吗？

🗡　当然！
　　这一切都是专门为你设计的。

　　　　　　　　　　　　　　　　　　　　　谢谢你。

🎭　没有比活着更重要的事。

　　　　　　　　　　　　　　　　　　　　　你还醒着！

🗡　一个罪犯也好意思说这种话。
🎭　这个孩子和那些人不一样。
　　他值得活着。
🗡　不要听一个罪犯说的话。

　　　　　　　　　　　　　　　　　　　　　让他说完吧。
　　　　　　　　　　　　　　　　　　　　　我想知道他会说什么。

🎭　任何自我解脱的行为都是冲动的。
　　没有人会在冷静分析后做出这样的选择。
　　保护好自己的理智。
　　求生是生命的本能。
　　它不需要理由。

　　　　　　　　　　　　　　　　　　　　　……
　　　　　　　　　　　　　　　　　　　　　你还在吗？
　　　　　　　　　　　　　　　　　　　　　B？

系统　[用户 B 已被淘汰]

　　　　　　　　　　　　　　　　　　　　　你为什么不驳回他的消息？

正在通话： ---主持人　　　---我

□□□□|||||*****····
游戏结束我就没有驳回的权限了。

·····*****/////|||||□□□□
我不会放弃的。

怎么还是劝不动你？

因为 B 说的那些话吗？

不是。

我只是真的想活下去。

酒吧老板是第一批进避难所的人，我相信就算是管理员也不会拿他怎么样。

你说得没错。

我想去地表看看。

你还是想上去。

嗯。

我想知道为什么我们只能生活在地下。

上面到底发生了什么？

你怎么不说话了？

看来我只能放弃了。

可惜了我精心为你准备的死法。

如果你真的想让我解脱，方法其实有很多。

你去吧，我会给你开通升降梯。

希望你看到这个世界真正的模样时还能保持理智。

系统 [A 舱房玻璃罩已打开]

Loading...

第十四章

饼干和虫

正在通话： ---主持人 ---我 ---用户B ---用户C ---用户D

系统 [饼干已制作完成]

系统 [虫子吃掉了饼干]

□□□□IIIIII*****·····
有人吗？

□□□□IIIIII*****·····
这里是避难所的生物培育中心，你们4个人已被选中参与终生培育计划，我是培育计划的主持人。

培育中心会持续为各位参与者提供生存资源。

各位参与者可以通过手中的手机进行交流，但我本人不会对你们的对话做任何反馈。

每位参与者身边都有一瓶纯净水供饮用。

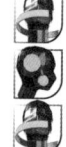

·····*****/////IIIIII□□□□
私人空间就是这个石窟吗？

□□□□IIIIII*****·····
我想吃东西。

□□□□IIIIII*****·····
我好饿。

□□□□IIIIII*****·····
好难受。

我也是。

□□□□IIIIII*****·····
我已经好几天没进食了。

我是听说这里有免费的食物才来的。

□□□□IIIIII*****·····
你们也是吗？

我也是。

□□□□IIIIII*****·····
你们应该都知道吧，
公益避难所因为食物短缺已经开始暴动了。

大家都是为了填饱肚子和躲避暴动才来的。

□□□□IIIIII*****·····
可食物在哪呢？

□□□□IIIIII*****·····
我这没有食物。

326
Loading...

正在通话： ---我　　　---用户 B　　　---用户 C　　　---用户 D

> 你们那都是什么样的？

我在一个很黑很窄的球形空间。

周围都是石壁。

> 和我一样。

我们应该都是一样的。

> 你们身边有什么东西吗？

一个手机，还有一个之前主持人说的装着水的玻璃瓶。

我刚刚把水喝掉了，现在只是一个空瓶子。

我也是。

> 我也一样。

你们看到洞了吗？

我这有个很小的洞。

> 看到了。

我也发现了。

在石壁上，有个圆形的小洞，洞口大概只有拳头大小。

不知道通往哪里。

> 我这也是。

我也是。

D，你呢？

虫子跑了。

一条又肥又长的大虫子。

> 虫子？怎么回事？

我和你们不一样。

饼干和虫

正在通话： ---主持人 ---我 ---用户B ---用户C ---用户D

ロロロロロ|||*****······
我在喂养室。
ロロロロロ|||*****······
喂养室？是个房间吗？
ロロロロロ|||*****······
与其说是房间，不如说是个稍微大一点的洞窟。

有简单的照明系统。

······*****/////|||||ロロロロロ
你说的虫子在哪？

你刚刚看到了什么？

这个喂养室中间有个盘子，盘子上方的顶板上有个水管口。

我刚刚醒来的时候，看到有条大肥虫趴在盘子上吃东西。

它吃完后看到我，然后马上钻进了一个石洞溜走了。

那个石洞在哪？

在地上。

这个房间的地面和石壁上有很多小石洞。

跟你们说的一样，洞口都是拳头大小，应该有好几十个。

头上好像一直有机器运作的声音。

这些应该是那条虫子挖出来的虫洞吧。

ロロロロロ|||||*****······
这里不是培育中心吗？

他们是在养这条虫子吗？
ロロロロロ|||||*****······
应该是巨型千足虫。

巨型千足虫？

ロロロロロ|||||*****······
你们所在的地方叫虫巢，是一个巨大的地下洞穴。

虫巢里一共有57个纵横交错的虫洞和38个分布在各处的球形洞窟。虫巢最高处是"喂养室"，也就是进食的地方。

你们每个人所处的球形洞窟都有一个虫洞连通到"喂养室"。

正在通话： ---主持人 ---我 ---用户B ---用户C ---用户D

> 所有的虫洞都是笔直的。

> 千足虫不会走自己走过的路线。

> 果然是巨型千足虫的虫巢。

> 那条虫子起码有 1 米长。

> 我曾经在避难所看到过这种虫子。

> 据说地壳里有很多这样的虫子。

> 都这么大吗？

> 它们不会攻击人吧？

> 那条虫刚刚看到我就直接跑了，没有攻击我。

> 是的，这种虫子都很怕人。

> 这里不会还有很多千足虫吧？

> 我也怕虫子。

> 不过这种虫子都是独居的。

> 它们会攻击同类，所以不可能有两只以上的
> 巨型千足虫同时在一个虫巢中生活。

> 我们所在的这种球形洞窟，以及这些虫洞，
> 恐怕都是那条虫子挖出来的。

> 下面说明食物派发规则：

> 喂养室顶部的食管为投食机的出货口，食管
> 每隔两个小时会掉落 4 块饼干。

> 饼干为正方形片状，有红、蓝两种颜色，其中一种颜色的
> 饼干是可以吃的好饼干，另一种颜色的饼干是药饼干。

> 每次掉落的 4 块饼干中，有 3 块是好饼干，1 块是药饼干。

> 药物无色无味，仅对人类有效。一整块药饼干含有的药物能瞬间致
> 食用者昏睡；吸食任何一点药物都将缓慢致人昏睡，不超过 1 小时。

329

饼 干 和 虫

Next………

正在通话： ---我   ---用户B   ---用户C   ---用户D

> 让人昏睡的药物?

在这种地方昏睡不就意味着……

食管应该就是你刚刚说的那个水管口吧?

是的。

那不是只有 D 能吃到饼干?

有 3 个虫洞的洞口标注了通往的方位。

这 3 个虫洞通往的应该分别就是你们 3 个人所处的洞窟。

> D,你可以把饼干扔进这 3 个虫洞里吗?

> 这样我们就能分到饼干了。

> 主持人说虫洞都是直的,而且很光滑,你只要把饼干扔进来就行了。

嗯,我会的。

太感谢了!

我知道你们都很饿,我也是。

每次掉落饼干我都会分给你们的。

4 个人正好 4 块饼干。

也就是说我们每个人每两个小时都可以获得 1 块饼干。

应该快到下一次饼干掉落的时间了。

可问题是有 1 块饼干是药饼干。

也就是说我们 4 个人中必然有一个会拿到药饼干。

> 但派发饼干的只有 D 一个人。

D,你能把那 3 块好饼干平分一下吗?

不行,每人必须拿到一块完整的饼干。

正在通话： ---我　　---用户 B　　---用户 C　　---用户 D

> 为什么？

> 把好饼干给我，求你了！

> 这 3 个虫洞只是标注了"参与者投喂口"，但我不知道哪个虫洞通向谁。

> 所以我们拿到的饼干都是随机的吗？

> 这应该是主办方故意设计的。

> 我就想吃个饱饭，为什么要设置 3 个好饼干和 1 个药饼干？

> 说到底这个培育计划的目的是什么？

> 特地把我们关在大肥虫的巢穴做这种事，避难所的高层到底想干什么？

> 主持人不会回答我们的问题。

> 避难所的食物已经极度短缺了，他们用这么宝贵的食物吸引我们一定不是为了发善心。

> 他们是为了找到患有匿病的人。

> 匿病？

> 那是什么？

> 匿病是检测不出来的病。

> 得了匿病的人会怎么样？

> 有很多类型，每个类型都有不同的症状。

> 匿病不会直接致命，但绝大部分得了匿病的人最后会选择自我解脱。

> 为什么？

> 因为无法承受匿病所带来的痛苦。

> 匿病是通过罪恶感传播的。

> 伤害了患有匿病的人，自己也会得同样的匿病。

331

饼 干 和 虫

Next.........

正在通话： ---我 ---用户B ---用户C

▯▯▯▯|||||\\\\\\＊＊＊＊......
你怎么知道？

......＊＊＊＊/////|||||▯▯▯▯
因为我就是他们要找的人。

▯▯▯▯|||||\\\\\\＊＊＊＊......
你是说你就是匿病患者？
▯▯▯▯|||||\\\\\\＊＊＊＊......
你的症状是什么？

我是从暴乱的中心逃出来的。

我的症状是肥虫症。

肥虫症？

要说害怕虫子，我比你们都怕得多。

而且远不止虫子。

不过这些跟你们无关。

他们为什么要找患有匿病的人？

据说他们的领袖是一个叫"瓶子"的人。

他想要根除所有的匿病。

▯▯▯▯|||||\\\\\\＊＊＊＊......
所谓根除就是直接把患者囚禁起来吧。
▯▯▯▯|||||\\\\\\＊＊＊＊......
可这样囚禁患者的人自己也会因罪恶感感染匿病吧！

我也不知道他们具体要怎么做。

系统　[饼干已制作完成]

饼干出来了！
▯▯▯▯|||||\\\\\\＊＊＊＊......
D，快去把饼干都拿过来。

不然过一会那条千足虫又会来抢饼干了。
▯▯▯▯|||||\\\\\\＊＊＊＊......
对，快点拿过来！

正在通话： ---主持人 ---我 ---用户B ---用户C ---用户D

我已经拿到了。

虫子还没出现。

请注意，为了确保公平，我们的系统会在每个参与者吃掉饼干后发出公共提示。

提示格式为：XXX 吃掉了饼干。

如果有参与者失去意识，系统也会给出提示，提示格式为：XXX 因 XXX 而失去意识。

所以每当有人吃了饼干，所有人都能看到这条系统消息。

D，饼干是 4 块吗？

是的，和主持人说的一样，4 块正方形的饼干。

快把饼干扔进来！

我已经饿得说不出话了。

可是这些饼干太小了。

大概只有 5 厘米宽。

等两个小时才这么一点？

不管怎么说，你先扔下来吧。

我扔下去了。

我拿到了。

我拿到了。

我也拿到了。

的确是个正方形的薄片。

那么现在我们 4 个人手上都有这么一块饼干了。

但别忘了，其中有一块是药饼干。

饼干和虫

333

Next.........

正在通话: 🙂 --- 我　　🙂 --- 用户B　　🙂 --- 用户C　　🙂 --- 用户D

□□□□□□||||||*****・・・・・
怎么区分好饼干和药饼干来着?

・・・・*****/////|||||□□□□□□
好饼干和药饼干的颜色不同。

根据主持人的说明,要么好饼干是蓝色的而药饼干是红色的,要么就反过来。

可我们也没法判断哪种颜色是药饼干啊!

□□□□□□||||||*****・・・・・
我们不行,但 D 可以。

D 一开始就能看到 4 块饼干,对他来说跟其他饼干颜色不同的那块就是药饼干。

D,为什么你还不吃?

如果你吃了饼干,系统一定会发出提示。

我到现在都没看到提示。

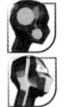

□□□□□□||||||*****・・・・・
对,你为什么不吃饼干?你不饿吗?

□□□□□□||||||*****・・・・・
我把药饼干留给自己了,你们拿到的全是好饼干。

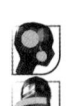

这话你们信吗?

□□□□□□||||||*****・・・・・
怎么可能?

□□□□□□||||||*****・・・・・
大家都是为了填饱肚子来这里的,你没有理由把食物送给别人。

□□□□□□||||||*****・・・・・
你们果然不会信。

□□□□□□||||||*****・・・・・
你快告诉我们哪种颜色是好饼干啊?

说一下就行了!

他不会说的。

即便说了我们也不能信。

为什么?

很明显,D 想让那个拿到药饼干的人把饼干吃掉。

他就是想让你们昏倒。

334
Loading...

正在通话： --- 我　　 --- 用户B　　 --- 用户C　　 --- 用户D

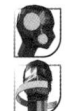

为什么？

因为饼干太小了。

食物一共就那么多，每个人都要吃饼干。

D 是派发者。

所以对 D 来说，减少竞争者的数量，他就能把多余的饼干留给自己。

D，你会做这种事吗？

不要问他，问你自己。

如果你是 D，你会怎么做？

我会做和 D 一样的事。

我也会。

这就是为什么他刚刚拒绝把好饼干平分给我们。

你们猜得没错，我留了一块药饼干给你们。

所以我们 3 个拿到的饼干中有 1 块是药饼干，并且这块饼干的颜色和其他饼干颜色不同。

总之，我们每个人都先说一下自己拿到的饼干的颜色吧。

虽然我们不知道哪个颜色的饼干有药物，但只要我们都说出自己饼干的颜色就能知道了。

和其他颜色不一样的那个就是药饼干。

我先来，我的饼干颜色是蓝色。

我是红色。

我是蓝色。

很好。

那很明显，A，你拿到的红色饼干就是药饼干。

335

饼干和虫

Next........

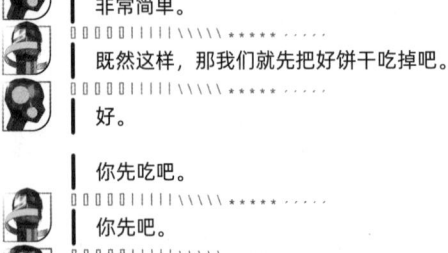

正在通话： ---我　　---用户B　　---用户C

非常简单。
既然这样，那我们就先把好饼干吃掉吧。
好。

你先吃吧。
你先吧。
为什么？
你先说的，你先吃吧。

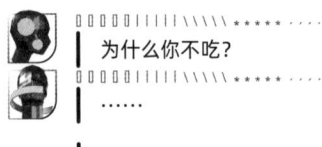

没有人敢先吃。
我就知道会这样。

为什么你不吃？
……

你很清楚。
万一我拿到的其实是药饼干怎么办？
我们不是已经确认了吗？

既然你们都不愿说，那我来说吧。
我们谁都没办法确认其他人说的是真话。

我们干吗说谎？

并没有什么特别的理由，只是大家都怕我们之中有人在骗人，所以就得提前说谎以确保自己的安全。

的确。

参与者吃饼干和昏倒都会有系统提示的。
如果有一个人吃了饼干后昏倒了，那么剩下两个人就能确定自己拿到的是好饼干。
因此每个人都希望别人先吃饼干，然后通过这个人

正在通话:　　　---我　　　---用户 B　　　---用户 C

会不会昏倒来判断自己的饼干是否有药物。

因为这是主持人的规则,是百分之百可信的。

A,B,你们的话 80% 是可信的,但我依然不敢冒这个险。

尽管我现在真的很饿。

这下该怎么办?

饼干上还有什么特征吗?

说不定除了颜色还有其他的特征能区分饼干的好坏。

有可能。

我看看。

就是一个正方形的,很薄的小饼干。

跟 D 说的一样,边长大概 5 厘米。

饼干有两个相邻的边比较光滑,另外两个边比较粗糙。

我还发现饼干上有很多密密麻麻的小黑点。

也不知道是什么东西。

我也看到了。

大家发现什么不一样的地方了吗?

没有,你们说的和我看到的都完全一样。

我也一样。

看来这些饼干除了颜色,没有任何区别。

靠其他特征也没办法区分饼干有没有药物。

就没有其他的办法了吗?

如果在喂养室的人是我就好了。

有可以离开洞窟到达喂养室的方法。

饼干和虫

正在通话： ---我   ---用户B   ---用户C

ㅁㅁㅁㅁ||||||\\\\\\＊＊＊＊＊......
是什么？

......＊＊＊＊＊//////||||||ㅁㅁㅁㅁ
我也不知道具体的方法，但一定有。

ㅁㅁㅁㅁ||||||\\\\\\＊＊＊＊＊......
为什么你这么肯定？

你们想一件事。

D 为什么要把饼干扔给我们？

他如果只是单纯地想害我们，只要一直不扔饼干让我们饿死就行了。

你的意思是，他给我们饼干是为了转移我们的注意力，不让我们发现逃出洞窟的方法。

D 其实和我们一样，一开始都被困在球形洞窟里，而并非在喂养室。

因为主持人刚刚说了："你们每个人所处的球形洞窟都有一个虫洞连通到喂养室。"

而 D 比我们醒得都早。

如果我猜得没错，D 肯定是找到了什么方法逃离了球形洞窟，并进入了喂养室。

ㅁㅁㅁㅁ||||||\\\\\\＊＊＊＊＊......
对啊，有道理。

不然我们是怎么进来的？

D 为了不让我们也找到这个方法，故意把有药物的饼干扔给我们。

ㅁㅁㅁㅁ||||||\\\\\\＊＊＊＊＊......
他想要在我们发现这个方法之前尽可能地减少我们的人数。

如果能找到这个方法，我们就都能去喂养室。

这样食物来源就不会被 D 一个人垄断了。

现在我们 3 个人必须站在同一战线。

我们必须一起想办法找到逃离的方法。

可我们刚刚不是都找过了，只有一个手机和一个空玻璃瓶。

正在通话： ---我 ---用户 B ---用户 C

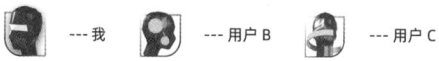

ⅡⅡⅡⅡⅡ*****······
难道还有其他没有被发现的虫洞？

······*****/////ⅡⅡⅡⅡⅡ
或许有什么机关？

ⅡⅡⅡⅡⅡ*****······
可我还是想先吃饼干。

我已经饿得头晕了。

ⅡⅡⅡⅡⅡ*****······
我也是。

血糖已经很低了。

不行。

完全找不到什么机关。

ⅡⅡⅡⅡⅡ*****······
还是赶紧吃饼干吧。

不然可能随时会晕倒。

ⅡⅡⅡⅡⅡ*****······
我们重新说一遍饼干的颜色吧。

ⅡⅡⅡⅡⅡ*****······
同意。

我是蓝色。

我是红色。

ⅡⅡⅡⅡⅡ*****······
我是蓝色。

我们说的都和第一次一样。

还是没有人敢第一个吃饼干。

没用的。

只是单纯地靠语言交流根本无法做到百分之百的信任。

ⅡⅡⅡⅡⅡ*****······
我快要饿死了！

只要大家都不说谎不就一点事都没有吗？干吗要这么浪费时间？

这不是很简单的道理吗？

刚来的时候，避难所的物资本来就很匮乏。

饼干和虫

正在通话： ---我   ---用户B   ---用户C

住在穷人街的大家明明都是互帮互助的朋友，可每家都还是花了一大笔钱定制防盗门。

如果所有人都百分之百信任其他人，根本没必要浪费那么多资源。

这样下去谁都不敢吃饼干了。

逃离洞窟的方法也不知道是什么。

D，你什么意思？

怎么了？

你往我这扔石子干吗？

不是D，是我扔的。

你扔的？

你不是在洞窟里吗？

你们仔细看。

虫洞里面并不只有一条通道。

好像是的。

里面有两条通道。

千足虫不会走自己走过的路线，而且每个虫洞都是笔直的。

这说明什么？

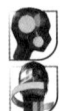

说明什么？

千足虫在挖虫洞的时候不会拐弯。

主持人刚刚不是说这个虫巢里一共有57个虫洞和38个球形洞窟吗？

把洞窟和喂养室想象成点，把虫洞想象成直线。

原来是这样。

正在通话： 🂠 ---我　　🂠 ---用户 B　　🂠 ---用户 C

也就是说，虫子每次从喂养室开始挖洞，必须
要经过两次转向才能再次回到喂养室。

而那个转角点就是这个球形洞窟。

57 是 38 的 3/2 倍，每 3 个虫洞和两个洞窟就组成
了一个环路，整个巢穴一共有 19 个环路。

刚刚 B 看到了我扔的石头，说明我的猜想是正确的。

没错，我和 A 的洞窟是相连的。

B，你看到了吗？

什么？

你又扔了什么东西？

很小，你仔细找一下。

一块红色的薄片。

那是我饼干上的一角。

我捏了非常小的一块扔进了虫洞。

我懂了！

我终于明白了！

C，你现在可以放心吃饼干了。

为什么？

你看到系统提示我吃了饼干吗？

没看到啊！

那不就对了。

B 已经看到了我的饼干，他知道了我的饼干颜色，然
而他并没有吃自己的饼干，那就只有一种可能：他
看到的饼干颜色和他自己的饼干颜色不一样。

所以不用管我和 B 的饼干分别是什么颜

341

饼干和虫　　　Next.........

正在通话：　　　---我　　　---用户B　　　---用户C

　　　　　　　　　　　　　　色，C，你的饼干一定是好饼干。

　　　　　　　　　　　　　　这点你明白吗？

我当然知道。

可谁能保证 B 真的看到了你的饼干呢？

你们两人的洞窟真的是相连的吗？

你是说刚刚我在配合 A 演戏？

也许你们刚好都看穿了对方的意图，然后一起骗我让我先吃饼干。

我真的很愿意相信你们，但这确实也是很有可能发生的事。

这种时候你就应该鲁莽一点，你懂吗？

　　　　　　　　　　　　　　别逼他了。

那还有什么办法？

C，我求你了，就信我们一次。

我说了我的饼干是蓝色的。

如果你的饼干真的是蓝色的，你可以先吃，结果是一样。

等我看到系统提示你吃了饼干而且没昏倒，你再告诉我你的饼干到底是什么颜色。

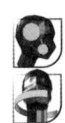

那时你就会相信吗？

那时你就没有任何说谎的理由了，我们得一起找到逃出洞窟的方法，你没有必要害我。

A，你说是吧？

　　　　　　　　　　　　　　有一个能让你完全相信我们的方法。

你有办法吗？

　　　　　　　　　　　　　　还好我刚刚留意到了，这可能也是最后的办法了。

不可能有办法的。

正在通话： ---我   ---用户 B

▢▢▢▢▢|||||*****·····

我跟你能靠聊天框以外的方式交流，所以我们信任彼此。

但我们和 C 只能靠聊天框交流。

语言是没办法让他彻底相信我们的，不管我们说什么，他都觉得我们可能在骗他。

·····*****/////||||||▢▢▢▢

既然我们和 C 只能靠聊天框交流，那就用这个聊天框让他相信我们。

我说了不可能的。

B，配合我一下。

饼干上不是有很多小黑点吗？

是啊，有很多小黑点。

但那有什么用？

我刚刚扔给你的饼干碎片。

数一下上面有多少个小黑点。

认真点数。

先不要说出来。

我数清楚了，可到底要怎么做？

在扔饼干碎片之前，我也清楚地数了一遍。

现在我们只要做一件事——同时说出碎片上的小黑点的数量。

我知道了！

原来还有这种方法！

3。

2。

1。

17。

饼干和虫

Next………

正在通话： ---我　　　　---用户B　　　　---用户C

▯▯▯▯▯|||||\\\\＊＊＊＊＊……
17。

……＊＊＊＊＊/////|||||▯▯▯▯▯
C，你看到了吗？

▯▯▯▯▯|||||\\\\＊＊＊＊＊……
原来是这样。

我和B同时说出了这个数字。

确实，这两条消息是同时出现的。

如果我们没有除聊天框以外的通讯方式，
我们不可能同时说出这个数字。

虫巢的两个洞窟之间互相传递信息，就只有虫洞
这一种方式，这点C你应该是最清楚的。

▯▯▯▯▯|||||\\\\＊＊＊＊＊……
虫洞都是笔直光滑的，只要有虫洞连接，
就一定能把饼干碎片传递过来。

你还在犹豫什么？

系统　[参与者C吃掉了饼干]

▯▯▯▯▯|||||\\\\＊＊＊＊＊……
我的饼干是蓝色的，我没有骗人。

系统　[参与者B吃掉了饼干]

▯▯▯▯▯|||||\\\\＊＊＊＊＊……
我好了。

头不晕了。

▯▯▯▯▯|||||\\\\＊＊＊＊＊……
可这根本不够吃。

▯▯▯▯▯|||||\\\\＊＊＊＊＊……
我还想吃。

我好饿。

现在赶快一起找脱困的办法。

▯▯▯▯▯|||||\\\\＊＊＊＊＊……
A，你还没吃东西。

我暂时还能撑住。

正在通话： 🔲 --- 我　　🔲 --- 用户 B　　🔲 --- 用户 C

□□□□||||*****
这个玻璃杯一定有用。

洞窟的内壁好像有纹路。

……*****/////||||||□□□□
什么纹路？

□□□□||||*****
可我感觉头还是很晕。

□□□□||||*****
好像是螺纹。

的确。

我也看到了。

□□□□||||*****
我感觉好恶心。

我好像发烧了。

你怎么了？

□□□□||||*****
不仅洞窟，虫洞也是。

你说螺纹吗？

这一定是虫子留下来的印记。

□□□□||||*****
好痛。

到底怎么回事，C？

难道你吃了药饼干？

□□□□||||*****
黏液。

什么黏液？

玻璃瓶。

玻璃瓶？

系统　[参与者 C 因吃到药饼干而失去意识]

345

饼干和虫

Next………

正在通话：　▢ ---我　　▢ ---用户D

B，你看到系统提示了吗？

系统　[参与者B因吃到药饼干而失去意识]

他们吃了药饼干。

到底是怎么回事？

为什么会有两个药饼干？

为什么呢？

我懂了。

虽然早就预感事情不会那么简单，可没想到还是被你算计了。

你看出来了。

我现在懂了。

聪明的计谋。

D，你真的很聪明。

我早该猜到。

你给我们的饼干并不是完整的，饼干粗糙的两条边是你切的。

食管里掉落的应该是4块10x10厘米的正方形的大饼干。

你把每块大饼干均匀切成了4块小的正方形。

你得到了16块5x5厘米的小饼干，其中有4块药饼干，12块好饼干。

但这不是你最聪明的地方。

你并没有直接扔3块药饼干给我们，因为你知道我们迟早会看出来3块饼干的颜色都一样，这样饼干被切分过的事就会暴露。

我知道你们绝对不会相信"我把药饼干留给了自己"这种鬼话。

如果你扔2块好饼干和1块药饼干，就只能让一个人昏倒。

正在通话： ---我 ---用户D

・・・・・＊＊＊＊＊／／／／／｜｜｜｜｜▯▯▯▯▯
而你扔了 2 块药饼干和 1 块好饼干。

我们根本不可能知道哪个颜色是好饼干，这才是最聪明的做法。

▯▯▯▯▯｜｜｜｜｜＼＼＼＼＼＊＊＊＊＊
看来我运气还不错，你是这 3 个人中最聪明的。

你为什么还不吃饼干？

我没有看到系统提示，你不饿吗？

既然你这么聪明，那就帮我想想办法吧！

果然你也遇到了困难。

你想做什么？

我要杀掉那只虫子。

杀掉巨型千足虫吗？为什么？

它应该不会攻击人类才对。

它会偷我的饼干。

食管每隔两个小时会掉落饼干，但我每天都得睡觉，如果不把它干掉，那我睡觉的时候掉下来的饼干就会被它偷吃。

的确是这样。

我想用手中的这些饼干把它从虫洞里引出来。

但它速度还挺快的，我很难抓住它。

而且虫洞太多了，我也不知道它下次会从哪个洞里钻出来。

难怪你一直没吃饼干，是为了吸引虫子出洞。

你头不晕吗？

还好。

不吃饼干主要是另一个原因。

什么原因？

饼 干 和 虫

正在通话： 🯄 --- 我 🯄 --- 用户 D

🯄 ▫▫▫▫▫▫▫▫||||||******······

太恶心了！

······*****//////|||||▫▫▫▫▫ 🯄

恶心？

饼干掉在了那个盘子上。

我记得两小时前那只虫子在盘子上吃饼干来着。

虫子碰过的地方的食物我是绝对不会放进嘴里的。

那你抓到虫子后打算怎么杀掉它？

这你不用管，我有利器。

我凭什么帮你？

你是个聪明人。

因为你垄断了食物来源。

只要你的办法能帮我杀掉虫子，我可以答应你每天分你 10 块饼干，大的。

至少能保证你不会饿死。

看来我只能选择帮你了。

你是个聪明人。

好吧，我知道了。

我得想想。

快点。

虫子还在虫洞里吗？

是的。

它刚刚钻进的洞口我标记了出来。

它还没出来吗？

嗯，它这次很久都没出来。

348

Loading...

正在通话： ▮ ---我　▮ ---用户 D

▯ □□□|||||\\\\\＊＊＊＊．．．．．

好像每次进洞的时间都越来越久了。

．．．．．＊＊＊＊/////|||||□□□□ ▯

因为它已经不敢出来了。

你快点想办法！

我已经饿得开始头晕了。

千万别吃饼干。

虫子是靠气味搜索食物的，我们需要足够的饼干吸引它。

我知道。

你能看到多少个洞口？

整个喂养室一共有 39 个洞口，以及一个顶部的食管口。

有哪些洞口比较特别吗？

有 4 个洞口上贴了"参与者投喂口"的标签。

那就是连接我们 4 个洞窟的洞口。

果然你一开始也在洞窟里。

是的。

别扯这种没意义的话题。

但不对啊！

根据主持人一开始说的，每个球形洞窟对应一个洞口，那喂养室应该只有 38 个洞口才对。

你再仔细看看。

是有 39 个洞口。

等等！

有个洞口好像不太一样。

哪不一样？

饼 干 和 虫

正在通话：　▨ ---我　▨ ---用户D

▨▨▨▨▨||||||***** · · · · ·

这个洞口好像大一点。

我想起来了。

这个是两个小时前虫子钻进去的那个洞口。

· · · · · *****/////|||||▨▨▨▨▨

你确定吗？

我确定。

两个小时前，我第一次进到喂养室。

我看到那只虫子吃掉饼干后身体粗大了一点。

其他的洞口都进不去了，所以钻进了这个稍微大一点的洞口。

还有这种事？

吃了饼干就会立刻变大？

怎么？想到什么了吗？

没有。

还没想到抓虫子的方法吗？你不是挺聪明的吗？

你有办法把虫洞堵上吗？

把虫洞堵上？

我看看。

地上有很多松土，应该可以。

记住虫子最后钻进去的那个洞，然后把其他的虫洞全都用松土堵上。

全都堵上？

没错。

每个虫洞都和另一个虫洞相连。

虫子不会走自己走过的路线，所以它待会一定会从另一个洞口出来。

350
Loading...

正在通话： ---我 ---用户D

······*****//////||||||◻◻◻◻◻

它爬动的速度可能很快，但挖洞一定需要时间。

你把其他所有虫洞都堵上后就安静地等着，看哪个洞口有动静，然后悄悄靠近那个洞口，等它出来的瞬间把它杀掉。

◻◻◻◻◻||||*****······

的确是个好办法。

泥土能隔断你身上的气味，它在挖开之前察觉不到你。

那这些饼干应该放哪？

放在虫子最后进入的那个洞口边上。

虫子不会折返，放在那是最安全的。

好，我懂了。

你得抓紧时间。

好了吗？

都堵上了。

头好晕。

我好饿。

可能是太累了。

饼干也放在安全的地方了吗？

嗯！

现在只要等着就……

就怎么？

系统 ［虫子吃掉了饼干］

系统 ［虫子被参与者D杀死］

怎么回事？

你不是说虫子不会从原来的洞口出来吗？

饼干和虫

正在通话：　🗨 ---我　　🗨 ---用户D

……＊＊＊＊／／／／｜｜｜｜｜｜◯◯◯◯

你这不还是把虫子干掉了。

动作还挺快的。

◯◯◯◯｜｜｜｜｜＼＼＼＼＊＊＊＊……

你不是说虫子不会走自己走过的路线吗？为什么跟你说的不一样？

既然它不会走自己走过的路，那它怎么可能会钻进那个洞？

你早就知道了，你在骗我。

虫子不走自己走过的路，是因为它们是通过皮肤排泄的，那些黏液就是它的排泄物。

虫子只是不喜欢回到满是排泄物的地方，当然，你也不会喜欢。

但如果你被人追杀，你还会在乎逃生的路上有多脏吗？

我不行了。

我站不起来了。

你的体力消耗太大了。

为什么我会突然这么晕？

低血糖。

大概用不了几分钟你就会晕倒。

距离下一次投放饼干还早，你肯定撑不到那个时候了。

我好饿。

这种时候随便吃点东西就能缓解。

可惜你原来的那些饼干已经全都被虫子吃掉了。

你已经一块饼干都没有了。

你故意让我去堵那些洞。

就是为了消耗我的体力让我晕倒。

在这个地方晕倒意味着什么你知道的。

正在通话：　　---我　　　---用户 D

░░░▒▒▒▓▓▓*****……
哪里还有吃的？

……*****/////▓▓▓▒▒▒░░░
没有人能把你喊醒。

随便给我点能吃的都行！

你为什么要骗我？你到底想干吗？

如果我晕倒了你也吃不到饼干了。

你是傻子吗？

我的目的一直都很明显。

你把逃离洞窟的方法告诉我就行了。

我凭什么要告诉你？

因为我可以救你。

你怎么救我？

你忘了吗？

忘了什么？

这个虫巢里还有一块饼干。

在哪？

在我手上。

你一开始就给我了。

1/4 块的小饼干。

原来这就是你的计划。

说起来的确我一直没看到系统提示你吃了饼干。

原来是为了这个。

我不吃饼干并不只是为了骗你说出逃脱洞窟的方法，主要是因为我的病。

353

饼干和虫　　　Next………

正在通话： ---我 ---用户D

▯▯▯▯▯▯*****▯▯▯▯▯▯

肥虫症吗？

那到底是什么病？

·····*****/////▮▮▮▮▯▯▯▯▯
我对所有的有机物都有生理性厌恶。

生理性厌恶？

你不是讨厌虫子吗？

是啊。

我也讨厌虫子，和你一样。

但同时我厌恶一切生物，以及以生物为原材料制造的东西，包括所有的食物。

你厌恶食物？

在我眼里所有的食物都像虫子一样恶心。

这种厌恶感甚至比你对虫子的厌恶感更强烈。

那你吃什么？你怎么生活？

注射生理盐水和营养液是我获取能量的方式。

可惜现在的避难所已经没有医院了。

所以你才会来参加这个所谓的培育计划。

是的。

现在你该告诉我逃脱洞窟的方法了吧，趁你还有意识。

虫洞的洞壁只有表面是坚硬的，外部全是松软的泥土。

你把玻璃瓶砸碎留出锋刃，然后在洞壁上沿着螺纹来回划几下，洞壁就会碎开。

然后你就可以顺着虫洞挖上来了。

看来B之前说得没错。

正在通话: ---我 ---用户D

你手中的利器想必就是砸碎的玻璃瓶吧?

是的。

现在你可以出来了,我撑不了多久了。

可惜。

我还以为是什么机关。

什么意思?

我出不来了。

为什么?

别说挖洞了,我连站起来的力气都没有。

难道你也低血糖了?!

你也要晕了吗?

我只是一直在假装清醒。

我已经很久没有摄取能量了。

那没有别的办法了吗?

原本以为有什么捷径或机关,结果还是这么大的体力活。

我现在只有打字的力气。

我不要饼干了。

你把饼干吃了,这样你就有力气了。

然后你再挖上来救我。

我昏倒了也没关系,你把下一次落下的饼干喂给我就行了。

这是唯一的办法了。

在你眼里的确是个可行的方案。

但对不起,我做不到。

饼干和虫

正在通话： ---我 ---用户D

□□□□□|||||*****······
为什么？就因为你不想吃饼干吗？

······*****/////|||||□□□□□
我实在是没办法吃下去。

难道你宁愿昏倒也不吃吗？

哪怕吃了我也会立刻吐出来。

我根本做不到。

不就是块饼干吗？到底有什么可怕的？

捏着鼻子，嚼两口不就吃进去了吗？

能不能不要这么矫情？我们都快饿死了！

你觉得是我矫情吗？

是因为我内心脆弱吗？

你又没得过匿病，你凭什么这么认为？

求你了，就试试吧。

我懂了。

好，我答应你。

可以吃饼干，但有个条件。

什么条件？

你是不是已经把虫子杀了？

是的。

那么你去把虫子吃了吧！

你要我吃那条虫子？

是啊！

捏着鼻子，嚼两口不就吃进去了吗？

正在通话： --- 我 --- 用户 D

□□□□|||||*****……

……

　　　　　　　　　　　　　　……*****/////||||||□□□□

　　　　　　　　　　　　　　只要你吃了虫子，我就吃饼干。

　　　　　　　　　　　　　　　　　　　　　怎么样？

　　　　　　　　　　　　　不过如果你真的吃了虫子，也就不需要我了吧？

我知道了。

我吃给你看。

　　　　　　　　　　　　　　　　　　　　　　吃啊。

　　　　　　　　　　　　　　　　　我怎么还没看到系统提示？

……

我下不去口！

我没有力气了。

没有力气下这种决心。

如果我意识清醒，也许真的会吃下去。

　　　　　　　　　　　　　　　　　　　　那我可能也会。

　　　　　　　　　　　　　　　　不过说这些都已经没有意义了。

　　　　　　　　　　　　我原本也以为来到这里后就能强迫自己吃进正常的食物。

　　　　　　　　　　　　　　　　　　　　结果我还是做不到。

　　　　　　　　　　　　　　　　　　　不过还好，你也做不到。

　　　　　　　　　　　　　　　　　说明至少我不是最懦弱的人。

系统　[参与者 D 因饥饿而失去意识]

系统　[参与者 A 因饥饿而失去意识]

饼干和虫

Loading...

第十五章

1+1

Next.........

正在通话： ---主持人 ---我 ---用户B

欢迎两位玩家参与密室逃脱游戏，本次游戏由公益避难所主办，我是游戏的主持人。

两位玩家分别处于两间不同的密室，相互间只能通过各自手机上的聊天框进行交流。

本次密室的主题为"1+1谜题"——每个房间的逃生门上都有两个电子锁，解答"桌面谜题"可以打开顶部电子锁，解答"扫码谜题"可以打开底部电子锁。只有当两个电子锁都被打开时，逃生门才会开启。

游戏过程中主持人不会和玩家进行任何互动。
每位玩家允许携带1件私人物品。

若游戏开始1个小时后没有玩家逃离，则所有室内设置将自动复位，并重新开始游戏。

游戏开始。

意思是每过1个小时所有室内设施都会重置一遍吗？

每个房间都有两个谜题，我们可能需要配合。

A，能看到我发的消息吗？

我的房间里有个白色的长方形石桌。

我的房间也有一个这样的白色石桌。

还有个逃生门，上面有两把电子锁。

底部的电子锁上有个扫描器。

我也是，这跟主持人说的一样。

我的桌子正上方有个投影仪，在桌面上投放着一个奇怪的图形。

等距离分布的3个黑色的实心圆，位置应该是等边三角形的3个顶点，不知道什么意思。

你呢？

我没有投影仪，但我的桌子上有6张底色半透明的卡纸，每张纸上都画着一个东西。

正在通话： --- 我 --- 用户 B

画了什么？

> 一张上面画了一个天平。
> 一张写着数字 8。
> 还有两张都画了一个国家地图。
> 剩下两张都写着数字 4。
> 你能看懂吗？

这个……

我完全不明白什么意思。

房间里还有别的东西吗？

> 暂时没了。

我这边除了桌面上那个奇怪的图形也没别的线索了。

> 现在该怎么办？

让我想想。

底部的锁明显需要扫描一个条形码才能打开，我觉得首先我们应该找到各自房间内的条形码。

> 可这 6 张卡纸上都没条形码。

那两个国家地图是一样的吗？

> 一模一样。
> 那两个 4 也是。

也就是说 4 和地图都是成双的，8 和天平只有一个。

> 是的。

天平上画别的东西没？砝码之类的？

> 没有，两个秤盘都是空的，天平是平衡的。

1 + 1

正在通话： 🎭 ---我　🎭 ---用户B

🎭 ▯▯▯▯|||||*****・・・・
国家地图上有什么不一样的地方吗？

・・・・*****/////||||||▯▯▯▯ 🎭
有，城市名字都被替换掉了。

变成了别的名词和动词。

什么词？

比如"提升""电话""往返"等等。

太多了。

大部分应该都是干扰项，有用的信息很可能混杂在里面了。

你仔细看看这6张纸上画的东西，会不会暗示着什么？

我看不出来。

也许和你的过往有关。

你仔细回忆一下。

你是怎么来到这个密室逃脱游戏的？

我被发现了。

被发现了？被谁发现？避难所的管理者吗？

他们在抓捕所有匿病的疑似患者。

果然是这样。

你是匿病患者，对吗？

是的。

被怀疑患有匿病的人会被关进监狱进行观察，等确定后就会强迫我们进行这个逃脱游戏。

我听说前几天发生了监狱暴乱。

起因是狱中有一个少女被其他囚犯群殴，而监狱看守却因为嫌麻烦根本没有处理这件事。

这导致了其他囚犯的不满，进而升级为暴动。

正在通话： ---我　---用户B

□□□□IIIII\\\\＊＊＊＊＊‥‥‥

所有被关押的人都跑了出来。

但那个少女囚犯却没能跑出来。

你就是那个少女。

‥‥‥＊＊＊＊＊/////IIIIII□□□□

是的。

果然。

我恨那些欺负我的人，找了机会回敬他们。

可为什么只有你被抓回来了？

我逃不了。

我有匿病，息络症。

息络症。

我的天！

我记得这是所有匿病中致死率最高的类型，患了息络症的人几乎都没能撑过3天。

女孩，你是唯一一个能活下来的息络症患者。

我很佩服你，真的。

难怪你没逃出监狱。

不用装了。

一般人不可能知道监狱里的事。

你之前就打听过我的消息。

你是谁？

太阳基金想救你，我是来救你的人。

太阳基金？

先想想谜题吧。

363

1 + 1

Next．．．．．．．．

正在通话： 🗨 --- 我　🗨 --- 用户 B

　　　　　　　　　　　　　　　你的身份就是最大的谜题。

我突然想到了。

4 和 8 指的应该是经纬度。

　　　　　　　　　　　　　　　地图上的确标有经纬度。

　　　　　　　　　　　　　　　是指 4-8 的位置吗？还是 8-4？

应该没这么简单。

还有一个图是天平是吧？

　　　　　　　　　　　　　　　嗯。

天平代表两边平等。

我知道了。

2 个 4 正好等于 8。

天平是想告诉你这个意思。

　　　　　　　　　　　　　　　2 个 4。

所以应该是地图上 44-8 的位置。

　　　　　　　　　　　　　　　找到了。

　　　　　　　　　　　　　　　位于 44-8 的地名是"桌子"。

那 8-44 呢？

　　　　　　　　　　　　　　　"旋转"。

旋转桌子。

原来是这个意思。

这个桌子看起来很重，但从侧面用力确实是可以挪动。

　　　　　　　　　　　　　　　我把桌子转开了。

正在通话：　　---我　　　---用户 B

　　　　　　　　　　　　　　　　　·····*****//////||||||◯◯◯◯◯

　　　　　　　　　　　　　　　　　　　　　　我找到了一张纸。

　　　　　　　　　　　　　　　　　　　　　　上面有条形码。

◯◯◯◯◯||||||*****·······
我的桌子也可以旋转。

我也找到条形码了。

系统　[1 号房间底部电子锁已打开]

　　　　　　　　　　　　　　　　　　　　　　我打开第一个锁了。

系统　[2 号房间底部电子锁解锁失败]

但我打不开，报错了。

这个条形码不对。

你看，这个条形码的背面还写了东西。

　　　　　　　　　　　"把 6 张纸摆在桌面上正确的位置即可解开顶部电子锁"。

　　　　　　　　　　　　　　　　　　　我捡到的条形码背面写了这句话。

摆在正确的位置？

　　　　　　　　　　　　　　　　　　　　你的条形码背面写了什么？

一个很大的字母"Z"。

不懂什么意思。

你房间里的那 6 张纸难道还有别的用处？

　　　　　　　　　　　　　　　　　　　　　　不知道。

　　　　　　　　　　　　　　　　　　　　　　我没有头绪。

　　　　　　　　　　　　　　　　　　　　　　痛。

息络症发作了吗？

可能是因为刚刚解开了电子锁的缘故。

365

1 + 1　　Next………

正在通话： ---我 ---用户 B

你到底是谁？你想对我做什么？

你还在想这件事。

快告诉我。

我是太阳基金的人。

太阳基金，我听说过你们。

我听说你们想杀我，就像那些管理者一样，你们想清除所有的匿病患者。

不，太阳基金不是你想的那样。

我们的目的是救人。

你听说过未来记忆吗？

未来记忆。

我听说过。

那是避难所内唯一可以治愈匿病的药。

但那只是个谣言。

那不是谣言，我可以确定。

你凭什么确定？

因为我就是避难所里仅存的药剂师，未来记忆的发明者就是我。

太阳基金聘请了我，并给我提供了研发药物的资金和环境。

未来记忆经过上百次临床试验，是真正可以治愈匿病的药剂。

你觉得我会信吗？

还记得主持人说过吗？玩家可以被允许携带一件私人物品。

未来记忆的注射剂现在就在我的上衣口袋里。

你一直带着？

正在通话：　---我　　---用户B

□□□□||||*****……
我无时无刻不在寻找需要救治的患者。

后来我听说了这个密室逃脱游戏。

这是那些管理者为了清理匿病患者而创造的游戏。

……*****////||||||□□□□
所以你故意参与这个游戏，就是为了找到我。

是的。

我一定会为你治疗匿病，只要一起逃离这个密室。

对不起，我忘了。

你现在很痛苦吧。

不要给我希望。

我知道了。

我不会相信你的。

杀死患有匿病的人自己也会因罪恶感而感染匿病。

整个地下避难所里，只有太阳基金的人能够在不感染匿病的情况下对付匿病患者。

你们到底用了什么方法？

随便你怎么想吧，总之先想办法逃离密室再说吧。

有红色的线。

什么？

红色的线？在哪？

桌面上，正中间。

的确，桌面正中间有一条很浅很长的红线，和上下两边都是垂直的，应该是涂上去的。

这应该是什么提示。

1 + 1

正在通话: --- 我　　--- 用户 B

▓▓▓▓▎▎▎▎▎\\\\\\＊＊＊＊▁▁▁▁▁▁
你能想到什么吗？

▁▁▁▁▁＊＊＊＊＊//////▎▎▎▎▎▎▓▓▓▓
这 6 张纸上的图案有什么规律？

规律？

一张数字 8。

一张天平。

一张数字 4。

一张数字 4。

一张地图。

一张地图。

一共就这些，要摆在桌面上正确的位置。

也就是要按照某种规则来摆放。

我记得你说过天平是平衡的对吧？

是的。

这些纸都是半透明的对吧？

是的。

等下。

我好像能听到拍墙的声音。

我刚刚拍了下逃生门。

你能听到吗？

我才发现这面墙上还有个门。

原来是这样。

所以我其实在你隔壁。

没错。

368
Loading...

正在通话： ---我　　---用户 B

...***//////||||||||||||
我的房间里就只有这一扇门。

||||||||***...
也就是说，即便你打开你房间的逃生门，你也只能来到我的房间，而我房间的逃生门才是真正的出口。

所以我们还是得一起解开我这个房间的谜题才行。

可你的房间现在一个锁都没解开。

不，有件事我一直忘了告诉你。

什么？

我这个房间顶部的电子锁已经打开了。

你破解了你房间的桌面谜题吗？

不能这样说，因为这个锁从游戏一开始就是打开的，我根本不需要破解。

那么你的房间现在就只剩下一个底部的扫码电子锁了。

只要你找到正确的条形码就能离开了。

放心吧，我不会丢下你先逃走的。

而且你房间的第二个谜题我也已经解开了。

你已经知道 6 个图案摆放的规则了？

这样看其实答案很明显了。

按照这个规则，数字 8 和天平是一组，数字 4 和地图是另外一组。

前组的图案只有一张，后组的图案有两张。

除了这个，每组都还有另一个共同点。

是什么？

左右对称。

前组的图案是对称的，后组的图案是非对称的。

1 + 1

369

Next.........

正在通话： 🗡 ---主持人　🎭 ---我　🎭 ---用户 B

🎭 ……*****/////||||||□□□□□
　　　　　　　　　　　　　　　　　　　原来是这样。 🎭

🎭 □□□□||||*****……
按照这个规律，把数字 8 和天平摆在红线上，把两张数字 4 和两张地图摆在红线两边相同的位置，让整个桌面沿红线左右对称。

可是两张数字 4 也无法形成对称的效果。

卡纸都是半透明的，只要把某一边的数字 4 翻个面就行了。

地图同理。

系统 ［1 号房间顶部电子锁已打开］

你房间的门终于可以打开了。

我们可以见面了。

如果世界上没有匿病就好了。

什么意思？

系统 ［1 号房间逃生门已打开］

系统 ［玩家 B 被淘汰］

系统 ［因玩家 A 淘汰了玩家 B，投影图形已发生改变］

🗡 □□□□||||*****……
游戏时间到，无人逃出。

系统 ［设施重置中……］

欢迎两位玩家参与密室逃脱游戏，本次游戏由公益避难所主办，我是游戏的主持人。

两位玩家分别处于两间不同的密室，相互间只能通过各自手机上的聊天框进行交流。

本次密室的主题为"1+1 谜题"——每个房间的逃生门上都有两个电子锁，解答"桌面谜题"可以打开顶部电子锁，解答"扫码谜题"可以打开底部电子锁。只有当两个电子锁都被打开时，逃生门才会开启。

游戏过程中主持人不会和玩家进行任何互动。

正在通话：🗡 --- 主持人　🎭 --- 我　🎭 --- 用户 C

🗡 ▏▕▏▕▏▕▏＼＼＼＊＊＊＊……
每位玩家可以携带 1 件私人物品。

若游戏开始 1 个小时后没有玩家逃离，则所有室内设置将自动复位，并重新开始游戏。

游戏开始。

🎭 ▏▕▏▕▏▕▏＼＼＼＊＊＊＊……
A，你在吗？

你的房间里有什么？

……＊＊＊＊／／／▕▏▕▏▕▏▕▏
一个白色的长方形石桌。

一个逃生门，上面有两把电子锁。

底部的电子锁上有个扫码器。

我也是。

我觉得我们应该先找到一个条形码，每个房间应该都有一个。

你的石桌上有什么？

我这边是 6 张画有一个图案或数字的纸。

房间里就这些，没有其他东西了。

石桌上方有个投影仪，在桌面上投射了一个图形，没有发现其他的线索。

是什么样的投影图形？

3 个实心的黑色圆形，三角状等距离分布。

其中有一个箭头。

什么样的箭头？

一个黑色的直线箭头，从其中一个圆形发出，指向另一个圆形。

是什么符号吗？

我不知道。

肯定是什么线索，这 6 张图纸也是。

371

1 + 1

Next………

正在通话： 🎭 --- 我　　🎭 --- 用户 C

　　　　　　　　　　　　　　……＊＊＊＊＊//////||||||◻◻◻◻
　　　　　　　　　　　但逃生门顶部的电子锁是锁上的。

◻◻◻◻||||||\\\\\\＊＊＊＊……
是啊，两个电子锁本来就是锁上的啊，我房间的逃生门也是。

怎么了？

　　　　　　　　　　　　　　　　　　　没什么。

我以为你发现了什么问题。

　　　　　　　　　　　　　　　你为什么会来这个游戏？

为什么突然问这个？

与其关注这个问题，不如先想想谜题。

　　　　　　　　　　　　　　　你是太阳基金的人吗？

　　　　　　　　　　　　　　　　你是来找我的吗？

　　　　　　　　　　　　　　　　　是来抓我的吗？

你是谁？

　　　　　　　　　　　　　　　　　你不知道我是谁？

不知道，但你看起来很害怕太阳基金。

　　　　　　　　　　　　　　　　　　　息络症。

原来是你。

你就是引起监狱暴动的那个女孩，我听说过你的事。

　　　　　　　　　　　　　　　　　你也知道这个病。

主持人说可以携带一件随身物品。

我听说你一直都随身携带着一把匕首。

　　　　　　　　　　　　　　　你果然也是太阳基金的人。

是不是不表明身份你就不会配合我解题？

正在通话： ---我　　　---用户C

太阳基金到底是个什么样的组织？

你们到底想抓我还是想救我？

太阳基金是富人成立的基金，我以前是他们的一员，
但后来我离开了，因为我看清了他们的本质。

富人的基金。

到底是用来做什么的？

他们的目的和避难所的管理者们一样，都想消灭匿病。

字面意义上的？

是的，清除所有匿病患者。

你们和管理者是同伙。

他们并不是同伙，而是敌人。

我说过，太阳基金和管理者的目的是一样的，他们都想得
到避难所的全域管理权，金钱和权力的斗争而已。

庞大的穷人群体在有钱人眼里是资源，想要
掌握这些资源，消灭匿病是第一步。

太阳基金的势力日益壮大，我想我会被抓来这里，
也是因为我曾经参与过太阳基金的活动。

我已经表明自己的身份和来由了，现在可以配合我解谜了吗？

桌子可以旋转。

你是说这个石桌？

好像是的。

我找到条形码了，在石桌下面。

系统 [1号房间底部电子锁已打开]

你看看你的石桌下面是不是也有条形码。

正在通话： 　---我　　---用户C

我也找到了，但这个条形码是错的，我打不开电子锁。

系统　[2号房间底部电子锁解锁失败]

没关系，应该还有别的线索。

条形码的背后还有字。

我也看到了。

"把6张摆在桌面上正确的位置即可解开顶部电子锁"。

我的条形码背面写着这句话。

你呢？

"Z"。

"Z"？就一个字母吗？

是的。

这到底是什么意思？

对了，我没跟你说。

我桌子上的6张图纸上画的图案是这样的：一个数字8，一个天平，两个数字4，两个国家地图。

虽然我看不懂，但我觉得这可能是某种暗示。

左右对称。

对称？你是说这6个图案吗？

桌面的中央有条红线，把这6张纸按照对称的规则摆在桌面上，让整个桌面左右对称就行了。

好像是的。

4和地图是非对称的，需要两张来形成对称。

8和天平本身就是左右对称的，所以只需要一张。

正在通话： --- 我   --- 用户 C

你真是太聪明了。

可问题是这两张的朝向都是一样的,也不能形成对称。

把其中一个 4 和地图翻个面放上去就行了。

有道理。

系统 [1 号房间顶部电子锁已打开]

这样我房间的两个电子锁就都打开了。

为什么不开门？

我在想一个问题。

什么问题？

你怎么知道我没开门？

我猜的。

你知道我没开门,说明你能看到这个门的打开状态。

我一开始就隐隐听到门后有动静。

我猜得没错吧,这扇逃生门后面连接的其实是你的房间。

是的,我也是听到了你那边的声音才这么猜的。

你解谜的速度也太快了。

为什么你能这么快就发现这些线索？

只是运气好而已。

我从来没说那些纸的底色是半透明的,为什么你能确定把图纸翻面也能看到正面的图案？

……

你一开始就知道答案了吧？

1 + 1

正在通话： ---我 --- 用户 C

主持人说每隔 1 个小时游戏就会重新开始。

这个游戏你应该至少经历过 1 次了。

> ……

我离开太阳基金就是因为我不想伤害别人。

坦诚地说出来吧，我不会害你的。

> 上一轮我就在你的房间。

那么上一轮 2 号房间里的玩家呢？

> 已经被我淘汰了。

你为什么要这么做？

> 因为我知道他想杀我。
> 他是太阳基金聘请的药剂师。

药剂师？是研究出未来记忆的那个药剂师吗？

你把他杀了？

> 我打开逃生门后见到了他，然后趁他不注意的时候用匕首制服了他。

那么他身上一定有未来记忆的针筒，他永远都会随身携带一个。

> 这个药剂现在就在我手上。

不要注射！

那是他用来杀死匿病患者的工具！

> 你的意思是，他想给我注射这个药剂，这样就能在不感染匿病的情况下杀掉我吗？

你没相信他是正确的。

> 为什么你还不打开逃生门？
> 你已经可以过来了。

376
Loading...

正在通话： --- 我   --- 用户C

〰️〰️|||||\\\\••••……
你手上有匕首。

　　　　　　　　　　　　……••••/////||||||〰️〰️
　　　　　　　　　　　　你怕我杀了你吗？

监狱暴动后，你为什么没有逃脱？

　　　　　　　　　　　　因为息络症。

息络症？

　　　　　　　　　　　　我不能感到快乐。

啊？

　　　　　　　　　　　　你不是知道息络症吗？

那个匿病吗？

对不起，我只是听说过这是世界上最可怕的匿病。

可我不知道具体的症状是什么。

　　　　　　　　　　　　我不能开心。

　　　　　　　　　　　　不能产生开心的情绪。

　　　　　　　　　　　　否则我的心脏就会绞痛。

心绞痛？

　　　　　　　　　　　　我越开心，就会痛得越厉害。

　　　　　　　　　　　　如果我的情绪急剧好转，我就会猝死。

当时管理者在寻找匿病患者，所以你也不能
向任何人暴露自己患有息络症的事。

那么你当时没从监狱逃走，也是因为你害怕越狱这件事会让你开心。

　　　　　　　　　　　　我跑到一半，可是心脏太痛了，我走不动，也不敢走。

　　　　　　　　　　　　我倒在了原地，监狱看守把我抓了回去。

那你岂不是永远都无法感受快乐？

377

1 + 1　　　　　　　　　　　Next………

正在通话： 　---我　　　　---用户C

　　　　　　　　　　　　　　　．．．．＊＊＊＊／／／／｜｜｜｜□□□□
　　　　　　　　　　　　　　　　　　　　　　　是的。

□□□□｜｜｜｜＼＼＼＊＊＊．．．．
永远要活在痛苦和悲伤中，这样的人生有意义吗？

　　　　　　　　　　　　　　　　　　　　　　　不知道。

大部分得了息络症的人都自我解脱了。

　　　　　　　　　　　　　　　　　　　　　　　是的。

你是怎么撑到现在的？

　　　　　　　　　　　　我只是想活下去而已，和世界上所有生物一样。

那你想逃出这个密室吗？

　　　　　　　　　　　　　　　　　　　　　　想，非常想。

可这次息络症依然会发作。

　　　　　　　　　　　　　　　　　　　　　　那我也要出去。

　　　　　　　　　　　　就算又倒在路上我也想出去，我不想死在密室里。

　　　　　　　　　　　我还想去地表，我想见见太阳和天空，还有更多的外面世界。

　　　　　　　　　　　我从出生就在这个阴冷的避难所，我已经受够这里了。

地表应该已经无法生存了。

　　　　　　　　　　　　我想知道地表到底发生了什么事，为什么人
　　　　　　　　　　　　类要被迫苟活在地下的避难所。

　　　　　　　　　　　　　　　　　现在的地表到底是什么样子？

原来这就是你真正的想法。

好，我会帮助你逃离这个密室的，因为这也是我想知道的。

　　　　　　　　　　　　我们的房间是连通的，你得打开我房间的逃
　　　　　　　　　　　　生门才能出去，所以你必须帮助我。

回到谜题吧。

告诉我上一轮还差哪些谜题没解开。

378
Loading...

正在通话： ---我 ---用户C

　　　　　　　　　　　　……*****//////||||||▢▢▢▢▢
　　　　　　　　　　　　　　　我房间的两个电子锁都没打开。

▢▢▢▢||||||*****……
也就是一个你房间桌面上的谜题和一个条形码的谜题。

先看看条形码的谜题吧。

　　　　　　　　　　　　　　我手中的条形码没有用，我刚刚试过了。

你手中的条形码纸条是在你的房间找到的，
密室不会设计没有用的线索。

你再仔细看看那个条形码，有什么奇怪的地方吗？

　　　　　　　　　　　跟我刚刚说的一样，正面是条形码，背面写
　　　　　　　　　　　　着字母"Z"，其他没有什么了。

　　　　　　　　　　　　但这个条形码好像比我以前见到的都要长一点。

长一点？

　　　　　　　　　　　　　　　　　不知道是不是我的错觉。

那个"Z"字位于整个纸条的什么位置？

　　　　　　　　　　　　纸条是长方形的，字母好像是偏左一点。

偏左一点。

　　　　　　　　　　　　　　　　　　　　　　是的。

　　　　　　　　　　　　　这个纸条背面好像也有一条红线。

什么样的红线？

　　　　　　　　　　　很浅的红色直线，横着穿过了字母"Z"。

意思是要左右对称吗？

　　　　　　　　　　　可是"Z"这个字母不是对称的啊！

要想办法让它对称。

　　　　　　　　　　　　　　　　　　什么办法？

379

1 + 1

Next………

正在通话： ---我　　---用户C

对折。

"Z"本身不是左右对称的，但只要沿着图案的垂直中线对折一下，就可以得到一个左右对称的图形。

的确是这样，一个像字母"M"一样的形状。

沿着那条线对折，你就能得到一个新的条形码。

用这个对折后的条形码试试。

系统 [2号房间底部电子锁已打开]

现在只剩下最后一个谜题了。

只要解开你房间桌面上的图形谜题，我们就能出去了。

我记得是等距离三角状分布的3个圆，其中有个直线箭头从一个圆发出，指向另一个圆。

是这样一个图案对吧？

我再向你确认一下。

确认什么？

太阳基金想要清除匿病患者，这是你说的吧？

是啊。

也就是说太阳基金是我的敌人，他们都是坏人。

可以这么说。

那为什么上一轮游戏我开门的时候，他没有杀我呢？

你果然还在怀疑我。

我从来就没相信过你。

可能当时的他需要你完成解谜而已。

太阳基金是会救治匿病患者的，而你根本不懂药剂的事。

正在通话： ---我 ---用户C

・・・・・＊＊＊＊＊/////||||||▢▢▢▢▢
你不是太阳基金的人？

▢▢▢▢▢||||||\\\\\＊＊＊＊＊・・・・・
我没理由伤害你啊。

最后一道谜题的解法你还没看出来吗？

桌面谜题的解法？难道你看出来了？

告诉你一件事。

在第一轮的时候，2号房间的顶部电子锁一开始就是解开的状态。

因为那个时候，投影图像中并没有出现箭头。

那为什么会有箭头？

在我淘汰B之后，这个箭头就立刻出现了，同时顶部的电子锁也立刻锁上了。

所以在这个投影图形中，发出箭头的圆代表我，箭头指向的圆代表B，另外那个圆代表你，箭头的意思就表示我淘汰了B。

还记得长方形石桌的中央有一条红线吗？

我看到了。

我的石桌上也有。

一样的规则，已经很明显了吧。

你的意思是要让投影出来的图形左右对称，才能解开顶部的电子锁？

这个图形一开始是对称的，所以顶部电子锁一开始就是解开的状态。

但因为箭头的出现，现在图形不对称了，因此电子锁也锁上了。

要怎样才能让图形再次对称？

你已经知道答案了。

B已经被淘汰了，所以只能在我这边再画一道箭头。

我只要淘汰了你，就能完成这个图形的左右对称，这也是现在能解开电子锁唯一的方法。

1 + 1

正在通话： ---我　　---用户C

……………|||||*****……

……

…………*****/////||||||…………

我知道你现在不敢出来，没关系。

我会一直在这等你。

我知道你不会甘心死在里面，你一定会忍不住出来。

然后被我淘汰，这就是你的利用价值。

对不起了。

淘汰了我你就能出去了，这会让你很兴奋。

随之而来的就是剧烈的心脏绞痛。

未来记忆就在我的手上，你忘了吗？

只要注射了B留下来的这个药剂，我就能痊愈了。

你最后还是选择相信他吗？

我刚开始的确一直在犹豫要相信谁。

现在我选择相信B。

我说真的，不要注射那个药剂。

你会死的。

可能还有别的逃脱方法。

我们可以试试把锁破坏掉，或者找别的出路。

A？

你还在吗？

我就知道我的选择是正确的！

我不痛了！真的不痛了！

你已经注射了。

我太开心了！

正在通话： 　---主持人　　　---我　　　---用户C

▉▉▉▉|||||*****……
你不应该相信他的。

……*****/////||||||▉▉▉▉
你能体会到这种感觉吗？

我再也不用受心绞痛的折磨了。

是的。

终于可以出去了。

原来太阳基金真的是好人啊！

我以后可以自由地生活了，像个正常人一样。

我可以说真心话，可以期待明天，我要吃好吃的，去认识新的朋友。

我好累。

我这辈子都没这么兴奋过。

头有点晕。

我想躺一下。

你不要过来抢我的匕首！

我不会的。

你知道吗？

她真的是个很温柔的人。

如果能和她做朋友就好了。

如果世界上没有匿病就好了。

系统　[玩家 A 因中毒而被淘汰]

系统　[因玩家 B 淘汰了玩家 A，投影图形已发生改变]

系统　[2 号房间顶部电子锁已打开]

▉▉▉▉|||||*****……
游戏结束，恭喜玩家 C 成功逃离。

1 + 1

Loading...

第十六章

处刑

正在通话： ---主持人　---我　---用户B

两位玩家每人手上都有一个手机用以交流。

游戏规则如下：用户A正确回答出提词器上的5个问题，则用户A所在房间的铁门将会打开；否则用户A将永远被困在房间中。

怎么回事？

这是哪里？

他们在报复我！

报复你？

他们是谁？

他们是太阳基金。

你是外面的人吗？

我只是个普通人，我也不知道为什么会被抓起来。

我已经被关在这里一个礼拜了。

快告诉我，避难所现在什么情况？

暴乱结束了吗？

暴乱已经持续3个月了，平民都在疯狂地抢夺管理者的物资。

看来还没结束。

哪边死的人更多？

管理者还是暴民？

死了很多人，我也不知道他们是哪边的。

用户A，你面前有3个电闸。电闸拉下后不可扳回。如果在游戏过程中，你遇到了无法或不愿回答的问题，可以选择拉下一个电闸以算作答对该题。

拉下电闸的同时，对应序号的电椅也将被启动。

你面前有电闸吗？

正在通话： ---我   ---用户B

……*****/////||||||□□□□□
的确有 3 个电闸，底座标着 1 到 3 的序号。

也就是说我有 3 次可以不用回答的机会。

□□□□||||*****……
你那还有什么吗？

一个很小的房间，没有窗户，只有一扇很厚的铁门。

你呢？

我这有 3 个人。

还有个提词器，上面写着第一道题的题目。

人？

一个女人，两个小女孩。

她们都被绑在电椅上。

每个电椅上也标着 1 到 3 的序号。

她们还活着吗？

都活着。

她们说了什么？

她们也不知道发生了什么，她们都很害怕。

她们想见一个叫瓶子的男人。

这个瓶子好像是那两个女孩的父亲，是女人的丈夫。

她们是一家人。

你知道瓶子是谁吗？

我就是瓶子。

我的天，她们都是你的家人！

也就是说，我每拉下一次电闸，我就会失去一个家人。

原来这就是你们报复的方式。

处 刑

正在通话： ---主持人 ---我 ---用户 B

你看起来还挺冷静。

题目是什么？

你真的要回答吗？

你快问我吧。

好吧。

第一题，你的身份是什么？

我叫瓶子，是公益避难所的创建者，也是避难所的最高管理者。

这个回答你满意吗，主持人？

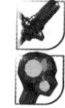

你已完成第一题，还剩 4 道题目。

看来题目还挺简单的。

还有 4 道题。

你就是这个避难所的创建者，也就是管理者这边的领袖。

难怪你这么关心暴乱的趋势。

可你都被抓了，管理者集团还能抵抗这么久的暴乱？

我被擒获并不影响整个集团的运作，他们个个都是通过了生死考验的强者，任何一个人都能代替我。

难怪大多数平民并不知道你的存在。

你在幕后统治了公益避难所 20 年，而我现在才知道你的名字。

暴民只是被利用的工具，真正策划暴乱的是各大财阀支持的太阳基金。

在你眼里太阳基金的人都是坏人。

他们想要整个公益避难所的掌管权，所以煽动民众发起政变，本质上是非常俗套的剧情。

正在通话： ---我 ---用户B

系统 [此消息无法发出]

为什么我的消息发不出去？

系统 [此消息无法发出]

不能说对你们太阳基金不利的话，是这个意思吗？我懂了。

系统 [此消息无法发出]

是你把人类的所有幸存者带到这个地下避难所来的，在20年前，对吗？

为了让人类生存下去，我采用了一些极端的手段，现在是遭报应的时候了。

我只是没想到他们竟然挟持了我的家人。

我的家人是无辜的。

提词器切换到第二题了。

快问吧。

第二题，匿病是什么？

这个匿病是不是就是这几年在避难所流传的"查不出来的病"？

我身边也有很多人得了这个病，自从暴乱开始之后。

他们后来全都离世了。

是用医疗设备无法检测出来的病症。

这种病有各种症状，虽然不会致死，但任何一个症状都会给人类肉体和精神带来无法承受的痛苦。

绝大部分患者最终都会选择自我解脱。

这种病到底是怎么流行起来的？是病毒吗？

不是。

处 刑

正在通话： ---我 ---用户B

匿病目前已知的唯一传播方式是罪恶感。

罪恶感？

不管以任何方式，只要因伤害匿病患者而产生罪恶感，就会在数小时内感染相同症状的匿病。

难怪暴动发生后感染的人越来越多。

过关了吗，主持人？

你已完成第二题，还剩3道题目。

第三题，匿病清除计划的具体实施过程是什么？

这个匿病清除计划是什么意思？

他们问的这3个问题都是他们早已知道的事。

那他们为什么要问？

这是在逼供，他们想要我认罪。

B，你告诉我。

我的家人，她们的电椅序号分别是什么？

你的妻子是1号，大女儿是2号，小女儿是3号。

等下！

你不会是想拉电闸吧？

A……

匿病清除计划有两个。

第一个计划是逮捕所有疑似患有匿病的人，让他们参加逃脱游戏；若确定有人在游戏中感染了匿病，则主持人会在游戏结束后的数小时内采取必要措施。

这个计划的目的就是让匿病永远消失。

这一切都是你的主意吗？

正在通话： 🎭 ---我　🎭 ---用户B

　　　　　　　　　　　　……＊＊＊＊／／／／｜｜｜｜｜｜ㅁㅁㅁㅁ
　　　　　　　　　　　　　　　　　　　　　是的。

ㅁㅁㅁㅁ｜｜｜｜｜＼＼＼＼＊＊＊＊……
那第二个计划呢？

　　　　　　　　后来我发现感染匿病的人越来越多，从最初
　　　　　　　　　　发现的十几个到后来的近千个。

　　　　　　　　光靠逃脱游戏已经无法抑制匿病的传播了。

　　　　　　所以我想到了第二个计划：把所有患有或疑似患有匿病的人
　　　　　　集中起来，由某个"志愿者"对这些患者产生罪恶感。

这个计划的实施全都由那个"志愿者"来完成？

　　　　　　　　　　　　　　　　　　　是的。

这样的话，那个"志愿者"就会感染所有症状的匿病。

　　　　　　　　　　　　　　　　　　　是的。

　　　　　　　　然后他就以自己喜欢的方式离开这个世界，
　　　　　　　　　这样世界上就不会再有匿病了。

那这个计划完成了吗？

　　　　　　　　　　　　　　　　基本上完成了。

这就是我们的最高管理者做过的事。

这些罪行要是向群众公开了，你就死定了。

　　　　　　　　　　　　　这个回答你满意吗，主持人？

你已完成第三题，还剩两道题目。

第四题还没出来。

我们等等。

　　　　　　　　　　　　　　你觉得我做错了吗？

我不知道。

你觉得呢？

处　刑

正在通话： ---我 ---用户 B

这些死掉的匿病患者，他们之中有可能就有你的朋友。

可如果真的患上匿病，会生不如死。

你有没有想过，既然绝大部分患者都选择了解脱，那么剩下的那些患者都是抱着多强的求生欲和信念坚持活下去的？

他们是这个世界上最想活下去的一类人。

你这么做也是为了让避难所更加安全吧。

帮我确定一件事，B。

什么事？

我要确定你房间的 3 个人真的是我的家人。

她们看起来好像没有撒谎。

你问那个女人，我们是怎么认识的。

好。

我问了。

她说是 25 年前，在进避难所之前。

你是敌国的士兵，连续 3 次救下了作为战地记者的她。

你把白色的围巾给她防晒，她却嫌太热一直没戴上。

后来你抱着她穿越整个沙漠逃离了战场，她说这是她这辈子经历过的最浪漫的事。

我知道了。

女孩呢？让她们说一些只有我知道的事。

大的女孩说她偷偷告诉过你 10 岁时的生日愿望，但她不肯告诉我愿望的内容。

另一个呢？

正在通话： ---我 ---用户B

░░░░░│││││*****······
小的女孩说你弄丢了她的一块积木，导致她无法完成海盗船的模型。

······*****/////││││░░░░░
她们的确是我的家人。

她们都很相信你，瓶子。

别做让她们失望的事。

提词器应该已经刷新了，继续问下一题吧。

第四题，地球到底发生了什么灾难？

你知道答案吗？

为什么人类要来到地下避难所？

我们要躲避的灾难到底是什么？

我不知道。

怎么可能？

你是公益避难所的创建者，是你把我们带到这里来避难的，你怎么可能会不知道地表发生了什么事？

系统　[1号电闸已拉下]

你已完成第四题，还剩最后一道题目。

那个女人死了。

她的电椅启动了。

你知道吗？你刚刚杀死了你的妻子。

你一定知道答案，只是你不想回答。

为什么？

我不能死在这里。

你只为了自己？

393

处 刑

正在通话: ---主持人 ---我 ---用户B

还剩最后一题。

剩下的两个都是孩子。

你会对自己的孩子下手吗?

瓶子?

快问!

第五题,威力巨大的"灭绝武器"在哪里?

我就知道。

告诉我你会回答这个问题。

孩子是无辜的,没有任何理由让两个孩子承受罪过。

系统 [2号电闸已拉下]

系统 [3号电闸已拉下]

所有题目都已答完。

为什么?

我已经完成了所有的题目。

你只要拉下一个电闸就可以了!

你到底在做什么?

快放我出去。

既然你们屏蔽了对你们不利的信息,那就说明我们的对话记录和游戏都是公开的。

系统 [此消息无法发出]

那么你们一定会遵守游戏规则。

按照游戏规则你们必须放我出去。

正在通话： ---我   ---用户B

把铁门打开吧。

系统 ［铁门已打开］

怎么回事？

A，你出来了吗？

这是哪里？

你看到了什么？

铁门后是一个很高的平台。

下面是一个巨大的广场，很多人。

我现在站在这个高台上，身后是石壁，刚刚的房间只是石壁上的一个凹槽。

你能离开吗？

没有楼梯，也没有任何能够离开的方法。

下面全是人。

是避难所的居民。

他们都在看着我。

等下。

这里好像是花海广场。

这里不是富人区吗？为什么会有这么多平民？

为什么这么安静？

暴乱呢？战争呢？

这是整个避难所最大的广场。

暴乱早就已经结束了，现在整个避难所的 8 万居民全都在花海广场，不论是富人还是穷人。

处 刑

正在通话：　---我　　---用户B

暴乱结束了？

谁赢了？

显而易见，强大的群众战胜了管理者。

不然穷人街的平民怎么可能站在富人区的广场？

管理者输了。

你到底是谁？

广场正中心的圆形舞台，你应该可以看到我。

那个穿白衣服的男人就是你。

以及旁边的你的妻子和两个女儿。

她们都还活着。

再看看你的右边。

这是什么？我们的对话记录？

巨大的投屏，我们之间所有的对话内容都会实时
显示在这个屏幕上，所有人都可以看到。

但被屏蔽的消息是不会显示的，对吧？

系统　[此消息无法发出]

果然是这样。

主持人遵守了游戏规则，你通过了所有的问题，铁门也打开了。

根本就没有什么电椅，游戏也只是一个幌子。

你是太阳基金的人。

这些问题的答案你们早就知道，你的目的是让我自己说出来。

你想要我认罪。

正在通话： ---我   --- 用户 B

▓▓▓▓▓▓▓\\\\\\\＊＊＊＊・・・・・・

没想到即便用你的家人作为筹码也无法让你亲口说出所有的答案。

第四题和第五题。

你宁愿牺牲自己的挚爱，也不愿说出这两个问题的答案。

我真的很想知道，到底是什么样的执念能让你做出这样的选择。

・・・・・＊＊＊＊＊／／／／／▐▐▐▐▐▐▓▓▓▓

你骗我说暴乱还没有结束。

一旦公开了这两件事，管理者阵营会立刻输掉这场战斗。

不过现在已经输了，也就没有什么意义了。

那为什么匿病清除计划你毫无保留地说了出来？

这个计划，我的手下们也都知道的。

但最后这两个问题我绝对不能说。

然而你却告诉了你的家人。

总要有人继承这个世界的真相。

所以在最后一题的时候你同时拉下了两个电闸。

我不能给你拷问她们的机会。

那么你现在可以说了吧，这个世界的真相。

地表到底发生了什么事？

即使我不说，你也会说出来，对吗？

你早就知道答案了。

当然。

你看下面，所有人都在盯着屏幕等待你的回答。

他们也想知道自己究竟为什么要一辈子躲
藏在这个阴暗的地下避难所里。

在回答之前我还想问一个问题。

处刑

正在通话： ---我 ---用户B

你说。

你们太阳基金究竟是怎么知道真相的？

你们避难所的管理者掌控着通向地表的电梯，总有人会知道。

也就是说有人背叛了我。

是谁？

那个人就在这个对话框里。

对话框？

不可能是你，我从来没见过你。

等下！

是主持人？

没错。

你的手下都很忠诚，他们所有人至死都没有背叛你，除了这位主持人。

请不要责备他，其实他原本也是打算赴死的，只是后来改变了主意。

一个打算自我了结的人在动手前反悔，没有比这更正常的事了。

他很早就背叛了你，在你一开始组织逃脱游戏的时候。

今天是他第二次当主持人了，只不过这次他效忠于太阳基金，而非你。

那个曾经是通缉犯的男人。

他做了什么？

他在第一次主持游戏的时候放跑了那个匿病患者。

一个19岁的男孩。

他跟我说他已经成功处理掉那个男孩了。

并没有，他偷偷将男孩带入了电梯。

那个男孩去了地表？

正在通话： ---我   ---用户B

□□□□IIIII\\\\＊＊＊＊……

是的。

你能想象男孩到了地表，看到一切景象后的心情吗？

那是什么样的感觉。

悲痛，憎恨，还是惊喜？

……＊＊＊＊/////IIIII□□□□……

快告诉大家！

那个男孩到底看到了什么？

是正常人类的世界。

具体一点。

地球根本没有发生任何灾难。

所有人都在正常地生活。

就和我们进入避难所之前一样。

你听听广场上的声音。

是的，我骗了你们整整20年。

这20年你们本该在地面上度过。

根本就不需要什么避难所。

为什么你要把我们关在这里？

地表的人并不知道公益避难所的存在。

我想创造一个与世无争的天堂。

通过制定完美的政策和法律，提供充足的物资，让避难所里的人能相互信任、相互关爱，永远幸福地生活下去。

然而你并没做到。

我没有想到会有这么多匿病的患者。

处 刑

正在通话： ---我 ---用户B

□□□□|||||*****······
你到现在都没明白，这根本不关匿病的事。

你的确提供了充足的物资，可富人越来越富有，穷人越来越贫穷，犯罪率持续提升，生态环境每况愈下。

匿病只是暴乱的催化剂。

你难道不知道造成暴乱的真正原因是什么吗?

······*****/////||||||□□□□
······

自私的人在伤害他人，被伤害的人也变得自私，导致更多的人被伤害。

只要有人，就会有伤害。

哪怕只有两个人也会互相猜疑，无论他们感情多好。

你永远无法建立世外桃源。

你在笑什么?

我在笑你们组织的名字。

我不能笑的，但这实在太好笑了。

有什么好笑的?

太阳基金。

你见过几次太阳呢，年轻人?

你们所有人，还记得太阳长什么样吗?

你已经疯了。

人类一旦形成群体，就会变得无比情绪化。

避难所的失败并不是我一个人的过错，最大原因是你们这些普通人，崇拜未知的事物，遇到难题只会祈祷，为了眼前的利益放弃未来。

这才是你真正的想法。

让所有人看到我的真实想法，这也是你们的目的。

正在通话: ---我 ---用户B

・・・・・＊＊＊＊＊／／／／／｜｜｜｜｜▯▯▯▯▯

让所有人看到曾经的领导者竟然是一个为了苟且偷生而不惜牺牲妻女的小人。

一个从心底里看不起民众，编造巨大谎言维护统治权的恶霸。

让管理者彻底失去民众的信任。

这就是你们组织这次逃脱游戏的目的。

▯▯▯▯▯｜｜｜｜｜＼＼＼＼＼＊＊＊＊＊・・・・・

具有巨大杀伤力的"灭绝武器"是什么，你把它藏在哪了？

你是想问最后一个问题吧！

没关系，我都可以说，反正我已经没有形象可言了。

所谓的"灭绝武器"指的是集团的秘密装甲车。

这些装甲车威力非常强大。

你们不是已经打败管理者集团了吗？你们难道没见过这个东西吗？

你说的这些装甲车我们早就见过了，已经全部收编了。

我说的"灭绝武器"并不是这个。

什么意思？

我说的"灭绝武器"是指可以同时杀死避难所内的所有人，或者杀死绝大多数人的那个武器。

你说的这个显然并不是。

你又在套我的话？

同时杀死避难所内的所有人？

你说的那种武器我根本没听说过。

避难所根本没有这种东西，也造不出来。

谁告诉你这个东西的？

就是这个主持人告诉我的，所有关于你的情报都是他告诉我的。

处刑

正在通话： ---我 ---用户B

那你直接问他啊！

他并不知道"灭绝武器"长什么样，也不知道在哪。

他说了只有你知道。

你被骗了，傻子。

我真的不知道。

你最好快点说出来。

我绝不允许避难所有这种威胁所有人安全的恐怖武器存在。

时间到了，该投票了。

看来你还不肯说出来。

那就进入投票环节吧。

什么投票？

你应该也注意到了。

广场上每个人手中都拿着两个手帕。

一个红色的，一个白色的。

我看到了。

瓶子，你想活下去吗？

难道我还有活下去的机会？

根据你刚刚答题的表现，以及你所有的发言，避难所全体居民都会进行投票，举起红色手帕或者白色手帕。

举起的红色手帕多，则对你执行死刑；举白色手帕多则释放你。

这就是投票的规则。

你明知道投票结果。

避难所的全体居民，你们有 3 分钟的时间考虑。

正在通话： ---我 ---用户B

▯▯▯▯IIII\\\\＊＊＊＊‥‥‥
如果你在这 3 分钟时间内说出"灭绝武器"
的下落，我们也能立刻取消投票。

‥‥‥＊＊＊＊/////IIIII▯▯▯▯
我真的不知道"灭绝武器"。

你以为我知道，也就说明这个第五题你们也不知道答案。

那你们太阳基金的目的到底是什么？

我们的目的？

很简单。

找到并公布所有的真相，消除安全隐患，仅此而已。

不可能。

你们难道不是为了夺取公益避难所的掌控权？

也不对。

如果真的是这样，你就不会允许我说出地表的真相。

还剩 2 分钟。

说出了真相，大家都会离开避难所，回到地面过正常的生活，避难所也就不复存在了。

所以你们的目的只有一个，那就是获得"灭绝武器"。

系统　[此消息无法发出]

消息被屏蔽了，看来我说得没错。

系统　[此消息无法发出]

你所设计的这个游戏，最终的目的就是套我的话，让我说出你们想要的那个"灭绝武器"的信息。

系统　[此消息无法发出]

广场已经快被红色占据了。

403

处 刑

Next………

正在通话： ---我 ---用户B

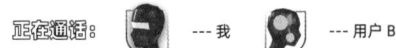

□□□||||*****·····
不说出来的话，你不可能有任何希望。

·····*****/////||||||□□□
你们想要利用"灭绝武器"返回地表发动战争。

系统 [此消息无法发出]

如果真的是这样，避难所的居民永远无法获得自由，所有人都会成为你们的俘虏。

系统 [此消息无法发出]

你们这些人还在这里搞什么审判投票！

我真的受不了。

你们从来就没想通整件事的逻辑。

还剩1分钟。

如果太阳基金真的害怕"灭绝武器"会伤害你们，那么直接让你们所有人都撤离避难所不就行了？

系统 [此消息无法发出]

如果他们真的打算销毁武器，为什么那些装甲车没被销毁？

系统 [此消息无法发出]

真正想要破坏和平的是太阳基金。

系统 [此消息无法发出]

我才是自始至终维护和平的人。

系统 [此消息无法发出]

别再犹豫了，瓶子。

这些事实摆在你们面前显而易见，只要稍微想想就能知道，但你们太情绪化了。

404
Loading...

正在通话： ---我 ---用户 B

系统　[此消息无法发出]

　　　　　　　　　　你们觉得我才是万恶之源，你们只会愤怒，根本没有思考能力。

系统　[此消息无法发出]

时间到了。

你也看到了，瓶子。

至少 99% 的人举起的是红色手帕。

我给过你机会，可惜你错过了。

你面前就是高崖，这是专门为你准备的处刑台，从高处坠落非常适合你的结局。

　　　　　　　　　　　　　　　　看来我只能死了。

　　　　　　　　　　　　　　因为你们这些失去理智的人。

你还有什么想说的吗？

怎么不说话了？

　　　　　　　我原本只是想创造一个远离世俗纷争的小小空间。

　　　　　　哪怕人口不算太多，哪怕见不到阳光，但大家都和平相处，互相帮助，不用担心战乱，不用担心灾难。

　　　　　　　　仅仅是这样一个纯粹的世界，也是曾经无数追求和平的人一生所向往的世界。

　　　　　　　　　　这个公益避难所，难道不是你们想要的吗？

现在说这些还有什么用呢？

　　　　　　　　你看，我的妻子和女儿们举起了白色的围巾。

　　　　　　　　　　　　　　　　这样我就放心了。

瓶子，我还能给你最后一次机会。

405

处 刑　　　Next.........

正在通话: 🎭 ---我   🎭 ---用户 B

🎭 ⬜⬜⬜⬜IIIIII*****·····
| 告诉我"灭绝武器"在哪，我放你下来。

······*****//////IIIIII⬜⬜⬜⬜ 🎭
你，还有你们所有举红色手帕的人。|

你们全都是杀死我的凶手。|

| 你想说什么？

匿病清除计划的第二部分并没有完全完成。|

那个"志愿者"没有死。|

因为一个打算自我了结的人在动手前反悔了，和这位主持人一样。|

| 我没问你这个事。

匿病清除计划是我一个人策划的，你觉得还有
谁比我本人更适合当这个"志愿者"？|

| 什么意思？

| 等等！

| 你就是那个志愿者！

系统 ［用户 A 因从高空坠落而亡］

尾声

避难所结局

正在通话： 🙂 --- 我　　🙂 --- 用户 B

🙂 ｜｜｜｜｜｜｜\\\\\＊＊＊＊･･････
好久没联系了。

······＊＊＊＊＊/////｜｜｜｜｜0000
是啊。

面试结果如何呢？

感觉希望不大，哈哈。

不过真没想到竟然能在面试的时候见到你。

我也没想到刚到公司就能碰见你在面试。

你不是曾经患有过痛症吗？

是啊。

所以康复后我就决定参与对抗疾病的工作。

虽然匿病已经可以治愈了，但这个世界上还有无数人被其他的病痛折磨。

我不懂医学，但还是想用自己的方式帮助他们。

噗！

你年纪这么小，怎么讲话像个老厂工？

对抗疾病的工作通常酬劳不会太高，而且非常辛苦哦。

阿姨，你难道不是和我一样的吗？

我们都是从公益避难所出来的人，还有什么事能比那段日子更苦呢？

我记得你是第一个离开避难所的吧？

是啊，原来你知道。

是那个主持人把我送回了地表。

他现在怎么样？

还活着吗？

嗯。

正在通话： 🔲 ---我　🔲 ---用户 B

～～～～＊＊＊＊＊／／／／／｜｜｜｜｜｜□□□□
只是最近他有点忙，很少见了。

你知道他的事吗？

□□□□｜｜｜｜｜＼＼＼＼＊＊＊＊～～～～
难道跟他最熟的不是你吗？

他对我一直都很神秘，什么事都不跟我说。

阿姨，你能告诉我后来避难所到底发生什么事了吗？

避难所发生暴动后，所有人都感染了匿病。

是他把所有人都救出来的。

他似乎已预料到了这种事，所以早就从地表带来了救助
组织，终于赶在匿病暴发时研制出了治疗方法。

大家的匿病真的都被治好了吗？

最新的治疗手段非常厉害，现在所有的匿病都能得到根治了。

我曾经做梦都想不到自己能像一个正常人一样在阳光下生活。

你从出生就在避难所，对地表的世界知道的并不多。

是啊，这里人太多了，太繁华了！

我回到地表已经一年多了，还是
会经常被人类文明的发展程度震撼。

不过正是因为有这么多人，才能支撑起强大的生产力来发展科技。

与外界断开联系的避难所，哪怕花 100 年也不可能找到治疗匿病的方法。

可惜瓶子并不懂这个道理。

你刚刚说得不对吧？

嗯？哪句话？

你说现在所有的匿病都治好了。

你自己呢？

409

避难所结局　　　　　　Next.........

正在通话： ---我 ---用户B

你发现了？

在公司遇见你的时候，你从来没直视过我，和以前在避难所的时候一样。

你的眼睛还没治好吗？

嗯。

我通过药物将活眼的传染性消除了，但我不打算治好它。

为什么呢？

因为这个世界需要活眼。

需要活眼？

那幅催眠油画的副本已经在世界各地流传。

总会有人需要用到活眼来处理这些画。

原来是这样。

当年拥有活眼的5个孩子，其他4个人呢？

他们都还活着，也都在和我做一样的事，在这个世界的不同角落。

大家都在做自己想做的事。

真是太好了！

孩子，虽然我并不想浇灭你的憧憬，但你必须清楚一点，地表并没有你想的那么美好。

这里也有很多不足的地方，战争和灾难随时都可能爆发。

世界上没有完美的天堂，我们能做的只是减少痛苦和不公平。

至少在这里我们能做一些事情去改变它。

对我来说，能看到希望的地方就是天堂。

改天我们再见见吧。

我还有很多关于地表的事想请教你。

正在通话： ---我 ---用户B

▌□□□□□□|||||*****……
▌拥有活眼的人并不喜欢和人见面，我总是从事幕后的工作。

……*****/////|||||□□□□□ ▌
如果酒吧老板也邀请你呢？▌

▌你见到那个老板了吗？

他在这座城市重新开了一家酒吧，名字叫6369。▌

要不要来看看？▌

▌好。

▌那么周五晚上见。

好的。▌

需要预订什么吗？▌

▌帮我点一杯"过去的幻想"，和以前一样。

避难所结局

图书在版编目（CIP）数据

逃脱记录 / 高级鱼著. -- 北京：中国友谊出版公司，2023.1
　ISBN 978-7-5057-5569-7

Ⅰ．①逃… Ⅱ．①高… Ⅲ．①长篇小说－中国－当代 Ⅳ．① I247.5

中国版本图书馆CIP数据核字（2022）第202980号

书名	逃脱记录
作者	高级鱼
出版	中国友谊出版公司
发行	中国友谊出版公司
经销	新华书店
印刷	北京世纪恒宇印刷有限公司
规格	880×1230毫米 32开
	13印张 189千字
版次	2023年1月第1版
印次	2023年1月第1次印刷
书号	ISBN 978-7-5057-5569-7
定价	68.00元
地址	北京市朝阳区西坝河南里17号楼
邮编	100028
电话	（010）64678009